La Terre des mensonges

Anne B. Ragde

La Terre des mensonges

roman traduit du norvégien
par Jean Renaud

Balland

Titre original
Berlinerpoplene

© Forlaget Oktober
Oslo, 2004
Copyright © 2004 by Anne B. Ragde

Ouvrage traduit avec le concours du Centre national du livre
et de NORLA

Tous droits réservés
© Balland Editeur, 2009, 2010
Balland
130, rue de Rivoli
75001 Paris
ISBN : 978-2-35315-039-7

— Viens vite ! murmura-t-elle. Tu ne peux pas te dépêcher... ?

Elle était derrière la porte du petit hangar à bateau, les mains enfoncées dans la poche de son tablier. Et si quelqu'un s'était joint à lui ? C'était déjà arrivé. Car qui aurait pu deviner qu'un tour sur la grève n'était pas un simple tour sur la grève ? Ils pouvaient s'imaginer qu'il avait besoin de compagnie. Mais s'il ne venait pas seul et qu'ils la trouvaient là, elle se contenterait de dire qu'elle était venue chercher de l'eau froide du fjord pour mettre sur le hareng frais. Elle avait apporté un seau justement en prévision d'une telle excuse.

La chaleur dans le hangar était accablante, la lumière zébrée du soleil filtrait entre les planches et, là où tombaient les rayons, de petites touffes d'herbe verte et rase poussaient entre les pierres. Elle aurait aimé se déshabiller entièrement et s'avancer dans l'eau du fjord encore froide après l'hiver, sentir le sable crisser sous la plante de ses pieds et les algues enchevêtrées glisser le long de ses mollets et de ses cuisses, l'oublier un court instant, l'oublier puis se réjouir d'autant plus en repensant à lui.

La Terre des mensonges

– Allez, viens... ! S'il te plaît... !

La porte du hangar était entrouverte, de façon à pouvoir regarder alentour. Le bateau était tiré à terre, à moitié incliné. L'avant plongeait dans l'eau, les vaguelettes clapotaient contre le bordage rayé de la proue. Les huîtriers-pies se pourchassaient à la surface de l'eau, toupillons noirs et blancs cerclés de traits rouge vif, grisés par le soleil et la chaleur subite. Tout le monde parlait de la vague de chaleur, on disait que les printemps chauds étaient venus avec la paix. Deux années de paix dans le pays et soudain la canicule était de retour. Les champs enflaient sous la pression du blé et des pommes de terre qui germaient, les arbres et les arbustes étaient pleins de nouvelles pousses, même les arbres allemands croissaient comme des forcenés. Le printemps où les Allemands étaient venus et s'étaient installés, il faisait si froid que les bras du fjord étaient restés pris par la glace jusque vers la fin du mois de mai.

La paix surtout l'enchantait, elle se demandait combien de temps il lui faudrait pour considérer qu'elle allait de soi, ce qui en fait devrait être le cas. Mais elle tirait peut-être aussi sa félicité d'ailleurs, de lui. Lui qu'elle avait rencontré l'été de la paix. Enfin, rencontré... Elle le connaissait depuis toujours, avait même bavardé avec lui à plusieurs occasions, car il fréquentait toutes les fermes, comme la plupart des voisins. Mais un beau soir d'été, à Snarli, alors qu'ils se reposaient dans l'enclos après avoir travaillé toute la journée à extraire la tourbe, en sueur, abrutis par la chaleur et l'effort, il était arrivé en se promenant depuis les terres de Neshov. Elle vit aussi que c'était elle qu'il désirait. Elle s'en rendit compte dans sa propre chair, comprit qu'il regardait chaque partie de son corps, son cou, les boucles mouillées de sueur sur son front, ses mains sur lesquelles elle s'appuyait dans l'herbe derrière elle, ses jambes qu'elle savait bronzées et brillantes dans ses sabots, juste en face de lui. Quelqu'un partit chercher un pichet de bière ; la bière la fit rire, il rit aussi, chercha à rire surtout en direction des autres, mais son regard revenait constamment sur elle et l'embellissait, et lorsqu'elle sentit le bord de sa robe glisser à peine au-dessus de ses genoux, là où se dessinaient tout juste les cuisses, elle le laissa glisser un peu plus, et encore un peu, puis elle écarta légèrement les genoux, tout en riant davantage, et ressentit la douleur qui lui monta dans les reins, au point qu'elle faillit gémir.

Elle s'en retourna chez elle, il l'attendit dans la forêt de feuillus, elle posa la paume de ses mains contre sa peau et croisa son regard, et elle comprit que dorénavant tout serait nouveau. Non seulement la paix et le fait qu'elle soit devenue adulte pendant les années de guerre, mais aussi que le monde était nouveau. Ils étaient tous les deux en train de le façonner, ensemble, les arbres et le coteau étaient nouveaux, le fjord en contrebas, le ciel estival parcouru par les hirondelles, tandis qu'il avançait la tête en s'attendant à coup sûr à ce qu'elle rencontre ses lèvres.

Elle n'accorda pas une seule pensée à ce que cela représentait de monstrueux.

Il arriva enfin ! Seul, Dieu merci.

Le souffle court, elle ressentit les premiers frissons, elle eut la chair de poule sur ses jambes malgré la chaleur étouffante, la bouche sèche. Il balançait les bras, baissait les yeux vers ses sabots, le front hâlé et brillant, pour regarder où il posait les pieds sur les pierres inégales du chemin. Sous ses grossiers habits de travail, il lui appartenait. Derrière l'odeur du dur labeur, *elle avait sa propre odeur. Elle lui lécherait les yeux jusqu'à ce qu'ils ne voient plus qu'elle, bien qu'elle sache que c'était déjà le cas. Elle était chez elle à Neshov désormais, le serait pour toujours, il y avait veillé. Et parfois ils s'échappaient jusqu'ici, ou dans la grange, ou dans la forêt, loin des minces cloisons des chambres à coucher et des oreilles indiscrètes.*

Ses sabots crissèrent sur le varech séché par le soleil. Il s'arrêta devant le petit hangar à bateau.

— Anna ? demanda-t-il tout bas dans l'entrebâillement sombre de la porte.

— Je suis là, murmura-t-elle en l'ouvrant un petit peu.

PREMIÈRE PARTIE

Lorsque le téléphone sonna à dix heures et demie un dimanche soir, il en savait bien sûr la raison. Il prit la télécommande et baissa le son, la télé diffusait un reportage sur Al-Qaïda.

– Allô, Margido Neshov à l'appareil.

Et il pensa : j'espère que c'est une personne âgée morte dans son lit, pas un accident de la route.

Il s'avéra que ce n'était ni l'un ni l'autre, mais un adolescent qui s'était pendu. C'était le père qui appelait, Lars Kotum. Margido savait bien où se trouvait la grosse ferme de Kotum, à Bynes.

En fond sonore quelqu'un poussait des cris bestiaux, perçants. Des cris qui, d'une certaine façon, lui étaient familiers : ceux d'une mère. Il demanda au père s'il avait prévenu le juge de paix et le médecin. Non, le père l'avait appelé aussitôt, lui, Margido, il savait qui il était et quelle profession il exerçait.

– Il faut quand même que vous leur téléphoniez, peut-être préférez-vous que je le fasse ?

13

La Terre des mensonges

— Il ne s'est pas pendu... normalement. Il s'est plutôt...
étranglé. C'est absolument horrible. Oui, téléphonez ! Et
venez ! Je vous en supplie.

Il ne prit pas le fourgon noir, mais la Citroën. Il valait
mieux que le juge fasse venir une ambulance de l'hôpital
Saint-Olav.

Il appela de son portable, le chauffage de la voiture dirigé
sur le pare-brise, et il lui fallait crier pour couvrir le bruit du
ventilateur, le thermomètre était descendu bien au-dessous
de zéro, c'était le troisième dimanche de l'avent. Il réussit
à joindre le juge et la doctoresse, les dimanches soir étaient
toujours calmes. En cette soirée glaciale et tranquille, une
cour de ferme résonnerait bientôt du bruit des voitures, les
gens du voisinage se pencheraient aux carreaux avec étonnement. Ils verraient l'ambulance, la voiture du juge, celle du
médecin et une CX break blanche que certains reconnaî-
traient peut-être. Ils verraient de la lumière aux fenêtres
bien après l'heure habituelle, mais ils n'oseraient pas appeler
si tard, ils resteraient longtemps éveillés et évoqueraient à
voix basse dans l'obscurité tout ce qui avait pu se produire
à la ferme voisine, ils se demanderaient qui était concerné et
ils auraient au fond d'eux-mêmes la joie secrète et honteuse
d'avoir été épargnés.

Le père lui ouvrit la porte. Les deux autres étaient déjà
arrivés, ils venaient de moins loin. Ils étaient dans la
cuisine, assis devant une tasse de café, et la mère, le regard
noir et hagard, ne versait aucune larme. Margido se
présenta, tout en sachant qu'elle le connaissait. Mais ils ne
s'étaient jamais serré la main auparavant.

La Terre des mensonges

– Dire que vous viendriez ici ! dit-elle. Vous. Et pour lui.

Elle parlait d'une voix monotone, un peu éraillée.

Un bougeoir de l'avent électrique éclairait la fenêtre qui donnait sur la cour. Le juge se leva et, précédant Margido, se dirigea vers la chambre. Le médecin sortit sur le pas de la porte quand son portable sonna. Une étoile en papier doré était accrochée à une petite fenêtre du couloir, la lumière passait par les trous du papier, jaune clair au centre et d'un orange de plus en plus foncé vers les branches. Le père resta dans la cuisine. Il se mit à regarder par la fenêtre, ne fit même pas semblant de s'intéresser à la mère de l'ado, assise là, soudain indifférente à ses mains sur ses propres genoux, à ses pieds posés par terre, à sa respiration, aux tasses sur la table devant elle, à l'heure, aux factures sur les étagères, aux vaches dans l'étable, à son mari près de la fenêtre, au temps et aux températures négatives, aux gâteaux de Noël, aux jours qui viendraient, d'eux-mêmes. Elle s'étonnait simplement de constater qu'elle respirait toujours, que ses poumons fonctionnaient. Elle ne savait pas encore ce qu'était le chagrin, elle était sincèrement stupéfaite que les aiguilles de l'horloge continuent de tourner.

Margido se contenta de tout observer. Comment aurait-il su ce que c'était que de perdre un fils, lui qui ne savait même pas ce que c'était d'en avoir un ? D'ailleurs il ne pouvait pas se permettre d'avoir des sentiments, son boulot consistait à remarquer comment ils s'exprimaient chez ceux qui restaient, afin de les amener à prendre les décisions les plus concrètes. La sympathie et la peine qu'il

La Terre des mensonges

dissimulait derrière son professionnalisme, il s'efforçait toujours de les rendre telles que les proches le souhaitaient ou l'attendaient de lui.

Il n'était pas préparé au spectacle, même si le père lui avait dit qu'il ne s'agissait pas d'une pendaison habituelle, ayant sans doute à l'esprit une corde au plafond, une chaise renversée au-dessous, un corps oscillant doucement autour de son axe ou bien parfaitement immobile. Le scénario classique, celui que tout le monde avait vu au cinéma, dans les moindres détails, hormis les excréments qui coulaient par la jambe du pantalon et s'amassaient par terre. Là ce n'était pas le cas, le garçon ne s'était pas pendu haut et court. Il était encore à genoux sur le lit, tout nu à l'exception d'un boxer bordeaux. La corde était attachée au montant du lit et partait à l'oblique de sa nuque. Il avait le teint bleu pâle, les yeux ouverts, écarquillés, la langue sèche et gonflée entre ses lèvres. Après avoir refermé la porte derrière eux, le juge déclara :

— Il aurait pu changer d'avis à tout moment.

Margido acquiesça sans quitter le cadavre des yeux.

— Vous êtes dans ce métier depuis combien de temps ? demanda le juge.

— Bientôt trente ans.

— Vous avez déjà vu ça ?

— Oui.

— Vous avez vu pire ?

— Peut-être une fois. Une fille pendue à une porte. Ce n'était pas assez haut et elle avait maintenu ses genoux repliés contre sa poitrine.

— Bon Dieu ! Il y en a qui en veulent.

La Terre des mensonges

– Pour sûr ! Ils ne voient pas d'autre solution. Ils sont sans doute trop jeunes pour en voir une autre, les pauvres.

Margido mentait, il n'avait pas vu précisément ce genre de suicide auparavant, mais il était obligé de faire preuve d'un calme blasé, il travaillait mieux alors, on lui fichait la paix et on le considérait comme un professionnel expérimenté, et rien de plus. Il est vrai qu'on attendait davantage de distance de sa part que, par exemple, d'un policier. On estimait probablement que, du fait qu'il côtoyait la mort tous les jours, elle ne le touchait plus. À plusieurs reprises il avait ramassé des morceaux de corps humain sur le bitume à la suite d'accidents de la route, en même temps que des ambulanciers et des policiers, or les autres se voyaient ensuite offrir une aide psychologique, pas lui.

Il observa l'adolescent. La vue avait beau le choquer, il ne pouvait s'empêcher par ailleurs, d'une bien macabre façon, d'être impressionné par un jeune garçon qui se penche en avant sur son lit, fait porter tout son poids sur ses genoux et ses cuisses, laisse la corde presser ses artères et son centre nerveux, et attend l'obscurité. Et quand celle-ci survient, d'abord sous la forme de points rouges devant les yeux, il ne tend pas les mains devant lui, vers le matelas, pour se redresser. Non, il réussit à s'en empêcher. Il est déterminé.

– J'ai entendu parler d'une sorte de jeu sexuel, murmura le juge, mal assuré sur ses jambes.

Margido lui décocha un regard.

– Je ne comprends pas ce que vous voulez dire.

– Il s'agit de presque s'étrangler, avant de…

– Mais il porte un boxer.

La Terre des mensonges

– Oui, vous avez raison. C'était seulement une idée. L'affaire est limpide. On ne peut rien soupçonner du tout de… criminel. D'ailleurs il a laissé une lettre. Seulement quelques mots, une excuse. Ses parents étaient à une réception chez un couple de jeunes mariés. Le garçon savait qu'il avait plusieurs heures devant lui. En fait, il aurait dû y aller aussi. C'est leur plus jeune fils. Ils ont deux filles, une qui fait des études qui ne mènent à rien, à Trondheim, et une autre, la plus âgée, qui vit à Ås, heureusement. Mais lui… Yngve, habitait encore chez ses parents, il ne savait pas exactement ce qu'il voulait faire. Je l'ai souvent vu descendre jusqu'à Gaulosen à vélo, une paire de jumelles en bandoulière, il allait observer les oiseaux, il y a des quantités d'espèces qui se posent là-bas, vous savez. Mais son père devait trouver bien pénible d'avoir un observateur d'oiseaux pour fils, avec tout ce qu'il y a à faire dans une ferme, même si ce n'était pas Yngve qui devait en hériter. En tout cas se pendre, à genoux ! Ce n'est vraiment pas ce que quelqu'un de normalement constitué décide de…

Margido alla chercher le conteneur pour déchets spéciaux dans sa voiture. L'ambulance n'était pas encore arrivée. Le médecin était dans la cuisine avec les parents. Il entendit leurs voix en repassant devant la porte ouverte. Des phrases courtes, entrecoupées de longs silences. La jeune femme vint dans la chambre aussitôt après, elle referma la porte derrière elle.

– Il faut le libérer, décida le juge.

Elle avait emprunté une paire de ciseaux aux poignées en plastique orange et la lui tendit. Il coupa. La tête tomba sur la couette. Margido détacha le bout de corde de la tête de lit.

La Terre des mensonges

– L'ambulance sera là d'une minute à l'autre, dit le juge. Vous ferez le reste demain ? À l'hôpital ?

– Bien sûr, répondit Margido.

– Oui, je ne peux plus faire grand-chose pour ce patient, ajouta la doctoresse.

Margido frémit à ce commentaire dénué de tout sentiment. Elle avait beau être médecin, c'était une femme malgré tout. Et pourtant elle parlait comme si elle trouvait tous les jours des ados à genoux, morts dans leur propre lit. Il fut soulagé quand elle regagna la cuisine.

Il entendit l'ambulance dans la cour. Il sortit dans le couloir, son regard croisa celui du chauffeur à la porte d'entrée et il lui fit un signe de tête. Margido aurait bien voulu que le corps soit déjà sur le brancard avant que les parents ne viennent. Ce serait mieux ainsi. Cela ressemblerait davantage à un accident, ce dont aucun d'eux ne saurait être tenu pour responsable.

– J'aurais bien aimé faire sa toilette. C'est horrible de lui faire quitter la ferme de cette façon, la corde autour du cou, fit Margido posément.

– C'est comme ça pour les suicides, rétorqua le juge. Même si c'est une affaire réglée.

Les ambulanciers installèrent le brancard et le recouvrirent d'un plastique noir. C'étaient deux jeunes gens. Ils avaient à peine quelques années de plus que l'ado à genoux dans son lit. Ils enfilèrent des gants jetables et le saisirent sous les bras et par les chevilles, comptèrent tout bas jusqu'à trois puis le hissèrent prestement sur le plastique, avant de l'en envelopper soigneusement. Le matelas taché n'était pas beau à voir.

La Terre des mensonges

– Je suis allé chercher le conteneur, dit Margido. Est-ce que je peux au moins enlever le drap ? Pour que les parents n'aient pas ce spectacle sous les yeux.

– Oui, d'accord ! répondit le juge.

Il eut aussi le temps, avant que la mère n'arrive, de plier la couette et de la poser sur la grande tache humide du matelas. Celui-ci serait jeté de toute façon, c'était toujours le cas, mais quand les proches le voyaient, cela signifiait pour lui un surcroît d'émotion et d'angoisse à gérer. C'étaient souvent les détails qui rendaient la tragédie palpable pour ceux qui restaient, et qui les plongeaient dans la réalité, l'hystérie, aussi bien une tasse de thé à moitié pleine sur une table de nuit qu'un ours en peluche sale par terre, ou qu'une thermos et une boîte à tartines qu'on leur rendait après un accident sur un lieu de travail.

– Mais qu'est-ce que vous avez fait ? hurla la mère. Vous l'avez enveloppé dans du plastique ? Mais il ne peut pas... il ne peut pas respirer ! Je veux le voir !

– C'est impossible, fit le juge. Mais demain, quand Margido aura...

– Non, je veux le voir maintenant !

– Il faut d'abord que je fasse sa toilette, dit Margido.

La mère se précipita vers le brancard et se mit à griffer le plastique pour le déchirer. Il aurait fallu que son mari l'accompagne, mais elle était livrée à elle-même. Et l'ambulancier fut contraint de la prendre par les épaules et de la retenir.

– Calmez-vous ! On va...

– IL NE PEUT PAS RESPIRER ! YNGVE ! Mon garçon...

La Terre des mensonges

Enfin le mari arriva. Il se chargea de la femme secouée de sanglots et fixa lui-même du regard le ballot d'un noir brillant sur le brancard, qui contenait son seul et unique fils. On aurait dit que toute l'énergie dans la pièce était aspirée vers cet horrible spectacle, celui de l'ancien occupant de la chambre d'ado qui, empaqueté de cette façon, paraissait plus grand et plus impressionnant qu'il ne l'avait été de son vivant.

– Mais pourquoi… ? demanda-t-il. Je croyais qu'on pourrait le revoir avant que vous ne l'emmeniez. Je ne savais pas que… Je croyais que Margido allait…

– Nous devons l'autopsier, répondit le juge en baissant les yeux. C'est la procédure habituelle en cas de suicide.

– Mais pourquoi donc ? Il ne fait aucun doute qu'il a fait ça tout seul !

Le père parlait d'une voix rauque, cherchait à se ressaisir, tandis que la mère était désespérément accrochée à son bras et pleurait en silence, les yeux fermés.

– Je ne dis pas le contraire, fit le juge en se raclant la gorge et en prenant appui sur l'autre jambe.

– N'ai-je pas le droit de m'y opposer ? De m'opposer à ce qu'on charcute notre fils ?

La mère tressauta mais n'ouvrit pas les yeux. Les larmes continuaient de lui couler sur les joues.

Le juge regarda soudain le père de l'adolescent en face et déclara :

– C'est bon. Je ne ferai pas pratiquer d'autopsie. C'est entendu, Lars. Mais quoi qu'il en soit, vous ne le reverrez plus ce soir. L'ambulance va l'emmener. Et quand Margido aura réalisé les soins…

Le père hocha doucement la tête.

La Terre des mensonges

— Merci ! Merci bien ! Turid, il faut qu'ils l'emmènent maintenant. Viens !

Profitant de l'agitation pendant qu'on sortait le brancard, Margido emporta le conteneur dans sa propre voiture et prit ses papiers. L'ambulance descendit lentement l'allée, sans sirène ni girophare, tous les voisins savaient désormais que quelqu'un était mort. La voiture du juge emprunta l'allée à son tour.

La porte d'entrée était restée grande ouverte, une lumière jaune éclairait la neige sur le pas de la porte et la pente en face, une lumière d'un jaune chaleureux qu'on aurait pu aisément confondre avec celle d'une ambiance douillette, le feu dans la cheminée et sous la bouilloire à café, la normalité. Margido n'en finissait jamais de s'étonner des contrastes. La mort n'avait sa place nulle part, selon lui, sauf peut-être sur un champ de bataille. Plus haut, la lune brillait au-dessus de la colline, elle était presque pleine, légèrement cerclée de givre, les ombres des arbres dessinaient des crevasses dans la neige tôlée, qu'il contemplait tout en planifiant la journée suivante. Il fallait qu'il revienne le matin, puis il avait un enterrement à l'église de Strinda, et ensuite il devait s'occuper du corps du défunt pour qu'ils puissent le voir, ainsi que les sœurs. Ils voudraient peut-être également une mise en bière, le soir, à la chapelle de l'hôpital. Il coordonnerait tout ça de bon matin. Il n'était pas seul à tout gérer. C'était toujours rassurant avec ses dames de se dire que Mme Gabrielsen et Mme Marstad contrôlaient la situation. Mais bien qu'ils soient trois, c'était lui qui invariablement faisait les visites à domicile. S'il n'avait pas le temps, il conseillait une autre entreprise.

La Terre des mensonges

Les dames refusaient ces visites, elles étaient conscientes qu'il s'agissait de tout autre chose que de fourrer des draps dans un conteneur.

Le médecin avait donné un tranquillisant à la mère, le père n'en avait pas voulu. C'était classique : les hommes désiraient s'en passer, garder les idées claires, ne pas craquer, ne pas perdre pied. Au lieu de ça, il arpentait la cuisine de long en large, les mains dans le dos. Margido ne lui enviait pas la nuit qu'il allait passer.

— Vous devriez prendre un cachet pour dormir, à la place, insista la doctoresse qui, de toute évidence, avait pensé la même chose que Margido.

— Non.

— Je vous en laisse une plaquette, au cas où. Ce ne sont pas... les somnifères d'autrefois. Ils vous aideront seulement à trouver le sommeil.

Margido lui lança un bref regard, mais elle ne mâchait pas ses mots, les deux autres non plus d'ailleurs.

— On ne va pas l'incinérer, déclara le père en tendant le cou vers son propre reflet dans la vitre.

— Bien sûr que non, si vous ne le souhaitez pas, répondit Margido.

— Si ! hurla la mère. Je ne veux pas qu'on l'enfouisse dans la terre, qu'il y pourrisse et qu'il soit mangé par les vers. On doit... on doit...

— Il ne brûlera pas en enfer, pour autant que je puisse empêcher ça, reprit le père tout bas.

Elle se tut et porta la main à ses yeux.

— Je ne comprends pas... murmura-t-elle. Pourquoi a-t-il... ? On ne s'était absentés que pour quelques heures.

Pourquoi n'a-t-il pas attendu que je lui parle, que je l'aide, que j'aide mon garçon. Comme il a dû souffrir...

— Je crois que tu devrais aller te coucher, dit le père.

Elle se leva aussitôt, désemparée, et sortit en titubant. Son mari la soutint jusque dans le couloir. Le médecin et Margido restèrent assis en silence, écoutant les pas lents et traînants dans l'escalier. Leurs regards se croisèrent. Les yeux de la jeune femme exprimaient soudain une grande peine, mais elle ne dit rien.

Quand elle fut partie, il se retrouva seul dans la cuisine avec le père qui s'assit enfin sur une chaise en bois, tête basse, les mains entre les cuisses. Des mains de paysan, du noir autour des ongles et au plus profond de chaque ride et sillon. Mais il avait sa fille aînée à Ås. Ce n'était pas l'héritier de la ferme qui s'en allait à la morgue de l'hôpital un dimanche soir, juste avant Noël. Comme si c'était un soulagement. Du moins de l'avis du juge.

— Je suis là pour vous apporter toute l'aide dont vous avez besoin, déclara Margido. C'est vous qui décidez.

— Vous pouvez vous charger de tout... Un enterrement. Enterrer Yngve, je n'arrive pas à y croire. C'est inimaginable.

— Avez-vous averti ses sœurs ?

Le père leva la tête.

— Non.

— Il faudrait les prévenir. Et le reste de la famille aussi.

— Demain matin.

— Oui, chaque chose en son temps, fit Margido, qui savait comment s'y prendre, d'une voix pleine de compassion. D'abord l'avis de décès. Il paraîtra mardi.

— Je n'ai pas le courage de...

La Terre des mensonges

– Non, bien sûr. Je vous laisse une brochure que vous pourrez consulter et je repasserai demain matin. Vers dix heures, ça vous va ?

– Ça n'a pas d'importance si vous...

– Bon, je viendrai à dix heures.

Le père prit la brochure et l'ouvrit au hasard.

– « Symboles funéraires », lut-il tout haut. Un symbole funéraire. Symbole funéraire ? Drôle de mot.

– C'est le symbole qui figure en haut de l'avis.

– Je comprends. Seulement j'ignorais que ça portait... un nom. Quand mon père est mort, ma mère s'est chargée de tout, et quand ma mère est morte, ma sœur a tout fait. Il vaudrait mieux que je lui téléphone... à elle aussi. On était avec elle ce soir, elle était également invitée à cette réception. On s'était cotisés pour le cadeau. Une nappe en lin, je crois. Faite à Røros. Ou... tissée... à Røros. Par je ne sais qui.

– Elle était sûrement très belle.

– Oui, sûrement, répéta le père.

Il se balançait sur sa chaise, la brochure entre les mains. Margido savait qu'il cherchait des explications. Des explications auxquelles lui, Margido, avait renoncé depuis longtemps, même si on l'interrogeait constamment. Il y avait quelque chose d'inconcevable dans la mort, qui n'avait pas encore fini de le fasciner, mais il était incapable de l'expliquer. Il ne trouvait pas de vérité ailleurs que dans les rituels.

– Vous ne pourriez pas en choisir un pour nous... un symbole funéraire ? demanda le père.

– Si, naturellement. Mais ça pourrait... vous faire du bien. D'en choisir un vous-même. Vous vous souviendrez des funérailles. Plus tard... Alors c'est important qu'elles soient... à votre convenance.

Il avait l'habitude de marquer de petits temps d'arrêt entre les mots, comme s'il les cherchait. Il n'éprouvait aucun cynisme à le faire, sachant que pour ses interlocuteurs la situation était unique au monde, unique dans la vie. Il ne fallait donc pas que les mots coulent de source, qu'on se rende compte qu'il les répétait souvent, qu'il n'avait en quelque sorte qu'à appuyer sur un bouton pour lâcher les mots appropriés à tout moment. Enfin presque à tout moment.

— Le juge m'a dit qu'Yngve aimait beaucoup les oiseaux.

— Oui.

— Peut-être qu'une hirondelle... suggéra Margido. En haut de l'avis ?

— Les hirondelles qui nichent à la ferme le passionnaient. Il note... notait dans un cahier à quelle date elles arrivent des pays chauds, ce sont les derniers oiseaux migrateurs à venir. Peut-être pas avant début juin. Et c'est assez tard pour des migrateurs. Il pouvait rester des heures à les regarder faire leurs démonstrations de vol au-dessus de la grange.

— Une hirondelle peut-être, alors. Dans l'avis.

— Il aimait tellement la nature. Ah ça, oui ! Vous me direz qu'un fils de paysan aime forcément la nature, mais lui, c'était d'une autre façon. Moi, je ne pense pas tant que ça à la nature, vous savez, c'est mon travail, elle est partout autour de moi, ça va de soi. Mais Yngve, il s'intéressait à tout ce qui pouvait être différent, revendiquait le tri des déchets, et la remise en culture des terres pour éviter la disparition des fermes. J'y pense, moi aussi, bien sûr, mais

La Terre des mensonges

pour lui c'était... important ! Je n'ai pas le temps de... Je ne comprends pas pourquoi il... Dix-sept ans seulement. Il apprenait à conduire. Il avait déjà une voiture dans la grange, une vieille Toyota. Mais ça ne lui disait trop rien de bricoler dessus, ce n'était pas son genre. Il croyait sans doute qu'elle démarrerait au quart de tour le jour où il tournerait la clé de contact, une fois le permis en poche. Et dire qu'on prenait le café et qu'on s'empiffrait de gâteaux, qu'on regardait des photos et qu'on dégoisait sur ce foutu mariage, tandis que lui...

— Je crois que vous devriez essayer de vous reposer un peu cette nuit. Il est tard et la journée sera sûrement longue demain.

Le père se tut, baissa la tête, regarda ses mains et dit tout bas :

— Une hirondelle. Ce sera une hirondelle en tout cas. Merci.

— De rien. C'est normal. Mais n'oubliez pas que vous avez des cachets.

— Je n'en prendrai pas. Il faut que je sois à l'étable demain de bonne heure. Et réveillé.

Il y avait peu de circulation. Le Korsfjord était blanc de givre dans les terres et des franges de clair de lune le traversaient en son centre. La voiture avait eu le temps de devenir glaciale. Lorsqu'un instant plus tard il passa devant la sortie qui montait vers Neshov et son enfilade d'érables, il ne tourna même pas la tête. Il savait néanmoins que les fenêtres étaient sombres à cette heure-là, seules brilleraient les lampes extérieures et il les avait déjà vues.

La Terre des mensonges

Il alluma l'autoradio, laissa la sortie derrière lui et écouta un air joyeux d'accordéon. Il se sentit soudain étrangement détendu et satisfait, mais il ne savait pas du tout pourquoi. C'était un sentiment peu commun. Peut-être était-il soulagé d'avoir décelé la douleur dans le regard du médecin.

Quand il revint à la ferme de Kotum le lendemain matin, la maison était pleine. Le pasteur était assis à la table de la cuisine, c'était celui de l'église de Bynes. Le pasteur Fosse, comme tout le monde l'appelait, qui avait à peu près l'âge de Margido. Maigre et flottant dans ses vêtements, mais à la poignée de main chaude et ferme. Il était toujours bien organisé, ponctuel et professionnel, ce qui n'était pas le cas de tous les pasteurs. Certains étaient constamment sur le dos des gens des pompes funèbres comme si c'était les pasteurs qu'ils devaient assister, et non les défunts.

La cuisine était devenue le domaine des femmes, qui avaient envoyé les hommes dans un des salons de la longère bien entretenue. La mère de l'adolescent, assise sur une chaise en bois, regardait d'un air étonné ce qui se passait autour d'elle. Cinq femmes aux yeux cernés, dont sans doute une des sœurs et la tante du garçon, s'affairaient à préparer à manger, à faire le café, à rassembler les tasses, les soucoupes, les serviettes et les sucriers. Elles avaient cette chance de toujours avoir à s'occuper de la cuisine et du service, tandis que les hommes devaient envisager leur deuil dans l'oisiveté. Il serait impensable que le père aille travailler dehors ce jour-là, mais la mère aurait pu se mettre à faire dix litres de pâte à gaufres sans que quiconque y ait trouvé à redire. S'il était tombé un mètre de neige pendant

La Terre des mensonges

la nuit, le fermier aurait pu tout au plus la dégager, mais guère faire davantage. Le voisin serait de préférence venu déblayer à sa place.

Le père ferma la porte de la cuisine pour s'isoler de l'effervescence et lança à l'adresse de Margido, avant même qu'il n'ait lâché la poignée :

– Une fille a rompu avec lui. Samedi soir. On ne savait pas qu'il avait une petite amie.

Il s'affala sur le canapé de cuir, s'y affaissa, ses omoplates se dessinaient nettement sous sa chemise à carreaux en flanelle.

– Chagrin d'amour, murmura-t-il. Dire qu'il a mis fin à ses jours pour un chagrin d'amour. Mis fin lui-même… à toute sa propre vie. Parce qu'une fille ne voulait plus de lui. Une simple fille.

Personne n'avait regardé la brochure qu'il avait laissée, pensa Margido. Qui plus est, il en apportait une deuxième, proposant différents types de cercueils. Une nouvelle barrière à franchir. Mais il avait besoin d'un cercueil pour la mise en bière dans la journée et à la chapelle le soir.

– Quand la sœur aînée d'Yngve arrive-t-elle ? demanda-t-il.

– Ingebjørg ? Dans quelques heures, j'imagine.

Margido hocha la tête. Il fallait donc régler la question du cercueil.

– Vous voulez le voir ce soir ? Tout le monde ? s'enquit Margido.

– On en a l'intention.

– Je vous y engage, dit le pasteur en se penchant en avant, les coudes sur les genoux. Il faut que les filles le

La Terre des mensonges

voient. Ou du moins, qu'elles en aient la possibilité. Si elles ne veulent pas, je comprendrai aussi. Mais Margido fait ça très bien. Tout sera beau, un pas de plus dans le deuil, dans le choc qui vous atteint tous, Lars.

Ils restèrent sans mot dire un long moment.

– On devrait peut-être en finir avec l'avis de décès, suggéra Margido.

– Une hirondelle, dit le père.

Margido sortit un carnet de sa poche. Il était content que le pasteur soit là, et celui-ci aida le père à se décider pour que ne figurent que « notre cher » au-dessus du nom, « Yngve Kotum », et « nous a brusquement quittés » au-dessous. Le pasteur souhaitait qu'il aille arracher sa femme de sa chaise, afin qu'ils prennent les décisions ensemble, mais en vain. Et le pasteur aida Margido à placer tous les noms dans le bon ordre, l'arbre généalogique à l'envers sous le nom de l'adolescent, sa date de naissance et celle de sa mort.

– Un poème ? Voulez-vous un poème ? demanda Margido.

– Un poème ?

Le père le dévisagea avec une réelle stupéfaction.

– Beaucoup font ça, Lars, dit le pasteur. Margido en a sûrement plusieurs parmi lesquels choisir.

Margido reprit la brochure. Il y avait, imprimés, un grand nombre de poèmes à proposer aux clients. Il l'ouvrit à la bonne page et la tendit au père, qui s'en saisit en lui jetant un regard où brillait une résistance éperdue. Il se mit à étudier les textes, à analyser longuement chaque poème.

– C'est surtout bon pour les personnes âgées ou les gens qui ont été longtemps malades, déclara-t-il en se raclant la gorge. Mais là c'est quelqu'un qui... Celui-ci peut-être.

La Terre des mensonges

Il posa le doigt dessus et tendit la brochure au pasteur, qui la prit et lut tout haut.

– *Nous te gardons dans notre cœur*
Au fond de nous, tu vis encore,
Souvenir précieux et chéri,
Tu vis en paix dans notre esprit.

Le père enfouit sa tête dans ses mains et se replia sur lui-même, presque dans la position du fœtus. Ses talons ne touchaient plus le sol. Il émit des bruits de gorge aigus. C'est alors que la porte s'ouvrit : deux femmes apportaient des tasses et des soucoupes, ainsi qu'une large planche garnie de tartines beurrées et de tranches de gâteaux. Elles s'arrêtèrent net. Le père se ressaisit, sa déglutition était devenue soudain le seul bruit de la pièce.

– Le café va vous faire du bien, dit le pasteur avec un hochement de tête et un sourire à l'adresse des femmes.

Puis il se leva, fit le tour de la table et passa le bras autour de ses épaules. Les femmes comprirent le signal et dressèrent la table avec vivacité, en respectant son désarroi, sans en endosser la responsabilité. Elles commencèrent par enlever le chemin de table tissé et le remplacèrent par une nappe en coton rectangulaire brodée, puis elles disposèrent élégamment les tasses et les serviettes soigneusement pliées en triangle, et placèrent enfin au centre la planche chargée de tartines et de gâteaux, ainsi que le sucrier et le pot de crème.

Margido et le pasteur restèrent seuls quand le père s'éclipsa, s'excusant simplement de devoir faire un tour aux toilettes. Dès que la porte se fut refermée derrière lui, ils se mirent à discuter efficacement à voix basse.

La Terre des mensonges

– Jeudi à treize heures, déclara le pasteur. Ils veulent une inhumation.

– Pas la mère, fit Margido tout en notant la date et l'heure. Cette nuit elle a dit que...

– Aujourd'hui elle est d'accord, reprit le pasteur. J'ai parlé avec elle. Yngve reposera à côté de ses grands-parents. Elle a accepté de se faire à l'idée. Bien sûr qu'il faut enterrer ce garçon. Il est fils de paysan.

– Vous pouvez m'aider à choisir le psaume et la musique ? Et me passer un coup de fil après ?

– Naturellement.

Il donna une feuille au pasteur en disant :

– Les psaumes dont vous avez la liste ici sont prêts, à l'imprimerie.

Le pasteur hocha la tête et ajouta :

– Et pour ce soir ? Ils veulent peut-être une cérémonie, pas une simple présentation du corps ?

– Je dois appeler l'hôpital Saint-Olav pour réserver la chapelle. Et il faut que je lui fasse choisir le cercueil. Vous restez ?

Le pasteur regarda sa montre et fit signe que oui.

Margido était habitué à ce que chaque étape de la procédure cause un nouveau choc. L'avis de décès transformait l'impossible en une réalité vaguement concevable, les photos en couleurs de cercueils accentuaient la peine d'un cran. Le père était assis, la brochure entre les mains, et regardait les photos comme s'il contemplait quelque chose d'absolument incompréhensible.

– Ils sont tous beaux, vous savez, dit le pasteur.

La Terre des mensonges

La plupart des gens désignaient en général le blanc en désespoir de cause. Le modèle Nordica. C'était celui dont il avait le plus grand stock à son dépôt de Fossegrenda. Mais l'homme sur le canapé le surprit.

— Celui-ci, dit-il en posant le doigt sur la photo d'un cercueil en pin, le modèle Nature, existant en trois options : pin sans nœuds verni, naturel ou traité.

« Naturel, ajouta-t-il. Et il s'appelle Nature. C'est parfait.

Margido se racla la gorge.

— J'en ai plusieurs au dépôt, mais ils sont tous traités. Il faut que je commande le naturel, ça prendra deux ou trois jours.

— Bon, alors on prend le traité. Il est peut-être un peu plus beau. Mais un blanc comme ça, c'est plutôt pour les vieux. Comme les poèmes.

Il lança la brochure sur la table et Margido la remit aussitôt dans sa serviette.

— C'est entendu, dit-il.

Il était soulagé que ce se soit si bien passé et que le père n'ait pas demandé à toute la maisonnée de choisir. Il y en a qui le faisaient, et qui voulaient voir les prix et comparaient. Cela le mettait toujours mal à l'aise même si, logiquement, il comprenait bien. Un enterrement était une grosse dépense maintenant que l'aide à l'inhumation était supprimée. Certains considéraient le cercueil comme une bagatelle nécessaire, d'autres comme la dernière demeure du défunt, ou comme une embarcation ou un lit. Il se souvenait d'une mère qui avait perdu sa fille de trois mois, morte dans son berceau, et qui avait posé la main sur le petit cercueil long de quarante centimètres en disant : « C'est ton

La Terre des mensonges

berceau désormais, ma chérie, tu vas y dormir pour l'éternité et je penserai à toi dans ce petit berceau-là. »

— Ce sera tout, déclara le père. Pas de fleurs.

— Parfois on propose une quête, dit Margido.

— Et à qui irait cet argent ? demanda le père d'une voix soudain forte et sifflante. L'Amicale des suicidés de Norvège ? La Ligue de protection des oiseaux ? La Confrérie paysanne ?

— Ce n'est pas ce qu'on voulait dire, Lars, fit le pasteur calmement. On peut aussi bien imaginer... le Club des jeunes ou... d'autres à qui on pourrait offrir de l'argent au nom d'Yngve. À la place des fleurs.

— Ah oui. Bon, le Club des jeunes, ce n'est pas une mauvaise idée. Même s'il y allait rarement et qu'il n'avait pas beaucoup de copains. Moi, je m'en fiche, mais les autres pourront toujours donner quelques couronnes au Club des jeunes. Notez ça ! On a bientôt fini ? On prend le café maintenant, je n'en peux plus.

Le cercueil qui était sur le catafalque vert dans la nef centrale de l'église de Strinda à midi trente, une heure et demie avant l'inhumation, était un Nordica blanc que Mme Marstad avait apporté à l'église dans le corbillard. Aussi bien elle que Mme Gabrielsen étaient des femmes robustes, sinon Margido aurait été obligé d'employer un homme. C'était très lourd à installer. Il leur fallait parfois s'y mettre à trois, ou faire appel au bedeau.

À l'intérieur du cercueil reposait une femme, morte d'une crise d'asthme. Elle laissait derrière elle une fille de vingt-deux ans et deux ex-maris qui avaient pris part tous les deux aux préparatifs de la journée.

La Terre des mensonges

Le bedeau, qui leur prêtait main-forte pour les cierges et autres détails, entrait et sortait de la sacristie, tandis que Margido et Mme Marstad apportaient les supports, les valises pleines de chandeliers et de vases. Les églises n'avaient rien de ce qui servait aux enterrements et certaines manquaient même de pelle pour la terre.

Le commis fleuriste livrait sans arrêt des bouquets, des couronnes et des décorations, que Margido jugeait au fur et à mesure, puis rassemblait. Il était important d'avoir un arrangement symétrique de chaque côté du cercueil. Les gerbes devaient être parfaitement installées, et il aimait aussi placer une couronne ou deux par terre, devant le cercueil. Il garnit les grands vases et disposa joliment tous les rubans de soie imprimés, de sorte que les inscriptions soient lisibles depuis les bancs.

La table à l'entrée était prête, il ne manquait plus qu'à allumer le cierge. Celui-ci était bleu barbeau, ce qui était inhabituel, mais sa fille avait voulu qu'il en soit ainsi parce que c'était la couleur préférée de la défunte. Un registre de condoléances était ouvert, un stylo posé en travers de la première page. Une photo encadrée de la défunte la montrait en blouson sur une plage de galets, tenant à la main une racine d'arbre grise qui avait tout à fait l'air d'un cygne.

Elle riait et la brise marine lui soulevait les cheveux. La racine grise trônait maintenant au milieu de la plus grande décoration sur son cercueil, entourée de branches de sapin, de lichen, d'erica, qui ressemblait à la bruyère – du fait qu'on ne pouvait pas se procurer de belle bruyère au mois de décembre – et de pommes de pin de différentes tailles.

La Terre des mensonges

La décoration était de toute beauté et changeait de l'ordinaire. Margido l'avait admirée en la plaçant.

À côté de la photo, il y avait le tas de recueils de chants que Margido distribuerait quand les gens commenceraient à arriver. La même photo figurait en couverture. Au bout de la table, on avait mis l'urne destinée à recevoir les dons, devant laquelle Mme Marstad avait placé une carte où elle avait écrit : « Merci pour vos dons à l'Association pour la lutte contre l'asthme et les allergies. De la part de la famille. »

— Seigneur, tu as été notre refuge de génération en génération. Avant que naissent les montagnes, avant que ne soient créés la terre et l'univers, oui, mon Dieu, tu représentes toute l'éternité. Tu laisses les hommes redevenir poussière en disant : « Reviens, fils de l'Homme ! » Car mille ans sont à tes yeux comme la journée d'hier qui s'est écoulée, ou comme une simple veillée. Aide-nous à compter nos jours afin que la sagesse pénètre en nos cœurs !

Margido écoutait les mots qui lui parvenaient en un flot familier à l'oreille, sans l'émouvoir. La seule chose qui le touchait encore dans le prêche, c'était la présence ou non de ferveur dans la voix du pasteur. Il pensait à tout ce qu'il avait encore à faire en rentrant au bureau. Mme Marstad était déjà repartie et lui avait remis la liste des messages accompagnant les fleurs, au cas où ceux qui arriveraient au dernier moment apporteraient des bouquets. Il était extrêmement important – c'était même un de leurs principaux devoirs – que tous ceux qui offraient des fleurs aient leurs noms d'inscrits sur une liste. Il regrouperait ensuite les cartes dans un album souvenir qu'il donnerait aux proches.

La Terre des mensonges

Puis il leur remettrait des cartes de remerciements pré-imprimées. Il savait que la famille examinait toujours attentivement cette liste de noms et cet album, tout comme le registre : l'ensemble symbolisait en quelle amitié et en quelle estime on tenait la personne disparue et cela les aidait dans leur deuil. De même quand ils entendaient dire : « C'était un bel enterrement, oui, vraiment. »

Et c'était son boulot de le rendre ainsi. À lui et au pasteur, mais surtout à lui.

Lorsqu'il ralluma son portable après la mise en terre, il trouva un message de Selma Vanvik qui le priait de la rappeler.

Il posa le téléphone sur le siège du passager et ouvrit la fenêtre, par laquelle s'engouffra un air glacial. Il était soudain incommodé par l'odeur des fleurs qui restaient dans la voiture, presque au point d'en vomir. Aucune fleur coupée n'avait le droit de cité dans son appartement de deux pièces à Flatåsen. Il avait seulement un cyprès dans un pot en céramique. Mais il faisait plaisir à voir en hiver, quand la neige le recouvrait. Une toute petite vue personnelle qui lui suffisait. Il n'avait pas besoin de voir le Korsfjord de sa fenêtre. Juste en face de chez lui se dressait un nouvel immeuble, une façade en béton percée d'innombrables fenêtres garnies de rideaux, de plantes et de babioles accrochées en décoration ; derrière les unes, des visages et des silhouettes en mouvement, et sur presque toutes, des bougeoirs de l'avent électriques, en rang d'oignons, avec quelques légères variantes dans la forme, petites pyramides faites de sept points lumineux, le plus haut au milieu.

La Terre des mensonges

Symétrie. Vie urbaine. Aussi loin de l'authentique qu'il était possible d'aller, exactement ce qu'il recherchait.

Il aurait pu s'acheter une maison. Il avait suffisamment d'argent, mais que ferait-il d'une maison ? Une maison l'aurait amené à envisager des choses. Ces derniers temps il avait commencé à caresser l'idée d'un bon sauna. Mais il pourrait peut-être s'acheter un nouvel appartement, flambant neuf, avec de la place pour un sauna ou qui en avait déjà un. Un appartement de grand standing, avec de larges ouvertures et tout sur un même niveau, sans aucun seuil : on ne savait jamais à quel moment ce qui vous attendait arriverait. Et un ascenseur. Et une bonne salle de bains. Avec à la fois une baignoire assez longue et une cabine de douche spacieuse, au sol carrelé un peu rugueux, peut-être d'ardoise claire.

Selma Vanvik n'avait pas accepté que Margido s'éclipse après l'enterrement de son mari, mort d'un cancer de la prostate.

Il roulait en direction de Fossegrenda pour y chercher un modèle Nature traité pour Yngve Kotum. Il aurait dû la rappeler, c'était une règle de politesse, mais il s'en dispensa. Cela faisait plus d'une semaine qu'il était allé là-bas, il aurait dû se douter qu'elle allait bientôt reprendre contact avec lui.

Les gâteaux présentés sur un plat, les tasses à café qui tintaient, le canapé de velours vert bouteille, les rides duveteuses sous ses yeux et celles sous son menton qui descendaient vers le col de son chemisier, l'odeur d'un capiteux parfum pour femmes qui aurait mieux convenu en d'autres circonstances.

La Terre des mensonges

De nouvelles veuves du même âge que lui, cela n'avait rien d'exceptionnel. Elles s'ouvraient à lui dans leur deuil. Rougissaient entre les larmes. Elles étaient préparées et cherchaient à attirer l'attention et la sympathie. Elles avaient assimilé par avance une bonne part du chagrin, même si beaucoup croyaient que c'était impossible. Or pour les femmes, c'était tout à fait possible. Pour les hommes, la mort arrivait toujours comme une bombe. Même quand leur épouse s'étiolait lentement sous leurs yeux, ils se cachaient la tête dans le sable et subissaient un choc quand ils se retrouvaient seuls. Mais les femmes savaient. Selma savait. Et elle avait cordialement souhaité la bienvenue à Margido dès sa première visite, avec un sourire rehaussé de rouge à lèvres, et ce parfum. Elle lui fit toutes ses confidences, s'abritant derrière l'alibi du deuil. Lui parla de choses qu'elle n'avait « jamais dites à personne », dont elle ne se confiait même pas à ses filles. De leur mariage ennuyeux, de leurs finances tenues secrètes, de la boisson, des autres femmes, alors qu'il était venu pour rédiger un avis de décès et choisir un cercueil.

— Vous êtes celui qui veillez sur mon âme, avait-elle déclaré. Je ne veux pas de services du pasteur. Je suis athée, vous savez. Vous croyez en Dieu ?

Elle lança le mot « athée » comme s'il s'agissait d'un parti politique pour lequel elle votait ou une boutique qu'elle préférait à d'autres.

— Je ne suis sans doute pas celui qui veille sur votre âme à proprement parler, dit-il. Mais je ferai tout mon possible pour que l'enterrement de votre mari soit…

— Il faut que vous m'aidiez à tout régler. Arve ne me laissait rien faire, je ne sais pas ce que c'est qu'une déclaration

La Terre des mensonges

de revenus. Et s'il y a des factures à son nom ? Qu'est-ce que je dois faire pour éviter ça ? Je suis complètement désemparée, Margido, vous savez.

– Ne vous en faites pas ! Nous avons le certificat de décès et nous en informerons l'administration. L'état civil et la Sécurité sociale seront avertis. Et vous devrez vous-même prendre un rendez-vous à la banque. Vous avez des enfants en commun qui pourront vous aider ?

– En commun ? Bien sûr qu'ils sont en commun. Mais je ne veux pas parler de tout ça avec eux. Ils ont l'habitude qu'on fasse… qu'il fasse tout.

– Un notaire peut-être ?

Elle ne répondit pas. Au lieu de cela, elle croisa les jambes, se pencha vers la table et fixa des yeux sa tasse à café. Elle eut un air déçu en voyant qu'il y avait à peine touché.

Trois jours après l'inhumation, elle avait réussi à l'inviter chez elle et il avait accepté. Il n'avait pas su lui résister ; après tout, elle était tout juste veuve, une femme en deuil, une personne dont il s'occupait professionnellement, une femme qu'il devait traiter avec compassion.

Non, il ne rappellerait pas. Il valait mieux qu'elle retéléphone ou, de préférence, qu'elle laisse tomber. Il ignorait ce qu'elle attendait de lui, même s'il le comprenait. Mais il n'avait pas d'expérience. Il n'avait jamais eu de rapports avec une femme, jamais eu d'épouse, cela s'était trouvé ainsi et ce serait ridicule de commencer maintenant, à son âge, lui qui disposait d'un simple petit cyprès dans sa véranda et rêvait d'un sauna. En même temps, il était flatté malgré lui de l'attention qu'elle lui portait, du pouvoir qu'elle lui

La Terre des mensonges

confiait, croyant que tous les problèmes disparaîtraient
pourvu qu'il s'investisse à fond, se serve de petits gâteaux,
s'allonge sur le canapé et fasse une petite sieste, tout comme
elle le lui avait proposé la dernière fois qu'il était venu parce
qu'il avait l'air fatigué. Et lorsqu'il était parti, elle l'avait
embrassé de manière inconvenante à ses yeux. Elle s'était
appuyée exagérément contre lui et lui avait même tripoté
les cheveux derrière la nuque. Leur racine était bien
au-dessous de sa longueur de coupe préférée, et ils poussaient plus vite que ceux du haut du crâne. Quinze jours
après être allé chez le coiffeur, il avait déjà deux bandes de
cheveux bouclés de part et d'autre des vertèbres cervicales.
Il essayait de penser à les raser, mais parfois il oubliait,
comme les poils du nez et des oreilles. Elle avait enroulé
sans ménagement les cheveux de sa nuque autour de ses
doigts en l'embrassant et, instinctivement, il n'avait pas vu
d'autre issue que de s'échapper aussi poliment que possible.
   Au dépôt il prit un cercueil modèle Nature traité, ainsi
qu'une couverture, un coussin, une chemise mortuaire et
un linceul. Il entassa le tout à l'arrière de la voiture et le
recouvrit d'un plaid. Avec la Citroën, c'était plus rapide :
un corbillard marqué d'une croix sur le toit ne pouvait pas
passer à l'orange ou couper les virages. Il appela
Mme Marstad pour lui demander si elle n'avait pas oublié
que c'était elle qui devait aller chercher le nécessaire à
Strinda ensuite. Elle répondit que non, mais d'un ton
quelque peu irrité, et ajouta que Mme Gabrielsen allait
bientôt la rejoindre pour les soins d'Yngve Kotum. Il avait
agi bêtement, se dit-il plus tard, Mme Marstad se souvenait toujours de tout. Qu'est-ce qui lui avait pris ? D'où lui
venait cette inquiétude ? C'était sans doute cette histoire de

La Terre des mensonges

Selma Vanvik qui l'avait déboussolé. Combien de temps devrait-il encore faire preuve d'une aimable politesse à son égard ? Il se força à réfléchir à des détails pratiques. Il lui faudrait finir d'imprimer deux recueils de chants après les soins au fils Kotum et avant la mise en bière.

Mme Gabrielsen arriva en même temps que lui.

À la morgue ils vérifièrent plusieurs fois le nom, la date de naissance et celle du décès, avant de sortir le corps enveloppé de plastique noir sur sa civière. Il ne faisait aucun doute pour Margido de qui il s'agissait, mais c'était la routine. Or il suivait toujours la routine à la lettre, c'était source de grande liberté. Cela libérait d'autres pensées.

— Le père a refusé l'autopsie, fit Margido en guise d'explication au fait que le corps n'était ni lavé, ni joliment recousu par le pathologiste.

Ils enfilèrent des gants en latex et un tablier en plastique transparent qu'ils se nouèrent derrière les reins. Il fallait faire le nœud avec précaution pour ne pas casser les fines lanières.

Ils développèrent le corps, des odeurs s'élevèrent vers eux et tous deux se mirent instinctivement à respirer par la bouche.

— Pauvres parents ! dit Mme Gabrielsen. C'est eux qui l'ont trouvé ?

— Oui.

Elle retira le boxer de l'adolescent, ouvrit le conteneur pour déchets spéciaux et l'y déposa. Margido ôta la corde de son cou. Ils dégagèrent avec précaution le film de plastique souillé et le remplacèrent par du papier. Après quoi ils

42

La Terre des mensonges

retournèrent le cadavre sur le côté et le stabilisèrent, avant que Margido ne trempe un morceau de gaze dans l'eau et ne commence sa toilette. Mme Gabrielsen lui lava le reste du corps.

Il travaillait méticuleusement. Tous avaient le droit d'être enterrés ou incinérés aussi propres qu'il pouvait les rendre. Il fallait éviter de rappeler à ceux qui restaient les matières rendues par un corps une fois les automatismes musculaires disparus.

Quand le garçon fut propre jusqu'en bas, il lui mit un bouchon de gaze ficelé pour empêcher de nouvelles fuites. Puis il s'occupa de la langue. Il enfonça profondément les doigts dans sa gorge et s'efforça de renvoyer la racine de la langue. Il y réussit en partie, avant d'attacher la mentonnière. Il essaya de lui rabattre les paupières, mais les globes oculaires étaient si dilatés qu'elles ne les recouvraient qu'aux trois quarts. Il lui enduisit le visage d'une crème d'un brun pâle, qui atténua son aspect bleuté, surtout celui des lèvres. Il lui fit une raie sur le côté, ce qui était sans doute une erreur, mais il n'était jamais simple de savoir comment les jeunes se coiffaient.

– On garde la mentonnière jusqu'à ce soir, conclut Margido. La famille le verra à dix-huit heures.

Ils soulevèrent l'adolescent pour le déposer dans le cercueil. Margido le prit par les épaules. Un renvoi sortit aussitôt de sa gorge, mais Margido s'y était attendu et lui avait tourné la tête. Il suivait machinalement toutes les règles d'hygiène obligatoires, même si le garçon ne présentait sûrement plus aucun risque de contagion. Mais un mort pouvait contaminer par la salive. Pour autant que le

La Terre des mensonges

sache Margido, des staphylocoques dorés pouvaient subsister dans sa gorge. D'autant plus que le décès ne remontait qu'à vingt-quatre heures.

Ensemble ils lui enfilèrent la chemise et croisèrent ses mains froides sur sa poitrine par-dessus le linceul. Il portait une chevalière à la main droite, très vraisemblablement un cadeau de confirmation. Ils lui lissèrent les cheveux, plièrent la petite couverture blanche et la posèrent sur l'oreiller à côté de son visage. Mme Gabrielsen mit la poche contenant les vis du couvercle au pied du cercueil et, ensemble, ils posèrent le couvercle sans le fixer, avant de reconduire le cercueil dans la chambre froide.

Celle-ci était presque pleine. Yngve Kotum était le neuvième et elle ne comportait que dix places. Margido avait promis qu'ils viendraient le chercher le lendemain soir pour le conduire à la chapelle près de l'église de Bynes, où le cercueil serait exposé jusqu'à l'inhumation.

À cinq heures et demie il était de retour. Il se gara et resta un moment sur son siège sans arrêter le moteur. Au contraire, il se pencha et mit le chauffage à fond quelques instants. L'air chaud et sec lui arriva sur les mains. Le plat tout prêt, réchauffé dans la kitchenette du bureau, qu'il avait ingurgité en lisant les épreuves des deux recueils de chants, ne lui avait pas assez rempli l'estomac et il ressentait une légère faim. Ou plutôt, pas vraiment la faim, mais un creux. Le soir était calme et d'un noir d'encre de l'autre côté des vitres de la voiture. Il faisait bon être assis là, un îlot de chaleur, comme dans une capsule étanche. Selma Vanvik n'avait pas retéléphoné et cela aussi, justement, lui procurait une sorte de paix. Il avait neigé tout l'après-midi, il y avait

La Terre des mensonges

au moins trente centimètres de poudreuse. Bientôt il se renverserait dans son fauteuil, dans son salon, et regarderait la neige sur la véranda, les petites branches touffues du cyprès décorées de blanc.

Le dessus de ses mains s'était réchauffé, mais pas le dessous. Il se les frotta, inspira profondément et souffla doucement avant de couper le moteur.

— Prions ! Père tout-puissant, nous nous remettons entre tes mains et te remercions pour ce que tu as donné en la personne d'Yngve, aujourd'hui disparu. Réconforte et console ceux qui sont dans la peine ! Aide-nous à vivre en communion avec toi, afin qu'un jour nous aussi partions en paix rejoindre Jésus-Christ, ton fils, Notre-Seigneur. Amen. Écoutons la parole de Dieu !

Il leva les yeux vers le petit groupe debout en rangs dispersés au pied du cercueil. Avant leur arrivée, il avait transporté celui-ci jusque dans la chapelle de l'hôpital, allumé les cierges blancs, ôté le couvercle et enlevé la mentonnière. La longue tige d'une rose rouge était passée entre les mains croisées de l'adolescent décédé, et la mère n'avait pas renouvelé son hystérie de la veille en découvrant son fils vêtu d'une chemise mortuaire. En entrant dans la chapelle, elle s'était dirigée vers le cercueil avec une expression de grande incrédulité, sans détourner les yeux de la tête de son fils reposant sur la soie blanche. Elle toucha les deux paupières de ses doigts gourds, il lui fallait sentir l'inertie de la mort comme pour pouvoir y croire.

Margido ne bougeait pas et attendait la réaction. Il détestait au plus haut point ces moments-là, toujours incontrôlables. Les gens réagissaient de manière si différente.

La Terre des mensonges

Certains aucunement, d'autres violemment, et peut-être de façon irrationnelle, par des rires ou des commentaires incompréhensibles, et par la colère, souvent la colère dans les cas de mort soudaine.

Mais elle avait simplement posé la main sur le front de son fils, comme pour le réchauffer. Beaucoup avaient du mal à supporter le contact d'un corps réfrigéré, mais elle avait laissé sa main un bon moment, sans rien dire, sans pleurer, tremblant légèrement. Les sœurs de l'adolescent étaient là, serrées l'une contre l'autre, le teint rouge et brillant. Le père et sa sœur étaient raides comme des piquets, le visage dépourvu de toute expression. Sans doute avaient-ils été élevés ainsi, pensa Margido. Et, avant qu'il ne commence la prière, la mère s'était assise sur une des chaises le long du mur, seule, tête baissée.

– Le Seigneur est mon berger, je ne manque de rien. Il me laisse coucher dans les vertes prairies, apaise ma soif là où je me repose, et me redonne des forces. Il me conduit sur les droits chemins en l'honneur de son nom. Même si je marche dans la vallée de l'ombre de la mort, je ne redoute aucun mal. Car tu es avec moi. Ton bâton et ta verge sont ma consolation…

Au moment de la bénédiction il régnait un grand silence, une véritable paix. Plus personne ne pleurait, ils s'étaient repliés sur eux-mêmes, ils l'avaient vu mort de leurs propres yeux, lui qui était encore vivant la veille, accessible, avec une voix, des gestes, la vie. On aurait dit que la mort apposait sur eux une sorte de sceau, mettant de côté tout simulacre.

La Terre des mensonges

– La grâce de Notre-Seigneur Jésus-Christ, l'amour de Dieu et la communion du Saint-Esprit soient avec vous !

Margido recouvrit le visage du garçon avec la serviette, après quoi le père et lui placèrent sur le cercueil le couvercle, qui s'emboîta avec précision, comme toujours.
– Voulez-vous m'aider à le visser ?
Son regard alla d'un visage à l'autre. La mère, encore affaissée sur la chaise près du mur, ne réagit pas à la question. Le père, les yeux rivés au sol, pensait peut-être vaguement à toute la neige qui venait de tomber, espérant que le voisin ne l'avait pas dégagée à sa place pour ne pas devoir rester enfermé en rentrant à la maison. Mais les sœurs acquiescèrent. Il leur remit deux vis chacune et leur montra comment les enfoncer de biais. L'opération se fit dans le plus grand silence. Les cierges brûlaient tels de petits piliers immobiles, avec une espèce d'indifférence qui, parfois, énervait profondément Margido.
Lorsqu'il ramena ensuite, tout seul, le cercueil dans la chambre froide, une dixième bière y avait pris place. C'était complet.

Il souffla sur les cierges, cracha dans ses doigts et pinça chaque mèche avec soin. L'odeur qui s'en dégageait lui était insoutenable, encore pire que celle des fleurs coupées. Mais le goût du mensonge qu'il avait dans la bouche s'amenuisait chaque fois, à chaque prière qu'il faisait devant un cercueil.
Les gens croyaient toujours qu'il pensait vraiment ce qu'il disait, pourquoi le soupçonneraient-ils du contraire ? Et sans doute une fois s'était-il persuadé que ses paroles produisaient le même effet, qu'il y adhère lui-même ou

La Terre des mensonges

non. Il n'était pas dans de vertes prairies. Mais au fond ce n'était pas un mensonge, précisément parce qu'il ne croyait plus à toutes ces adjurations. Ce raisonnement avait coutume de le calmer. Ce n'étaient que des mots.

Cependant le goût ne lui en était pas passé, pas encore.

Il était assis à la même place que la veille quand le téléphone sonna, sur les onze heures. Et il eut la même pensée, espérant que c'était une personne âgée qui était morte dans son lit et non un accident de la route. Quoi qu'il en soit, il lui était matériellement impossible d'accepter quelqu'un pour le lendemain, voire les deux jours suivants, et il indiquerait une des entreprises plus importantes. Il avait mangé un croque-monsieur qu'il avait passé à la poêle, il s'était douché et rasé la nuque, avait utilisé la petite tondeuse électrique pour les oreilles et les narines, et avait enfilé une robe de chambre. Il avait vu une émission sur la population des gloutons dans les montagnes norvégiennes et feuilleté au hasard le journal du jour.

Il avait déjà en tête le numéro de téléphone de l'autre entreprise possible quand il appuya sur la touche où était représenté un combiné vert.

C'était son frère aîné, Tor. Le fermier de Neshov. Margido posa la main sur l'accoudoir et serra les doigts. Il était inimaginable que son frère lui téléphone, et pourtant il avait sa voix à l'oreille. Noël approchait, c'était peut-être une idée de leur mère, eut-il le temps de se dire avant que le grand frère ne déclare :

— C'est maman. Elle est hospitalisée.

— Pour quoi ?

— Une attaque.

La Terre des mensonges

— Grave ?

— Apparemment. Mais elle ne mourra pas cette nuit, à ce qu'ils disent. À moins qu'elle en ait une deuxième, bien sûr.

— Tu appelles de Saint-Olav ?

— Oui.

— Eh bien… bon, j'arrive.

— Alors on t'attend.

— On ?

— Papa est là aussi.

— Comment ça se fait ?

— Il m'a aidé à la transporter jusque dans la voiture. Je ne pouvais pas attendre l'ambulance. Et il m'a accompagné.

— Il va rester toute la nuit ?

— On n'a qu'une voiture. Mais moi, j'ai de quoi m'occuper à la maison. J'ai une truie qui…

— Vous avez des cochons maintenant ?

— Oui.

— Ramène-le à la maison ! Je m'en vais voir maman.

— Bon.

— Tu veux bien ?

— Oui, je t'ai dit.

— Tu pourras me rappeler ? Quand vous serez rentrés ? J'irai à ce moment-là.

— Oui.

— As-tu réussi à joindre… Erlend ?

— Pas encore. Je n'ai pas son numéro.

— Les renseignements pour l'étranger l'ont sûrement.

— Mais on ne sait pas où il…

— J'ai reçu une carte il y a quelques années, postée de Copenhague.

— Ah bon ? s'exclama Tor.

La Terre des mensonges

– Oui. Appelle les renseignements !
– Tu es plus doué que moi pour ce genre de choses, Margido. Tu ne peux pas le faire ?
– Si. Mais passe-moi un coup de fil dès que tu seras rentré ! Même si c'est en pleine nuit.

Il resta assis, le combiné sur les genoux. Il se perdit dans ses pensées et ses pieds étaient tout engourdis quand le téléphone sonna de nouveau. Il vit que les aiguilles de l'horloge indiquaient minuit dix.

— C'est franchement superbe ! Bon Dieu !

— Ce n'est pas bien de dire ça. Vous ne savez pas qu'il y a des gens qui…

— Bon, disons : mon Dieu. Avec un *m*. Pour te faire plaisir. Eu égard à ton âme sensible. Tiens ça, mon ami !

C'était en fait une chance inouïe que le bureau lui ait envoyé ce jeune blanc-bec pour l'aider à finir la vitrine. Un gamin dénué d'ardeur créatrice qui ne serait pas tenté d'imposer ses idées. Il venait du Jutland. Mais il était gentil malgré tout, avec un joli duvet noir, presque féminin, au-dessus de la lèvre supérieure, et l'arc des lèvres bien marqué. Sur ses lobes d'oreilles poussait aussi ce duvet noir un peu poussiéreux. En outre il avait enlevé son gros pull et travaillait en T-shirt moulé couleur miel et pantalon à taille basse, qui laissait voir une bonne partie de la pointe velue effrontément orientée en direction de ses bijoux de famille. Il avait les reins trempés de sueur, la peau dorée comme une crème brûlée. Tout cela était positif, et surtout le fait qu'il s'exécutait à la moindre consigne et ne réagissait à rien d'autre qu'aux jurons, même s'il était apprenti et que pour

La Terre des mensonges

s'instruire il aurait dû poser des questions sur la finalité de pratiquement tout.

Cette vitrine, il l'avait entièrement conçue dans sa tête, dans l'obscurité de sa chambre, avec Krumme qui ronflait à côté de lui, et il savait que ce serait parfait. Il avait malheureusement été obligé de faire des esquisses bien concrètes pour le propriétaire, ce qui lui gâchait un peu le plaisir de la réalisation, mais il n'y avait pas d'autre solution, d'autant que le propriétaire lui-même devait choisir les bijoux à exposer. Personnellement, il aurait préféré finir seul, derrière une tenture le cachant à la vue de l'extérieur, sans personne d'autre dans la boutique, pour ensuite dévoiler la vitrine dans toute sa splendeur, devant les curieux attendant avec impatience dans la neige sur le trottoir. Ils auraient tous eu le souffle coupé d'admiration et ils auraient levé leurs coupes vers lui en signe de chaleureuse approbation. C'était un rêve qu'il pouvait choyer pendant des heures au sein de son imagination, chaque fois qu'il était sur le point de terminer une nouvelle vitrine.

Pour l'instant, deux vigiles étaient là pour veiller sur les objets de valeur. Ils buvaient du café noir et fumaient en douce devant une porte de service entrebâillée, les yeux rivés sur tout ce qui se passait dans la vitrine, qui donnait sur une petite rue adjacente à Strøget, la célèbre rue piétonne de Copenhague. Ça ne se passait jamais comme dans ses fantasmes. Et lui-même n'était qu'un être humain et ne disposait malheureusement que de deux bras, aussi ne pouvait-il pas se passer d'un assistant.

– Et seulement un peu plus d'une semaine avant Noël. Quelle folie, dit le jeune homme en levant en l'air le

La Terre des mensonges

rouleau de papier aluminium comme on le lui avait demandé. Une large vague de lumière réfléchie lui coula des mains. Il avait l'air d'un Atlas grincheux tenant le monde au-dessus de sa tête.

— Mais ce sont les meilleures journées ! Tous les hommes débarquent chez le bijoutier au dernier moment pour acheter un cadeau à leurs femmes. Des hommes qui ont mauvaise conscience avec toutes leurs heures supplémentaires et leurs innombrables passades de l'année, qui brandissent leur carte bancaire et la passent dans le lecteur pour des sommes astronomiques, au point que peu s'en faut qu'elle ne se recroqueville sous la chaleur de la friction. Et pas seulement à leurs femmes, mais aussi à leurs maîtresses, surtout à leurs maîtresses ! D'ailleurs ça continue encore après Noël, c'est ce qu'il y a de bien. En tout cas, jusqu'au début de janvier, peut-être. On n'a pas de rouge ici. Pas un ange, pas un père Noël. Pas un flocon de neige, pas un ruban de Noël. Écoute-moi bien pour apprendre ! C'est bientôt le Nouvel An, hein ? Ceci est pratiquement une vitrine de Nouvel An ! Et une vitrine pour l'année nouvelle ! Il faudrait vraiment remercier Carlsberg d'avoir fait la promotion du bon goût !

En reculant, un camion de bière Carlsberg était rentré dans la bijouterie deux jours plus tôt et avait réduit à néant toute la vitrine de Noël. Plusieurs bagues ornées de diamants et un bracelet d'émeraudes avaient disparu dans le chaos qui s'en était suivi. On lui avait confié le nouveau décor en urgence. Ils ne voulaient pas refaire la vitrine à l'identique si près de Noël. Et il avait touché une coquette somme justement parce que ça pressait, bien que décembre soit pour lui un mois extrêmement creux puisque tout le

La Terre des mensonges

monde voulait sa vitrine prête au plus tard à la mi-novembre.

Il avait tout construit à base d'argent, d'or et de verre. Il s'était procuré divers pendentifs de cristal taillé au diamant. Des étoiles, des gouttes, des cœurs, suspendus au plafond par des fils invisibles d'inégale longueur, que des spots dirigés sur eux faisaient exploser de couleurs au motif des facettes, pour peu qu'ils bougent du moindre petit millimètre. Ils étaient taillés comme des prismes, mais de façon beaucoup plus subtile que les prismes de verre ordinaires, ce qui leur conférait une certaine classe. Des nappes argentées recouvraient les murs latéraux de la vitrine, une nappe dorée était étendue par terre, avec des marches de verre et des surfaces de miroir en tablettes sur différents niveaux. Derrière la vitre, des bustes de mannequins étaient enveloppés dans du papier aluminium sauf à certains endroits stratégiques. Il leur avait laissé la tête, sans perruque, mais supprimé les bras. Et le papier alu entourait les bustes de telle sorte que l'un d'eux avait les oreilles dégagées ; on pouvait y admirer une paire de boucles d'oreilles. Un autre avait le cou apparent et portait un large collier d'argent avec une rangée de perles. Tout le côté droit de la vitrine abritait un éventail ouvert de bras en argent, douze en tout, avec des bagues à tous les doigts et des bracelets. C'était simple, mais d'une exaltante efficacité, comme si des hordes de femmes passaient leurs bras par un trou dans le sol et gesticulaient, avides d'or blanc et de diamants. Il en avait eu l'idée après avoir vu une exposition consacrée à l'art corporel à la galerie Metal. En arrière-plan, il accrocherait de longs voiles d'aluminium qui renverraient la lumière, il obtiendrait l'effet d'une bombe lumineuse,

La Terre des mensonges

dont le cœur serait d'un éclat intense, comme dans un palais de glace. Tout contre la vitre, devant les bras tendus, il placerait deux coupes de champagne à moitié pleines, une bouteille de Bollinger presque vide, un peu de papier cadeau déchiré et de bolduc, comme lorsqu'on vient tout juste de déballer un présent, un petit écrin ouvert contenant une bague ornée d'un superbe diamant, et un petit string en soie grège donnant l'impression d'avoir été lancé devant la bouteille. Le vin rouge ne convenait pas, il se serait évaporé dans les verres au bout de quelques jours en laissant des cercles desséchés, alors que le champagne s'accordait toujours à la perfection avec les bijoux précieux. Il n'avait pas parlé du string au propriétaire, mais on était à Copenhague, et il adorerait l'association implicite avec la rétribution d'une femme reconnaissante.

Il travaillait en ressentant une sorte de bonheur chaleureux et durable au fond de lui-même. Un bonheur qui de temps en temps lui coupait le souffle et poussait l'adrénaline à lui donner des petits coups au-dessous de l'estomac. Il déboucha la bouteille de champagne et la porta à sa bouche.

– Et moi alors ?

Ah, cet affreux accent jutlandais ! Il lui rappelait presque celui de Trondheim.

Il eut un renvoi de bulles, puis répondit :

– Toi, tu es l'apprenti. Et cette bouteille va faire partie de la décoration. Elle doit donc porter l'empreinte de ma salive, mon ADN, mon sceau.

Pas un sourire de la part du jeune. À quoi bon avoir la peau du ventre couleur miel, si on n'avait pas le sens de l'humour ? pensa-t-il.

La Terre des mensonges

Avec ce sentiment de légère ivresse due au champagne, il contemplait de l'extérieur la vitrine terminée. Il n'avait pas froid bien qu'il fasse moins cinq degrés et qu'il soit en sueur, sans manteau, ou peut-être avait-il froid, mais c'était sans aucun intérêt pour l'instant. La vitrine se distinguait parmi toutes les autres comme une pulsation, un rayonnement dans l'obscurité du soir, un aimant visuel, une incitation physique, rectangulaire à l'achat. Le bonheur le ressaisit d'un seul coup, la pensée du cadeau que Krumme lui avait offert le matin, un cadeau de pré-Noël, qu'il inaugurerait peut-être ce soir-là.

Il rentra en courant.

– C'est une petite merveille ! Bon Dieu !

– Bon. Alors je m'en vais.

– *Un jour, un Jutlandais voulut tirer à plomb*
sur un natif du Trøndelag, quel toupet !
Mais il ne lui fracassa pas le front.
Non, pour un natif du Trøndelag il faut des boulets.

« Tu connais ça ?

– Un natif du Trøndelag ? Qu'est-ce que c'est ?

– Je te l'aurais montré en détail si je n'étais pas devenu monogame et allergique aux capotes anglaises. Joyeux Noël, petit ! J'espère que tu auras ce que tu souhaites vraiment. Qui remonte par-derrière.

Le jeune enfila son pull. En ressortant la tête de l'encolure, les cheveux vilainement plaqués sur le crâne par l'électricité statique, il déclara :

– Pas d'aussi vieux bâtons que vous, en tout cas. Ça risquerait de moisir.

Erlend éclata de rire.

La Terre des mensonges

– Voyez-vous ça ! Voyez-vous ça ! Tu l'as quand même en toi, bon sang ! Tu devrais le cultiver ! Avant que tu ne moisisses toi-même. Prématurément.
– Qu'est-ce que vous voulez dire, merde alors ?
– Ce que je veux dire, merde alors ? Joyeux Noël ! Et une Bonne Année de pompe !

L'été aussi était bien agréable. Il avait en soi une certaine légèreté, avec beaucoup de peaux dénudées, de la buée sur les verres, des rires dans les nuits bleues, des aisselles qui transpirent, des doigts de pieds nus dans les sandales, l'odeur du goémon qui lui rappelait toujours la libération de la mer. Et le printemps était splendide. Le printemps, avec tout ce qui était en train de se dérober, de se découvrir, et de recommencer, d'une tout autre façon cette fois, peut-être pour la première fois, qu'en savait-on ? Nous ne sommes que des êtres humains qui ne cessons jamais d'espérer. Et l'automne. Presque la meilleure saison. L'air vif, les feuilles si belles qu'on n'arrive pas à comprendre qu'elles ne sont pas faites à la main, le chocolat chaud surmonté de crème, le ciel majestueux, l'espérance. Mais l'hiver était vraiment ce qu'il y avait de mieux. Et au cœur de l'hiver il y avait Noël, sur la plus haute étagère, étincelant.

Il s'en retourna chez lui, en direction de la place de Gråbrødretorv, les mains profondément enfoncées dans les poches de sa veste en peau de mouton, longeant les rues décorées. Les arbres étaient parsemés de petits points lumineux comme dans un film de Disney, le ciel d'un noir profond offrait un véritable décor d'étoiles qui faisait pâle figure, confronté à l'artificiel. Il y avait une foule de gens

La Terre des mensonges

sur Strøget. Noël se dessinait sur leur visage. Certes aussi l'affairement et le stress, mais également la beauté, et toutes les joies secrètes qui en découlaient. Les surprises cachées dans le placard, tout au fond, les repas soigneusement planifiés, comme des rituels, la décoration, la volupté, le luxe. Pour lui, Noël constituait le point central de l'année, d'où tout rayonnait avec symétrie, fermé à l'autre bout par la Saint-Jean.

Il avait les jambes mouillées, mais c'était sans la moindre importance. Il irait dans le jacuzzi, avec un verre de champagne qu'il poserait sur le bord, dès qu'il aurait franchi la porte de l'appartement et l'aurait refermée derrière lui. Il lui semblait qu'il restait quatre ou cinq bouteilles de Bollinger. Un fiacre passa tout près de lui avec des enfants costumés en lutins de Noël assis à l'arrière de la voiture et tenant solennellement des torches à la main. Il devait se passer quelque chose quelque part, il se passait toujours quelque chose à Copenhague, partout, sans qu'il soit possible de le savoir. Cette ville offrait mille fois plus que ce qui pouvait affecter un simple individu. Il ne quitterait jamais cette ville, jamais, il était désormais chez lui à Copenhague, c'était la ville du roi, la ville des rois, celle de Krumme et la sienne. Il inspira une bouffée d'air, sentit combien il était froid, ouvrit les yeux pour voir toutes les lumières et l'agitation, et ressentit un désir subit. Le lendemain il ferait du pain pour la fête d'avant Noël, qui aurait lieu trois jours plus tard. Du pain de seigle qu'il recouvrirait d'un film plastique et mettrait au réfrigérateur, pour pouvoir le couper en très fines tranches humides si jamais quelqu'un avait envie de pain et de hareng mariné pour l'en-cas du soir. Et il foncerait de pâte brisée des moules à

La Terre des mensonges

génoise pour le dessert aux pommes, de sorte qu'il n'ait plus qu'à garnir et enfourner juste avant l'arrivée des invités. Krumme avait sûrement pensé à aller chercher le sapin qu'ils mettraient sur la terrasse, décoré d'une centaine d'ampoules et de petits paniers jaunes et rouges, remplis de neige artificielle au cas où il pleuvrait. Et avec une étoile de Georg Jensen au sommet, rien de moins. Sur le sapin à l'intérieur, ils auraient de vraies bougies. Une quinzaine en tout, c'était bien suffisant quand il fallait veiller à ce qu'elles ne se renversent pas et mettent le feu aux aiguilles, réduisant Noël en cendres.

Le petit train de Noël le dépassa à grand bruit. Il aurait bien vécu sans cela. Qu'est-ce que le train et Noël avaient à voir l'un avec l'autre ? C'était un élément dérangeant au sein de l'ensemble, comme une affiche promotionnelle inesthétique dans une vitrine par ailleurs alléchante. Des familles avec des petits bien couverts et des touristes étaient à bord du train et tournaient la tête dans tous les sens tandis qu'on les convoyait bêtement ainsi depuis Kongens Nytorv jusqu'à l'arbre de Noël sur la place de l'Hôtel de Ville.

Il fit un arrêt chez *Madam' Celle* pour acheter du café torréfié au chocolat et se grisa des odeurs en provenance des étagères, pendant que la jeune fille attendait devant le moulin, tenant tout prêt le sachet en papier doré. Le bruit grinçant et répétitif lui rappela soudain le moulin à café de la coop de Spongdal, où sa mère lui permettait, quand il était petit, de tenir le sachet sous l'orifice. Il se souvenait du poids du café tout frais moulu qui s'alourdissait dans sa main, et le fil en métal qu'il devait tordre deux fois avant de le replier pour fermer hermétiquement le sachet. Sa mère

La Terre des mensonges

faisait alors son éloge et lui caressait rapidement les cheveux avant de déposer le sachet de café dans son panier.

Il entama la conversation avec la jeune vendeuse pour éloigner ce souvenir, et elle bavarda volontiers, évoquant entre autres un nouveau café torréfié au caramel qu'ils avaient reçu, afin de lui donner envie d'en acheter, naturellement, mais il ne souhaitait pas entendre le bruit du moulin une seconde fois. En lui rendant la monnaie, elle lui tendit un gobelet de gløgg bien chaud.

– Joyeux Noël ! lança-t-elle avec le sourire.

Par-delà l'odeur de café, il discernait le vague parfum d'un cigare. Quelqu'un fumait dans l'arrière-boutique, peut-être son petit ami qui attendait la fermeture.

Il but le gløgg à petites gorgées tout en marchant. Une fois le gobelet vide, il attrapa avec les doigts les amandes et les raisins secs restés au fond, et songea au cadeau de Krumme. Non, du reste, il ne l'inaugurerait pas ce soir-là, il voulait être seul, en jouir pleinement, sans parler ni impressionner quiconque. Il s'arrêta un instant sur la place d'Amagertorv et contempla la bougie, la plus grande bougie calendrier du monde, qui brûlait et diminuait lentement, inexorablement. Elle n'était déjà plus aussi haute. Quand le père Noël l'avait allumée, le premier décembre, elle faisait six mètres de haut et cinquante centimètres de diamètre. Krumme et lui avaient assisté au spectacle, main dans la main, comme des enfants, rassasiés de selle d'agneau et de vin rouge après un repas au *Bagatelle*.

Krumme le croisa dans l'ascenseur, alors qu'il allait chercher des cigares.

– Tu aurais pu me passer un coup de fil ! dit Erlend.

La Terre des mensonges

Il se pencha rapidement vers lui, prit le lobe de son oreille dans sa bouche et le suça un peu. Krumme avait de bons lobes épais, doux comme de la soie et toujours chauds.
— Je ne voulais pas déranger l'artiste. Le résultat est-il infiniment beau ? Tel que tu l'imaginais ? demanda Krumme.
— Encore mieux ! Il faut que tu viennes voir demain. Allez, dépêche-toi ! Moi, je vais prendre un bain.
— Tu as besoin de quelque chose, petit mulot ?
— Non, j'ai acheté du café.

Rentrer dans l'appartement après une longue journée dans le monde extérieur, c'était comme revêtir un pelage, une douce fourrure qui l'étreignait corps et âme. Le dîner prévu par Krumme était joliment préparé sur le plan de travail dans la cuisine. Les morceaux d'agneau luisaient sur la plaque de pierre noire, les légumes étaient déjà coupés en lanières, le riz pesé, le poivron débarrassé de ses graines, la coriandre hachée pour une sauce verte avec les traces visibles du couteau, du lait de coco versé de son pack dans un pichet pour qu'il soit à la température de la pièce. Deux bouteilles de vin étaient débouchées et attendaient douillettement près du four. Il trouva une bouteille de Bollinger dans un des réfrigérateurs, défit délicatement le muselet et tira lentement le bouchon en le tournant pour éviter l'inondation et la perte d'acide carbonique. Un petit nuage blanc s'échappa du goulot. Il alla dans le salon chercher une coupe. La cheminée à gaz était allumée, une musique jouait si bas qu'il entendait à peine ce que c'était, mais sans doute du Brahms. Krumme adorait écouter Brahms en faisant la

La Terre des mensonges

cuisine, il disait que cela lui rappelait les dîners du dimanche de son enfance à la somptueuse villa de Klampenborg.

Dans l'eau du bain, sa coupe à la main, il se mit à penser à ce que Krumme avait souhaité en premier lieu comme cadeau de Noël et éclata de rire. Si Krumme avait surgi tout à coup et demandé pourquoi il riait, il lui aurait raconté l'histoire du prince du Jutland qui avait peur de moisir. Krumme avait envie d'un manteau Matrix. Un manteau long de cuir noir, ajusté à la taille. Erlend était toujours aussi stupéfait et un tantinet jaloux des illusions que se faisait Krumme sur son propre physique. Krumme en Matrix, ce serait comme un ballon de plage coincé dans un étroit manchon de cuir, l'air du ballon s'échapperait dans tous les sens. L'homme mesurait un mètre soixante-deux, poids correspondant inconnu, et, tout nu, il ressemblait à une grosse boule sur deux piquets, surmontée d'une plus petite en équilibre. Si on enfonçait deux allumettes dans une pomme de pin et qu'on posait une noisette au-dessus, on avait Krumme. Néanmoins il se vantait d'avoir la même taille que Robert Redford et Tom Cruise.

Il ferma les yeux et vida entièrement la coupe. Le sifflement des gicleurs et le bouillonnement de l'eau l'endormaient. Il se força à garder les yeux ouverts et observa les poissons dans l'aquarium d'eau salée qui s'étendait sur toute la longueur de la salle de bains. Les deux turquoises étaient les plus beaux, c'était Tristan et Iseult. Il remplit la coupe et trinqua en leur honneur. Bien sûr que Krumme aurait son manteau, il irait le chercher le surlendemain chez le tailleur qui avait sans doute réalisé l'exploit d'ajustage de sa vie

La Terre des mensonges

à partir des mesures prises en cachette sur d'autres vêtements de Krumme. Mais la vue... Rien que pour cela il
avait follement hâte d'être au soir de Noël.

— Tu veux jouer ?
— Ah, te voilà, chéri ! Non, je suis trop fatigué...
— Alors je vais plutôt m'asseoir ici.

Krumme s'enfonça dans le fauteuil à oreilles blanc qui
faisait l'angle près du palmier et enleva ses chaussettes,
avant d'écarter les orteils sur les dalles chauffées.

— Va te chercher un verre, il en reste un peu, dit Erlend.
Et si tu vas chercher une autre bouteille, je jouerai peut-être
quand même. Oh, j'ai oublié de voir pour le sapin. Y es-tu
allé ?

— Bien sûr. Il est sur la terrasse.
— Pas décoré, j'espère ? Je veux le faire !
— Bien sûr que tu vas le faire. Mais tu ne peux pas arrêter
cette foutue tempête sur l'Atlantique, on ne s'entend pas
ici. Je vais chercher les bulles.

Il revint tout nu, balançant massivement son corps tout
rond, une nouvelle bouteille et une coupe à la main. Il
s'assit à l'autre bout de la baignoire en éclaboussant. Son
visage devint aussitôt luisant de sueur.

— Quel bonheur ! Remplis la coupe, dit-il en la tendant
à Erlend.

Ils émirent de petits rires étouffés, sirotèrent leur champagne le menton levé et les yeux fermés. Krumme voulut
tout savoir sur la vitrine mais, à la place, apprit tout sur le
rabat-joie jutlandais. Il valait mieux qu'il aille voir la vitrine
de ses propres yeux.

La Terre des mensonges

— C'est impossible à décrire, déclara Erlend. À quelle heure travailles-tu demain ?

— À partir de cinq heures. Et comme si on n'en n'avait pas assez, on a dû arrêter le reportage sur Noël au château d'Amalienborg, répondit Krumme.

— Pourquoi donc ?

— La reine devait donner son approbation, et bon sang, tu ne crois pas qu'elle aurait pu retirer une photo, de caractère trop privé selon elle ? Non, il faut tout modifier, le layout et des trucs dans le texte aussi.

— Qu'est-ce qu'elle avait de travers, cette photo ?

— En arrière-plan, une porte ouverte sur une cuisine, et quelque chose de pendu au dossier d'une chaise. Cette porte aurait dû être fermée. Tout ça, c'est la faute de cet idiot de photographe.

Il avala une grande gorgée. Erlend le regarda en s'écriant :

— Mais qu'est-ce qu'il y a donc sur cette chaise ? Vas-y, dis-le ! Mon Dieu, ce que tu peux être agaçant parfois, Krumme !

— Une veste. Une veste brune.

— Mais qu'est-ce que...

— Aucune idée. Vraiment aucune idée ! Peut-être un vêtement oublié par une maîtresse ?

— Sûrement ! Un comte grincheux, enfant gâté, comme lui. Le vin. C'est tout ce qui l'intéresse. Le vin, les cépages et les vignobles.

— Ce n'est pas le pire des intérêts. À la tienne !

— Bon, si on parlait de notre fête ! Je m'en réjouis d'avance, Krumme ! La table, on s'en occupe après-demain, hein ? Comme ça on aura toute la journée avant la livraison

La Terre des mensonges

des fleurs. Et à propos de tables, on n'a pas encore vu celles en chocolat !

— Si, je les ai vues. On avait un grand reportage sur la Porcelaine Royale le deuxième samedi de l'avent, tu te rappelles ?

— En photos, oui. Mais tu n'y es pas allé. Tu as seulement envoyé un photographe. Je veux les sentir, Krumme ! Un des plateaux de table est fait de cent kilos de pur chocolat et le couvert est mis avec de la vaisselle en chocolat décorée comme la porcelaine bleue cannelée !

— Je sais.

— Je sais bien que tu sais ! Ne sois pas bête ! Mais on ira voir demain. D'abord ma vitrine, puis la Porcelaine Royale, c'est le bon ordre...

— Approche-toi !

— Pourquoi ? Tu désires mon corps ?

— Oui.

— Oups ! L'eau monte.

Après avoir fait l'amour jusqu'à ce que le sol de la salle de bains soit inondé, allumé trois bougies de la couronne d'avent, fait la cuisine ensemble et dîné, Erlend remarqua la caisse dans le dressing. Il la reconnut aussitôt. L'an passé, il s'était juré qu'il la trouverait à temps et la donnerait aux éboueurs, puis qu'il mentirait à Krumme et dirait qu'elle avait disparu, sans doute volée dans leur cave. Même si celle-ci était fermée par un gros cadenas. Ou bien... Il n'avait pas prévu dans le moindre détail ce qu'il avait imaginé de dire à Krumme, mais, maintenant que la caisse était arrivée là, c'était trop tard.

— On ne la défait pas, inutile d'y penser !

La Terre des mensonges

Krumme était installé sur le canapé, le peignoir ouvert sur son ventre. Son nombril ressemblait à un œil fermé.

– Tu dis ça tous les ans, soupira Krumme.

– J'ai horreur de cette merde ! Je vais tout balancer par la fenêtre. Maintenant !

– Tu ne vas pas faire ça. On va mettre la crèche comme d'habitude depuis onze ans. En voilà des façons de me remercier. C'est un cadeau que je t'ai offert. Une preuve d'amour.

– C'est ce que toi tu dis tous les ans, répliqua Erlend en se dirigeant vers le bar d'un pas résolu.

Il se versa un grand cognac qu'il avala d'un trait, avant d'en servir un à Krumme et un autre à lui-même.

– Peu importe que ce soit une preuve d'amour puisque j'en ai cordialement horreur.

– Je ne comprends pas pourquoi.

– Elle est moche, c'est tout. L'étable crasseuse, les vêtements décolorés, la misère ! Et le petit marmot couché dans la mangeoire d'un âne, avec une étoile au-dessus de la tête, c'est le comble du ridicule ! Mensonge et simulacre ! C'est affreux !

– En réalité ce n'est pas fait juste pour t'agacer. Joseph et Marie ne possédaient strictement rien et l'intérieur de l'étable n'était pas décoré d'avance avec goût en prévision de la naissance du Sauveur.

– Oui, si ça au moins avait été fait. Le père est habillé de façon horrible…

– Un pauvre charpentier de Nazareth, petit mulot. Comprends un peu le fond de l'histoire et la tradition avant de…

La Terre des mensonges

– J'ai horreur de cette histoire et de cette tradition. Et les Rois mages... enfin, c'étaient des rois ! J'ai lu quelque part qu'ils étaient riches !

– Tu as peut-être lu ça dans la Bible. Là on en parle un petit peu.

– Mais ils étaient riches ! Ils étaient sans doute vêtus de pourpre, de soie et d'hermine ! Tandis que dans notre crèche, c'est du simple coton. Avec des couleurs qui ne s'accordent pas et de vilaines couronnes qu'il est impossible d'astiquer. Elles noircissent de plus en plus chaque année. Non ! Je refuse absolument qu'on la sorte. Elle gâche tout l'ensemble. Elle me gâche l'ambiance de Noël !

– Je l'ai achetée à Oslo, si tu t'en souviens. Elle est norvégienne. C'est pour ça que tu ne l'aimes pas.

– Les Norvégiens adorent tout ce qui est pisseux. Ils sont bouche bée devant la pauvreté, se complaisent dans leur propre objectivité. Ils ont honte de rire tout haut, honte s'ils apprécient la bonne chère ou cultivent un peu l'opulence et la joie de vivre.

– Je crois qu'il y a peut-être pas mal de Norvégiens qui ne pensent pas exactement comme ça. Toi, par exemple.

– Je suis danois. Devenu danois.

– Mais tu ne me dis jamais rien.

– Il n'y a rien à dire. Je suis moi. Je suis ici. Avec toi. C'est aussi simple que ça. Et on ne mettra pas la crèche.

– Si, on la mettra. Moi, je l'aime bien. Elle toute simple et si belle. Exactement comme le message de Noël.

Erlend rit aux éclats.

– Tu dis seulement ça pour me taquiner ! Comme si tu étais attaché à la religion ! Si tu n'as pas oublié, c'est Noël que nous célébrons à la maison, pas la messe ! Noël est une

La Terre des mensonges

fête païenne, où il est question de sang frais d'animaux et de solstice, pas de jeunes parents mal habillés du Moyen-Orient.

– Mais quand même.

– Alors tu peux l'installer dans les toilettes des invités. Ils pourront chier en regardant Joseph droit dans les yeux, tout en étant reconnaissants de ne pas être le père du Sauveur du monde.

– Pas exactement du monde entier. Il y a d'autres endroits où ils croient en des garçons plus sympas. Mahomet, Bouddha et...

– Ne fais pas diversion ! Elle ira aux chiottes !

– On la mettra là où on la met tout le temps. Allez, viens t'asseoir à côté de moi, petit mulot !

– Non, je veux mettre le sapin à sa place sur la terrasse. Sur son socle. Et avec la guirlande électrique. Et les petits paniers.

– Maintenant ? À l'instant ?

Il battait du pied par terre.

– Maintenant ! À la seconde même !

Krumme roula hors du canapé, referma son peignoir, alla chercher leurs deux paires de chaussures et sortit sagement sur la terrasse pour maintenir le statu quo.

Et lorsque après un bon moment et de nombreux verres de cognac le sapin se dressa au centre des soixante mètres carrés du toit-terrasse, la guirlande allumée et les petits paniers remplis de neige artificielle, ils s'affalèrent tous les deux sur le canapé et admirèrent leur arbre à travers les portes-fenêtres.

La Terre des mensonges

– Je t'aime, murmura Krumme. Tu crées la magie autour de toi, tu extirpes la beauté qui est en toi pour la plus grande joie de tous.

– C'est gentil, ce que tu dis là. Mais je crains que ce soit du pur égoïsme. Je ne le fais pas pour les autres, seulement pour moi-même. Et un peu pour toi.

– J'ai froid, dit Krumme en posant la tête sur son épaule. Il fait presque zéro dehors, et j'ai travaillé comme un manœuvre avec un simple peignoir de soie sur le dos.

– C'est quand même un Armani. Ça tient bien un peu chaud. Bon, je vais faire du café. Boire presque toute une bouteille de cognac sans le café, c'est signe qu'on est alcoolo. Tiens, enroule-toi dans ce plaid en laine !

– D'accord, dit Krumme. On la mettra dans les toilettes des invités. Et je veux de la crème dans mon café.

Le bijoutier avait laissé la petite culotte. Non seulement il l'avait laissée, mais il en fit en plus tout un éloge et décréta qu'Erlend était un génie. Krumme attendait dehors en fumant un cigare et regardait avec des yeux ronds les bras de femmes qui sortaient de nulle part.

– En fait j'aurais bien acheté quelque chose, dit-il quand Erlend ressortit.

– Je n'ai envie de rien ici, sauf du décor. Les prismes. Mais ils ne sont pas à vendre.

– Swarovski ?

– Bien sûr.

– Tu vas te distraire tout seul ce soir, si j'ai bien compris.

– Oui. C'est un superbe cadeau, Krumme. J'ai une folle hâte de l'étrenner.

69

La Terre des mensonges

– Et ce n'est pas tout. Mais le père Noël a déjà pris les choses en main.

– Maintenant on va aller voir les tables. Et on aura peut-être le temps de faire un tour à Tivoli avant que tu ne montes au journal ?

Ils étaient déjà allés à Tivoli cinq fois depuis l'ouverture du marché de Noël. Il savait que c'était puéril, mais il n'y avait rien à faire. Il serait puéril jusqu'à la fin de ses jours et léguerait tous ses films de Walt Disney au Conseil de sécurité des Nations unies. Un peu plus de Disney et le monde serait plus paisible. Et on ne pouvait qu'être heureux en traversant le village des lutins de Noël, où cent cinquante lutins mécaniques empaquetaient des cadeaux, saluaient de la main, faisaient du ski et autres drôleries. Ils étaient en plein conte de Noël, et Erlend savait que le décor avait nécessité cette année-là quatre cent cinquante mille ampoules électriques, et deux cent vingt-quatre projecteurs sur la Tour dorée, qui changeaient graduellement de couleur pour symboliser les différentes saisons. Et les petits villages. Il entraîna Krumme, même si le temps leur manquerait ensuite pour bien déjeuner.

– L'Orient ! On ne l'a pas encore vu ! s'exclama-t-il.

La première chose qu'ils découvrirent fut la crèche et Erlend jubila :

– Voilà comment ça doit être ! Pas des machins rebutants en tenues sinistres ! Tiens, regarde les Rois !

Les porteurs d'offrandes au Sauveur étaient juchés sur des chameaux en métal de quatre mètres de haut. Erlend battait des mains en trépignant. Même l'Enfant Jésus était incroyablement beau, et grandeur nature.

La Terre des mensonges

– Tu ne crois pas aux crèches comme ça, déclara Krumme en le pinçant dans le dos, sous la fourrure de mouton.

– Je crois un peu. Juste en ce moment. Mais pas à la maison.

Ils n'eurent pas le temps de manger autre chose qu'une salade de hareng, en buvant une bière et des petits verres d'Aalborg rouge, et en discutant des tables en chocolat de la Porcelaine Royale et de qui s'en régalerait après Noël.

– Les enfants démunis d'Afrique, suggéra Erlend. Tu imagines leur stupéfaction si on mettait ça devant eux ?

– Ou les enfants démunis de Danemark.

– Ils ne seraient pas vraiment aussi ébahis. Ils ont sans doute vu les photos dans ton journal. Mais essaie de trouver ce que c'était que cette veste sur la chaise ! Ce pourrait tout aussi bien être l'amant de Henrik, et alors quel scandale ! C'est absolument passionnant ! Il faut absolument que tu éclaircisses ça ! À quelle heure tu rentres ?

– Après que tu auras fait le nettoyage de Noël de tes trésors !

– J'avais oublié, dit Erlend.

– Menteur ! Ce n'est pas vrai. Tu ne penses qu'à ça !

– Pas du tout. En fait je me demandais si notre crèche ne serait pas rehaussée par des chameaux en métal.

Mais Krumme avait raison, naturellement. Être seul devant la vitrine, c'est tout ce à quoi il pensait. En rentrant, il referma soigneusement la porte derrière lui. Allait-il d'abord se mettre à la pâtisserie, comme il avait prévu la veille ? Non, il n'allait pas plonger les mains dans une pâte

71

La Terre des mensonges

à pain collante. Il aurait tout le temps le lendemain pour le pain et la pâte brisée dans les moules à génoise. Il éteignit son téléphone portable et brancha le répondeur silencieux du fixe. Il tourna à fond le bouton de la cheminée à gaz et resta un moment devant le foyer, à contempler les flammes bleues s'élever des bûches perpétuelles et donner l'illusion d'un feu couleur jaune d'œuf. À son arrivée à Copenhague, il n'avait ni feu ni cheminée, ce qui lui avait beaucoup manqué. Il avait demandé à un ami de filmer sa cheminée pendant trois heures en vidéo, et il mettait la cassette tous les soirs. C'était aussi vrai que nature, avec les crépitements et tout, et il avait l'impression d'en sentir la chaleur sur sa peau. Le seul inconvénient, c'est qu'il ne pouvait pas regarder la télé pendant ce temps-là.

Il aurait préféré une véritable cheminée, pas à gaz, maintenant qu'il n'habitait plus en meublé, chichement, en solitaire, mais le règlement de l'immeuble l'interdisait. Cela ne l'empêchait pas d'acheter de vraies bûches qu'il disposait près du foyer dans un panier en inox bien astiqué. L'illusion était parfaite, si parfaite qu'un invité venu dîner un soir voulut jeter un cendrier plein dans le foyer, avec pour résultat que tous les mégots heurtèrent la paroi en verre et se dispersèrent partout dans un nuage de cendre.

La vue des flammes le calmait, remettait les choses en ordre. L'appartement vide autour de lui, la bonne journée passée et Noël à venir. Était-il possible d'être plus heureux que ça ? Et devrait-il naturellement avoir honte, en réalité ? Les enfants démunis d'Afrique sans tables en chocolat, toutes les guerres dont Krumme savait tout et acceptait parfois de discuter. La misère.

La Terre des mensonges

Il n'avait pas le courage d'y penser, de le savoir ! Il était toujours stupéfait d'entendre les gens qui s'immergeaient volontairement dans la pire détresse et se donnaient pour mission de raconter aux autres tous les malheurs du monde. Est-ce que cela le rendait meilleur ? Les gens obstinés, qui marchaient dans les rues en brandissant des pancartes remplies de gribouillis suivis de nombreux points d'exclamation, croyaient-ils réellement faire œuvre utile ? Ne feraient-ils pas mieux de rentrer chez eux, d'allumer des bougies pour leurs enfants, de faire des gâteaux et de chanter avec eux, d'être heureux ? Au lieu d'avoir des enfants confrontés à des parents furieux et indignés, qui leur refilaient des livres pénibles et politiquement corrects, exigeaient qu'ils s'investissent et, ce faisant, les poussaient vers la drogue, un point de chute pour fuir l'agitation politique qui régnait chez eux.

Krumme avait l'habitude de dire qu'il était incapable de faire preuve de solidarité envers les plus faibles, et s'en prenait parfois à lui à ce sujet. Un jour, Krumme l'avait traité de superficiel, mais il avait bien été forcé de revenir sur ce mot, au bout de cinq jours de silence et de refus de faire l'amour. D'ailleurs Krumme ne savait pas. Il ne comprenait pas. Mais ce n'était pas sa faute. Pourquoi diable ne s'était-il pas débarrassé de cette foutue crèche pendant qu'il était encore temps ?

Non, ce n'était pas possible. Ses idées s'embrouillaient. Il devait arrêter de réfléchir. Il voulait être pur à l'intérieur de lui-même avant de commencer. L'alcool était probablement la solution. Une vodka citron, par exemple, pour lui désinfecter l'esprit. Il mit un album de U2 et se dirigea nonchalamment vers la cuisine. Il avait toujours l'impression de la

La Terre des mensonges

découvrir pour la première fois quand il était seul dans
l'appartement, qu'il allait légèrement s'enivrer et prendre
du plaisir à faire quelque chose. Il aimait cette cuisine, une
cuisine de fabrication allemande extrêmement coûteuse,
avec des portes lourdes et précises. C'était comme ouvrir et
fermer des portières de Mercedes. Il aimait le placard aux
épices avec sa jungle de pots d'herbes aromatiques et de
bocaux en verre dépoli, toujours d'un vert brillant sous les
néons, avec de la buée à l'intérieur, le casier à bouteilles aux
ombres rondes rouge sang, les longs plans de travail, la cafetière électrique intégrée, les chaises design autour de la table
du petit déjeuner, tout juste assez grande pour deux journaux déployés, deux tasses de café, des croissants au beurre
et du véritable brie français. Une cuisine de la taille d'un
salon moyen au Danemark. Le grand luxe ! Pourquoi tant
de gens étaient-ils enclins à penser qu'on devrait en avoir
honte ? Et cette foutue crèche de malheur ! Ne devrait-il
pas simplement la balancer depuis la terrasse. Et supporter
la dispute qui s'ensuivrait ?

Cela l'agaçait d'être aussi tourmenté, il s'était fait une
telle joie de rentrer à la maison, cela ne lui ressemblait pas
du tout. Il se dépêcha de mélanger dans un grand verre de
la vodka et du jus de citron vert, et écouta les glaçons qui
craquaient comme le pôle Sud soumis à l'effet de serre. Il
venait justement de lire un article à ce sujet, sans vouloir
avouer à Krumme qu'il s'y intéressait. Copenhague était si
proche de la mer, une pure Venise. Et si un raz de marée
s'abattait sur Langelinje et toute la ville, et que toutes les
vitrines se retrouvent subitement sous l'eau ? C'était une
chose qui le concernait directement et personnellement.
L'idée était franchement horrible, il se voyait en train de

La Terre des mensonges

patauger dans l'eau jusqu'aux genoux, chaussé de bottes disgracieuses, les bras chargés d'objets précieux qui ne devaient pas être mouillés. Il avait complètement cessé d'utiliser du spray au fréon pour ses décors.

Il alla chercher le cadeau. But une petite gorgée de la main gauche et souleva le couvercle de la boîte noire. Bono forçait sa voix au maximum dans le salon, et tout était là : une brosse en poils de martre avec poignée de verre, un chiffon à lustrer enroulé comme pour emmailloter un bébé, des gants de coton blanc, le livret d'instructions sur l'entretien et le nettoyage, et la poche de velours avec chacun des cristaux taillés au diamant, censés servir de décoration autour des figurines. Il ne pensait pas qu'il allait les utiliser précisément pour cela. Non, pas pour décorer. Il les conserverait dans leur poche de velours et les prendrait dans sa main lorsqu'il éprouverait le besoin de les voir briller de mille feux, comme une pluie scintillante sous les doigts d'une fée, pour lui, et lui seul.

Le verre s'embuait. Il n'était pas question d'enfiler les gants et de boire en même temps. Il alla chercher une paille et la plongea dans le verre qu'il apporta sur la table. Il mit ses gants et ouvrit les portes de la vitrine aux trésors. Cent trois figurines Swarovski. Il prit sa respiration et murmura quelques mots tendres sans savoir de quoi il s'agissait au juste, puis il sortit les figurines et les posa sur la table de la salle à manger, juste à côté de lui. De petites merveilles, parfaites, hautes de quelques centimètres seulement. Des miniatures de tout, depuis les cygnes jusqu'aux chaussons de danse. On pouvait les étudier à la loupe, ce qu'il avait fait bien des fois, sans trouver le moindre défaut. Elles

La Terre des mensonges

étaient magiques, pleines de rêve et de désir, d'une beauté obsédante parce que si on les possédait, il ne servait à rien d'être effrayé à l'idée de mourir un jour, car on avait possédé le fin du fin, on l'avait vécu, on y avait participé.

Auparavant, pour manier les figurines, il utilisait d'horribles gants en latex qu'il achetait à la pharmacie. Or Swarovski avait réalisé un nécessaire spécialement conçu pour le nettoyage de ses collections, afin d'éviter les solutions provisoires dépourvues d'élégance. Et dire que Krumme le lui avait offert.

Il eut subitement l'irrésistible envie d'une cigarette, bien qu'il ne fume presque jamais, mais il comprit que l'envie lui venait simplement du fait qu'il lui était à l'évidence impossible de fumer avec les gants, que le goudron tacherait irrémédiablement. Il avait toujours envie de faire ce qu'il ne pouvait pas faire : les obstacles lui donnaient la nausée, de frustration. Quand toutes les figurines furent sur la table, il ôta ses gants et alla chercher une cigarette dans le distributeur du meuble bar. Il avala une bouffée jusqu'à s'en étourdir et vida son verre. Il fallait de toute façon qu'il nettoie l'intérieur de la vitrine, et il n'allait pas le faire avec des gants de coton blancs.

Il ne comprenait pas d'où venait toute la poussière sur les étagères en verre, alors que le meuble était pratiquement hermétique. C'était une poussière gris clair, très fine. Avec l'éclairage du haut et du bas, il remarquait le moindre grain de poussière et les traces de la peau de chamois. Il essuya les cinq étagères, dessus comme dessous, et entre deux se prépara un nouveau cocktail et passa de U2 à Chopin. Il ressentait toujours la solennité de l'instant lorsqu'il se

La Terre des mensonges

mettait à manier les figurines pour la dernière phase. Il tenait chaque fois à ce que la composition soit différente. Et au moment de Noël, les éléments décoratifs de saison devaient être à l'honneur, sur l'étagère du haut.

Pour plus de sûreté, il prit une nouvelle cigarette et la fuma jusqu'au bout avant d'enfiler ses gants, tout en parcourant du regard les trésors posés sur la table. Il placerait le miroir bleu foncé à droite sur l'étagère du haut. Oui. Avec le cadeau de Noël tout enrubanné, haut de trois centimètres. Un dé de cristal massif aux quatre coins facettés renvoyant la lumière en son centre donnait l'illusion de la boîte elle-même. Le nœud de cristal au-dessus jetait des feux dans toutes les directions, et en bas vers le miroir. Il prit l'objet entre le pouce et l'index, l'astiqua soigneusement avec la brosse en poils de martre et le posa à sa place. Après quoi il nettoya les étoiles et les répartit tout autour.

Il retint son souffle, recula de plusieurs pas et contempla le début de la nouvelle vitrine. Il sentait les larmes lui monter aux yeux. Il aimait sa collection de Swarovski comme d'aucuns aimaient sans doute leur enfant ou leur animal préféré, mais son amour était vraisemblablement plus fort, plus pur et sans opposition. Et il avait à peine commencé. Il lui restait encore beaucoup d'étagères à remplir. Là il était artiste, même si ce n'était pas lui qui avait façonné les figurines. L'arrangement faisait tout. Même Brahms et Chopin feraient figure d'idiots, d'écervelés, si leurs interprètes, les musiciens, ne parvenaient pas à restituer les notes avec piété et créativité. De même, accrocher des tableaux de Munch dans un appartement HLM, exigu et sans éclairage, reviendrait en grande partie à anéantir la force de sa peinture. Et dire que beaucoup

77

La Terre des mensonges

croyaient qu'une belle disposition s'obtenait d'emblée ! Ils
ne comprenaient pas du tout le besoin de compétence et
de profond amour. Prenez par exemple les sculpteurs
d'aujourd'hui qui s'imaginaient que l'arrangement allait de
soi, qu'il était servi sur un plateau d'argent sans que
personne n'y ait réfléchi auparavant. Ils exigeaient sans
sourciller des murs de plusieurs centaines de mètres carrés
et faisaient la grimace si le mur n'était pas assez grand. Des
mômes gâtés. Ça lui fendait le cœur de penser à toutes ces
miniatures Swarovski qu'on achetait sur une simple impulsion dans une quelconque boutique d'aéroport et qu'on
offrait à des gens qui n'y attachaient aucun prix. Et les figurines se retrouvaient dans le monde entier, sur de vilaines
étagères en bois, dans la pénombre à côté d'un simple
bibelot ou de la photo d'une scène familiale poisseuse dans
un cadre criard. Elles paraissaient petites, timides et poussiéreuses dans un environnement sans amour. On ne les
voyait pas, elles n'étaient pas parmi leurs semblables.
Krumme lui avait parlé, voilà bien longtemps, du Siècle des
lumières. Il ne se souvenait nullement de ce que Krumme
avait dit, car pendant toute la conversation il n'avait fait
que penser à toutes les figurines Swarovski du monde,
tombées entre les mains de gens non avertis, qui ne
voyaient pas qu'elles avaient besoin d'être éclairées à travers
la plaque de verre sur laquelle elles étaient posées.

Il allait mettre les animaux et les oiseaux sur leur propre
étagère, où ils étaient normalement, mais les flacons et les
écrins iraient sur la plus haute. Ainsi que la bouteille de
champagne de quatre centimètres, avec les deux coupes d'à
peine un peu plus d'un centimètre. Et l'ouvre-bouteille, un

La Terre des mensonges

miracle de cristal pas plus long que la moitié de l'ongle du petit doigt ! Il lui fallait davantage à boire. Il alla d'abord aux toilettes et remarqua, en revenant au salon, que le répondeur clignotait. Des amis qui voulaient sans doute parler de la soirée, savoir s'ils devaient apporter quelque chose, des gâteaux, de la boisson ou de la musique, et dire aussi leur impatience à venir. Ils seraient seize à table et l'ambiance atteindrait des sommets, comme d'habitude. Heureusement la boisson était déjà achetée et stockée dans des caisses dans la chambre à coucher, mais il y avait encore beaucoup à faire. C'était Krumme qui se chargeait des basses besognes et du plat principal, tandis que lui, il apportait la touche finale. La décoration, le dessert, ce qui prenait du temps mais hissait le repas d'une simple restauration vers des sphères supérieures. Il avait maintenant au congélateur plusieurs rangées de glaçons avec une feuille de menthe fraîche à l'intérieur de chacun. Il utilisait de l'eau bouillie, refroidie, pour obtenir une plus grande transparence, et les glaçons étaient destinés à l'apéritif, un succédané de Martini dry, car il ne fallait pas en mettre dans l'original. Il obtenait une touche toute particulière en versant quelques gouttes de curaçao bleu dans chaque verre. Bleu glace et vert. Peut-être un peu d'argent aussi, se dit-il soudain : et s'il enveloppait le pied de chaque verre d'un peu de papier aluminium ? Un peu négligemment, à la manière du pop art. Il se précipita dans la cuisine, déchira une bande de papier alu et en entoura le premier verre à pied ordinaire venu. Bien que le verre soit vide, il constata que l'effet produit était parfait. Un pas de plus vers une soirée réussie. Il inspira profondément, entra dans le salon, prit son verre à la main et se mit à contempler le sapin sur

La Terre des mensonges

la terrasse. Il neigeait délicatement. Il apercevait au loin les avions qui gagnaient et quittaient l'aéroport de Kastrup, ils clignotaient rouge et vert. La météo prévoyait des températures négatives, ce qu'il osait à peine espérer. La neige et Noël allaient de pair, mais il avait toujours l'impression que c'était trop demander dans cette ville, dans ce pays. Et le reste du temps, elle ne lui manquait pas du tout. Or la neige de Noël, il ne s'en passerait jamais. C'était l'ingrédient optimal, qui pouvait tout recouvrir et cacher à la vue, et rendre même le manque d'ambiance de Noël sans importance. C'était en soi quelque chose de symbolique et de vrai, bien que ce ne soit rien d'autre que de l'eau gelée, comme disait Krumme. Gelée en forme d'étoiles, rectifiait toujours Erlend. Ce n'était pas par hasard que l'eau se transformait en étoiles de glace symétriques, c'était la nature qui voulait réjouir les hommes. Et l'eau elle-même voulait être plus belle qu'une simple boule et prenait une forme de goutte. Oh, et Krumme en Matrix… il n'en pouvait plus d'attendre. Comment allait-il faire pour maîtriser son impatience de le découvrir, plusieurs jours encore ?

Il interrompit Chopin au milieu de la *Valse n° 7* et mit un concert pour piano de Mozart, afin de susciter un peu plus le drame et la concentration. Maintenant il fallait remplir la vitrine. Tout épousseter et faire briller pour Noël. La vitrine serait une fontaine lumineuse éclatante, créée par un homme aux gants blancs, qui avait la chance dans le sang. Il s'occupait de l'étagère aux animaux et aux oiseaux et allait reposer la licorne à sa place, quand elle lui échappa des mains et tomba par terre. Il s'accroupit en poussant un hurlement et la ramassa. La corne sur le front

La Terre des mensonges

avait disparu, sinon la miniature était entière : entière, mais ni plus ni moins qu'un cheval. Ce qu'elle avait de magique gisait encore sur le parquet. Il prit la minuscule corne en spirale et rejeta aussitôt l'idée de recourir à un point de Super Glue. Ce serait de la triche. Il sentit les larmes lui venir. Et cette figurine-là entre toutes ! C'était une des premières que Krumme lui avait offertes, et il se souvenait encore de tout ce que Krumme lui avait raconté sur la licorne, cet animal fabuleux qui était le symbole de la virginité et ne se laissait attraper que lorsqu'elle cherchait à se reposer dans le giron d'une jeune fille vierge. Or la voilà qui était devenue un cheval, tout bêtement, qui ne symbolisait rien d'autre que la simple et banale virilité. Dans leur chambre à coucher, ils avaient un immense tableau à moitié surréaliste représentant une licorne. Krumme l'appelait la bête miraculeuse.

Il mit la licorne cassée tout au fond, derrière les autres animaux. Il posa délicatement la corne à côté. Il ne se résolut pas à s'en débarrasser, car comment jeter une chose pareille ? Du haut d'une terrasse ou dans une poubelle, c'était impensable.

Tout était à sa place dans la vitrine quand Krumme rentra, et Erlend était endormi sur le canapé, avec ses gants. Krumme les lui ôta doucement, en tirant sur le bout de chaque doigt. Il les plia, les rangea dans leur boîte ainsi que le chiffon et la brosse, admira la vitrine un court instant. Il ne remarqua pas de grands changements, sauf peut-être sur l'étagère du haut où les étoiles de Noël étaient regroupées sur un miroir bleu. C'était lui, assurément, qui avait acheté la plupart de ces miniatures, comme cadeaux. Il alla

La Terre des mensonges

chercher une bouteille d'eau dans le réfrigérateur, ferma les portes du salon, écouta les messages sur le répondeur et les mémorisa. Ils provenaient tous des invités qui voulaient savoir s'ils devaient apporter des gâteaux, et disaient qu'ils brûlaient d'impatience de venir. Il les mémorisa pour qu'Erlend en tienne compte le lendemain : c'était lui qui s'occupait des détails, c'était lui qui gérait l'infrastructure de leur réseau d'amis. Pour sa part, il aurait été heureux rien que de vivre avec ce grand enfant, ce talisman de joie de vivre, sans rencontrer personne d'autre, sauf au travail où, de toute façon, il n'était plus Krumme. Il s'appelait Carl Thomsen et était rédacteur en chef. Le fait qu'Erlend, ravi d'apprendre que les miettes de pain se disaient *krumme* en danois, lui avait donné ce surnom, avait marqué le début de leur amour, un amour qui durerait à jamais. Si tel n'avait pas été le cas, il aurait cessé depuis longtemps. Désormais il était confiant et rassuré, ils l'étaient tous les deux. Il ne craignait plus rien.

Il était tard, il était fatigué. Il n'en savait pas plus sur la veste posée sur le dossier de la chaise à l'arrière-plan, il allait inventer une histoire. Il passa à la salle de bains, éteignit toutes les lumières et accueillit ensuite un Erlend tout décontenancé par ses rêves, qui parlait d'un jeu d'échecs Swarovski avec des pièces en cristal qu'il souhaitait si ardemment, et que Krumme lui avait déjà offert. Il lui en avait coûté près de douze mille couronnes, mais chaque couronne en valait la peine quand il avait vu Erlend s'extasier en le déballant. Il le déshabilla et le mit sous la couette, puis il se blottit tout contre lui, le nez appuyé sur son épaule qui était lisse, chaude et sienne.

La Terre des mensonges

Erlend se réveilla vers cinq heures le lendemain matin. Son corps lui pesait, comme s'il supportait quelque chose de douloureux dont il ne se souvenait pas encore. La lumière qui passait par la fente entre les rideaux était grise et n'annonçait pas de neige. Il savait exactement la couleur que prenaient les rideaux quand il y avait de la neige dehors. Alors il se souvint qu'il avait fait semblant de dormir lorsque Krumme était rentré, et qu'il avait déblatéré sur ce jeu d'échecs pour la énième fois, uniquement pour éviter de lui parler de la licorne.

Il se glissa hors de la couette, avança d'un pas lourd sur le parquet glacé, puisqu'il avait fait prendre à Krumme l'habitude norvégienne de dormir la fenêtre ouverte, et retrouva la chaleur dans le couloir.

La vitrine était éteinte, il ne l'alluma pas. Mais le sapin sur la terrasse était illuminé.

Il tombait des cordes, d'un ciel gris d'acier. La neige artificielle dans les petits paniers était comme un défi. Il traversa tout nu le salon, la salle à manger et la cuisine, et entra dans la salle de bains. Il sentit la plante de ses pieds battre régulièrement et en rythme les différents types de sol. Parquet. Carrelage. Ardoise. Il s'arrêta devant l'un des miroirs et scruta son visage. Bientôt vieux, quarante ans dans trois mois. Qu'aurait-il fait s'il n'avait pas rencontré Krumme ? Déjà quand on atteignait la trentaine en tant qu'homo solitaire, on devenait aisément pathétique. Ça faisait pas mal de temps qu'il aurait pu être un homo pathétique à tout jamais. Grâce au ciel, il avait lié connaissance avec Krumme alors qu'il courait sur ses trente ans. Mais il avait beau avoir Krumme, il ne se faisait pas à l'idée d'être

La Terre des mensonges

quadragénaire. Il était grand temps de commencer à mentir sur son âge. Seulement ça impliquait qu'il serait obligé de dire adieu à une nouba à tout casser pour ses quarante ans, or il avait déjà commencé à planifier. Certes, il était tout à fait possible de stopper après quarante.

Il commençait à prendre un peu de ventre, il le caressa. Il était doux comme une pâte à pain. La peau de ses bras était devenue un peu flasque. Pouvait-il encore croire ce qu'on lui disait, qu'il avait un joli corps ? Pourquoi l'amour dépendait-il toujours de mensonges répétés ?

Il s'en retourna vers les portes coulissantes de la terrasse et contempla à nouveau le sapin. C'était à cette vision qu'il devait s'accrocher, et non à ces autres impressions qui lui parvenaient les dieux seuls savaient d'où. Mais il ne réussissait pas à les arrêter, c'était impossible à cette heure hors du temps, entre la nuit et le jour. Il devrait en discuter avec Krumme, peut-être le réveiller pour obtenir son réconfort, sans lui expliquer pourquoi. Mais au lieu de ça, il ouvrit la porte en verre et sortit sur les dalles froides et mouillées de la terrasse. Le froid sous la plante de ses pieds et les gouttes de pluie sur ses épaules le réveillèrent, le ramenèrent en terrain plus sûr, à la normalité et à la joie. Krumme lui offrirait une nouvelle licorne s'il le lui disait, mais il ne lui dirait pas. Il ne savait pas pourquoi, sinon que ça lui paraissait sinistrement impensable. Il s'en rachèterait une luimême, la poserait à la place de l'autre et oublierait ensuite ce qu'elle avait signifié pour lui, même si la photo dans la chambre à coucher continuerait de le lui rappeler.

On n'entendait même pas une sirène. La ville était endormie. On aurait dû pourtant entendre une sirène, les gens mouraient comme des mouches à cette heure-là.

La Terre des mensonges

L'idiot du Jutland avait peur de moisir et cette pensée ne l'amusait même plus. Tous ces trucs dont les homos dépendaient maintenant, la liposuccion, le lifting et l'éternel solarium, lui donnaient le vertige, d'effroi et de soulagement, quand il y réfléchissait vraiment. Le look était essentiel pour les homos à Copenhague, mais Krumme et lui se contentaient largement d'être heureux. Ils n'avaient même pas besoin de s'installer selon l'art du Feng Shui pour homos et d'être prisonniers de la tendance. Ils avaient acheté et décoré selon leur goût, et tout s'harmonisait d'une manière agréablement non calculée.

Alors pourquoi était-il si inquiet ? Ce n'était sans doute pas uniquement parce qu'il possédait un cheval de cristal supplémentaire. Il voulait se replonger dans la joie de Noël ! Ceci était insupportable ! Lui qui avait l'habitude d'être heureux ! Qui avait tout bonnement la sacrée chance d'être heureux !

Il sauta sur le parquet et referma la porte de la terrasse, alluma toutes les lumières du salon, de la salle à manger et de la cuisine, alla chercher sa robe de chambre et ses pantoufles, et décocha un coup de pied dans la caisse de la crèche en passant devant dans l'entrée, ferma les portes d'entre deux pour ne pas déranger Krumme, mit un CD de Noël et sortit de la farine, de la levure de boulanger et une terrine qu'il posa sur le plan de travail. Dean Martin chantait gaiement l'histoire du petit renne au nez rouge, tandis qu'il emplissait la terrine de farine de seigle et de froment, y ajoutait du sel aux herbes et une pointe de clous de girofle en poudre, des graines de tournesol et quelques lentilles. Il mélangea la levure dans de l'eau tiède, avec du sucre

La Terre des mensonges

caramélisé qui donnerait au pain une délicieuse couleur
brun foncé. Muni de gants en latex, il pétrit la pâte jusqu'à
en transpirer, sa robe de chambre s'ouvrit sous l'effort, et
son zizi se balançait joyeusement au rythme du mouvement
de ses bras.

– Oh, les joies de Noël ! lança-t-il tout haut dans la
cuisine.

Il était bientôt cinq heures et demie. Mais en quelque
autre point du globe c'était le soir et incontestablement
l'heure des bulles. Il filma la terrine, arracha ses gants et
ouvrit une bouteille glacée de Bollinger. Jim Reeves était en
plein « Jingle Bells ». Il n'eut pas le courage d'aller chercher une coupe, porta le goulot à sa bouche et but longuement, à grandes gorgées, jusqu'à ce que l'acide carbonique
se volatilise contre son palais et son gosier, et que les larmes
lui jaillissent. Cela lui fit du bien, c'était le petit matin avec
de l'or en bouche ! Il fouilla dans trois placards avant de
trouver les moules à génoise, émietta du beurre ramolli dans
la farine, ajouta un peu d'eau froide, pour obtenir une pâte
« souple », comme on dit dans les livres de cuisine. Après
quoi la pâte devait « reposer » un peu au réfrigérateur,
comme on dit aussi. Reposer avant la montée en puis-
sance, lorsqu'elle serait découpée en morceaux et étalée dans
les moules. Il les beurra soigneusement, dans toutes les
cannelures et jusqu'au bord. Eatha Kitt chantait « Santa
Baby ». Il fredonnait aussi, en buvant à la bouteille. Santa
Baby, c'est moi, se dit-il. Une cigarette, peut-être ? Non, il
ne fallait pas exagérer. Il ne devait pas non plus retourner
dans le salon chercher la petite corne de cristal, rien que
pour se consoler un peu plus au champagne. Il importait de

La Terre des mensonges

préparer la soirée d'avant-Noël ! Et l'idée de papier alu autour du pied des verres était tout simplement géniale !

Lorsqu'il fut près de sept heures et que les pains furent presque cuits, il était si fatigué qu'il envisagea sérieusement de réveiller Krumme pour qu'il surveille les pains le dernier quart d'heure. Il abandonna l'idée, Krumme avait besoin de sommeil, il allait travailler, il avait un emploi régulier et gagnait un argent fou, il n'était pas artiste, il était seulement lui-même, un journaliste qui bossait dur. Mais il n'était heureusement pas nécessaire de passer les moules à génoise au four avant qu'ils ne soient garnis de tranches de pommes et d'une couche de meringue, pendant que les invités seraient à table. Pour l'instant ils restaient dans le bas du frigo, la pâte était pétrie, souple et prête. La bouteille était pratiquement vide, la ville réveillée, il trouverait le journal derrière la porte s'il daignait y aller. Il avait pour ainsi dire volé une petite journée supplémentaire entre hier et aujourd'hui, une poche de temps qu'il avait remplie de joie de Noël et de pâtisserie. En dépit de la fatigue qui lui pesait comme une chape de plomb, il était extrêmement content de lui. Krumme aurait du pain tout frais pour le petit déjeuner, Erlend ne pensait pas qu'il serait homo solitaire de sitôt si de grand matin il faisait preuve de ce genre d'activité ménagère et gastronomique.

Il sortit les pains du four et finit la bouteille, regagna sans bruit la chambre à coucher et s'endormit à peine sa tête fut-elle posée sur l'oreiller.

Quand il s'éveilla, Krumme était penché sur lui, le téléphone à la main, il faisait clair dans la pièce.

La Terre des mensonges

– Erlend, réveille-toi ! Tu es réveillé ?
– Je ne sais pas.
Krumme lui prit la main gauche, lui referma les doigts sur le combiné et chuchota :
– C'est un Norvégien. Il dit que c'est ton frère. Je ne savais même pas que tu en avais un.

Un jour et demi avant qu'il ne se soit fait pour de bon à l'idée qu'elle ne vivrait pas éternellement, il traversa la cour de la ferme en sentant son ventre gargouiller. Il entendit les cloches de l'église de Bynes sonner l'office dominical. Pour lui, les cloches indiquaient le petit déjeuner et n'avaient rien à voir avec la parole du Seigneur. La lumière bleutée de décembre éclairait les coteaux couverts de neige et le fjord sombre, le ciel était dégagé et on distinguait quelques étoiles. Cela lui aurait été tout aussi égal qu'il ait neigé : assis sur son tracteur, il aimait laisser des traces blanches derrière lui, entre deux murs de neige coupés à angle droit le long de l'allée d'érables. Les arbres ressemblaient à des mains tendues vers le ciel, soigneusement plantés à une distance régulière les uns des autres depuis si longtemps qu'on aurait pu penser que l'entrée de Neshov se voulait impressionnante, comme pour signaler une sorte de bien-être matériel et d'hospitalité. Lui-même trouvait l'allée pompeuse et illusoire, il aurait volontiers scié tous les arbres sans exception, mais ce n'était pas lui qui décidait.

Il avait déjà passé des heures à la porcherie, et comme d'habitude il voulait manger avant d'y retourner. Il avait

La Terre des mensonges

une truie qui allait mettre bas à tout moment. Il remarqua alors que les rideaux de la chambre de sa mère, au premier, étaient restés tirés.

Elle avait coutume de se lever quand il allait à la porcherie à sept heures, afin de préparer le petit déjeuner pour son retour.

Ça ne sentait pas le café dans l'entrée. La cuisine était vide et froide quand il ouvrit la porte. Néanmoins il la referma derrière lui comme pour protéger la pièce d'un froid encore plus intense.

La vieille cuisinière à bois n'était pas allumée, aucun bruit ne provenait de la radio au bout du plan de travail, sous le calendrier de la coop. La table n'était pas mise, avec le coquetier et la petite cuiller comme d'habitude le dimanche, et un bout de papier hygiénique replié à côté de l'assiette du père, dont les poils de barbe hirsutes du menton ramassaient toujours du jaune d'œuf. La cuisine n'était soudain qu'une pièce, comme s'il ne l'avait jamais vue auparavant. L'ampoule sous la hotte était la seule allumée, un petit triangle lumineux censé éclairer plaques, casseroles, bouilloire à café et les tâches quotidiennes. Son cœur s'était mis à battre plus vite. Désemparé, il regarda la cuisinière tout en cherchant une explication rationnelle. Il remarqua que ses mains tremblaient quand il versa de l'eau sur du vieux marc dans la bouilloire à café et se coupa une tartine de pain qu'il beurra de margarine et garnit d'une mince tranche de fromage au cumin. Il remballa soigneusement le fromage. Quand il eut tourné plusieurs fois l'extrémité de la poche en plastique, il prit en plus un élastique au clou où était accroché le calendrier et le passa autour de la

La Terre des mensonges

poche avant de la remettre dans le frigo. Il attendit que le café arrive à ébullition et s'efforça de ne pas trop réfléchir tandis qu'il écoutait le bouillonnement croissant de l'eau. Il versa le café dans une tasse qu'il attrapa au hasard dans le buffet. Ce n'était pas la sienne, mais une de celles qui ne servaient presque jamais, avec une fleur rose sur une espèce de quadrillage. Le marc n'était pas retombé, le café était plein de points noirs, mais il en but quand même une gorgée, estimant que le marc finirait par se déposer au fond. Il sentit la chaleur de la tasse pénétrer la paume de ses mains. Il mangea la tartine debout devant la paillasse, tout en observant par la fenêtre une mésange qui picorait un morceau de lard empaqueté dans un filet et accroché à une branche basse de l'arbre de la cour. Le morceau de lard était là depuis longtemps et tournait sur lui-même, pendant que la mésange, la tête en bas, le piquait du bec sur un rythme endiablé propre aux petits oiseaux. Un morceau de planche était cloué au tronc juste au-dessus. Trois moineaux s'y posèrent et donnèrent des coups de bec dans cette mangeoire vide. Elle était vide depuis longtemps. Il prêta l'oreille vers l'autre étage, mais n'entendit pas un bruit. Pas un seul bruit. Le thermomètre à l'extérieur de la fenêtre indiquait moins neuf. La veille il faisait plus deux. Le grand-père Tallak avait tenu pendant soixante ans un registre du temps qu'il faisait, il avait l'habitude de s'asseoir à la table de la cuisine le soir et de noter les détails, après quoi il posait des questions sur le temps d'autrefois, ou déclamait à haute voix ses relevés météo pendant la guerre, et ceux des printemps et des étés caniculaires après que les Allemands eurent été chassés du pays comme des chiens.

En fait il avait lui-même projeté de continuer là où le grand-père Tallak s'était arrêté. Mais après sa disparition, la joie et l'ardeur toute juvénile autour de ces informations guère indispensables disparurent à leur tour. Et il était maintenant un peu tard pour commencer des relevés.

Cela faisait d'ailleurs des années qu'il se disait que c'était trop tard. Et voilà qu'il se le répétait encore. Et du coup il repensa à sa mère et aux rideaux : elle ne pouvait pas savoir le temps qu'il faisait puisqu'ils étaient encore fermés.

Il fit descendre la tartine avec le café, âcre et serré, qui avait un goût de goudron bouilli. Ça ne ressemblait pas à un dimanche de rester debout devant le plan de travail et d'avaler n'importe quoi, tandis que les cloches sonnaient au loin. Il rinça la tasse, alla d'un pas traînant jusqu'au bougeoir électrique de l'avent sur le rebord de la fenêtre, et revissa l'ampoule du milieu et la plus haute à droite. Il ne laissait jamais le bougeoir allumé toute la nuit, cette fichue décoration pouvait mettre le feu. C'était somme toute ridicule d'en avoir un, mais c'était surtout vis-à-vis des fermes du voisinage, afin qu'ils s'imaginent que l'ambiance de l'avent régnait à Neshov.

Une fois le bougeoir allumé, la journée devint en quelque sorte plus acceptable. La veille, sa mère allait très bien. Elle s'était seulement plainte d'un léger mal de tête, et de l'habituel rhumatisme dans les genoux pour lequel elle ne voulait jamais aller voir le médecin. Il ressortit dans la cour, s'arrêta, regarda longuement les rideaux. Ils pendaient jusqu'en bas, immobiles, bleus. Ceux de son père étaient

La Terre des mensonges

également tirés, mais c'était sans importance. Ce qu'il faisait n'avait absolument aucun intérêt, néanmoins Tor préférait savoir dans quel coin il se trouvait, de façon à éviter de tomber sur lui trop souvent. Ça n'en finissait pas de rester à table avec lui, au moment des repas. Il fallait bien qu'il mange, comme disait la mère. Mais était-ce bien nécessaire ? Si elle ne lui mettait plus son couvert, il disparaîtrait peut-être.

La fenêtre de sa mère était fermée aussi. Ce n'était pas son habitude, elle voulait de l'air. L'avait-elle fermée parce qu'elle avait froid ? Ce n'était pas son habitude non plus, elle disait qu'au Trøndelag les gens n'avaient jamais froid, sauf les bâtards des régions plates du Sud. Fallait-il qu'il monte la voir ? Qu'il aille jusqu'à sa chambre et ouvre la porte ? Le pouvait-il ? Il allait d'abord s'occuper de la truie. Sara. C'était sa première portée.

Un hélicoptère ambulance arriva en biais sur le fjord, il volait bas. Il accueillit aussitôt le bruit avec gratitude, tout était préférable aux cloches de l'église. Quand il se rendit compte que l'hélicoptère venait droit sur la ferme, il en fut toutefois quelque peu inquiet. C'était peut-être une sorte de signe. Non, balivernes, il devait à tout prix se ressaisir. Simplement parce que les rideaux étaient tirés, que la cuisine n'était pas remplie de l'odeur du café et du bruit de la radio, et que les coquetiers n'étaient pas à leur place. Il ne pouvait pas continuer à broyer du noir. Bien qu'elle ait quatre-vingts ans, elle était en pleine forme comme d'habitude, sûrement un peu enrhumée. Il fit volte-face et s'éloigna résolument des fenêtres. Une de ses chaussettes en

La Terre des mensonges

laine glissa dans ses sabots, il trébucha et faillit tomber. L'adrénaline lui donna immédiatement chaud au ventre.

– Merde ! s'écria-t-il, et il entendit sa propre voix, pâteuse et haletante.

L'hélicoptère approchait et le bruit sourd se transforma en un grondement au-dessus de la ferme, en direction de l'hôpital Saint-Olav, de l'autre côté de la montagne. Ce fut beaucoup trop bruyant, trop subitement. La carlingue de l'hélicoptère était comme une boule brillante suspendue à la voilure floue des pales tournantes. Il y avait un blessé ou un malade derrière le métal, au milieu de tout ce vacarme, probablement des pleurs et des gémissements, des tuyaux en plastique, des masques à oxygène et des gestes rapides, exactement comme à la télé. Il se le représenta très nettement tandis qu'il refermait la porte derrière lui, inspirant l'odeur familière et âcre de la porcherie.

Il s'agissait maintenant d'oublier tout ce qui se passait à l'extérieur, il se força à le faire, alors que d'habitude il oubliait automatiquement, sans aucun effort. Il hocha plusieurs fois la tête : elle avait seulement un petit rhume, bien sûr qu'elle avait le droit de rester un peu au lit afin de récupérer. Inutile d'y songer davantage, il avait ici bien d'autres préoccupations.

Il entra dans la buanderie, se débarrassa de ses sabots et enfila sa combinaison avant de fourrer les pieds dans ses bottes en caoutchouc. Ses pensées étaient toujours hésitantes, mais restaient de ce côté de la porte, où les odeurs et les bruits lui appartenaient, à lui et à nul autre. Où le plus important avait lieu, où c'était lui et les bêtes qui veillaient à ce que les heures et les jours se succèdent. Il avait lu dans *La Nation* justement qu'un fermier du Hardanger

La Terre des mensonges

n'avait pas eu le droit d'installer une porcherie parce que les voisins ne supportaient pas l'odeur. L'un d'eux possédait des vergers et craignait que celle-ci n'imprègne les fruits et que le paysan n'épande son fumier, gâchant ainsi l'idylle autour de ses pommiers.

Il comprenait le producteur de pommes. L'odeur des pommes était bien différente de celle du lisier. Néanmoins les effluves chauds de la porcherie étaient un plaisir dont il se régalait d'avance chaque matin au réveil. Il les aimait bien, pensa-t-il, conscient que c'était bien plus que de simples émanations remontant dans le nez ou induisant un goût dans la bouche. Il avait hâte de s'enfermer dans la porcherie et son odeur, d'y jouer un rôle important, d'être le seul à compter pour ces animaux qu'il respectait pleinement.

Il n'avait pas oublié ses vaches laitières. Mais c'était quand même incroyable, la rapidité avec laquelle il était passé de producteur laitier à éleveur de porcs, quand ils avaient décidé de vendre le quota de lait de Neshov cinq ans plus tôt. Sa mère avait lu dans *La Nation* et *Le Journal des agriculteurs* des articles sur l'élevage porcin, et lu ensuite tout ce qui concernait le sujet. Elle l'avait peu à peu convaincu que c'était moins de travail. Elle lui rappelait qu'il était seul à l'étable, qu'elle ne pouvait plus venir l'aider, et que les porcs étaient préférables aux vaches laitières pour un fermier tout seul. En outre il était plutôt découragé et frustré d'être producteur de lait, depuis que les Laiteries Tine faisaient la pluie et le beau temps en matière de gagne-pain des producteurs et décidaient au litre près ce que les vaches devaient donner. Là aussi sa mère et lui étaient d'accord. C'était pénible et absurde d'être

La Terre des mensonges

pénalisé économiquement du fait que les vaches produisaient davantage que prévu, comme si le bon lait leur coulait des pis par pure malice.

Aujourd'hui il était lui-même impressionné par l'élégance avec laquelle il avait franchi le pas pour élever des porcs. Avec l'argent reçu pour les quotas, ils avaient transformé l'étable, acheté un vieux pick-up et des reproducteurs. Mais que regrettait-il des vaches laitières ? Certes, pas mal de choses, mais pas assez pour avoir envie de revenir à ce quotidien-là. Il ne regrettait pas, par exemple, de trimer pour le fourrage matin et soir. Descendre dans le silo pour amener le crochet à sa place, soulever la masse pour enfoncer les griffes dans la balle tassée d'herbe fermentée, lever le tout, remonter lui-même le long de la paroi du silo, guider le palan sur le rail jusqu'au trou à foin, où le distributeur de fourrage attendait deux étages plus bas. Matin et soir, été comme hiver, même s'il échappait au fourrage du matin en été quand les vaches sortaient, elles se contentaient alors de granulés avant la traite.

Froid mordant ou chaleur étouffante. Noir d'encre ou rayons de soleil par les lucarnes. Matin et soir, tous les jours de l'année, jours ouvrables et jours fériés, le dix-sept mai pour la fête nationale, ou la veille de Noël, les bêtes étaient là. Quoi qu'il arrive sur le globe en train de tourner, même si celui dont elles étaient à la merci n'avait pas envie d'y aller, il y était obligé. Elles attendaient. Les vaches attendaient avec une confiance inébranlable que le fourrage tombe par le trou du plafond et atterrisse dans le distributeur, dont celles qui en étaient le plus près pouvaient tendre le cou et arracher une bouchée. Ensuite il fallait balayer le plancher, sous le rail. Puis descendre à l'étable et répartir le

La Terre des mensonges

foin, passer entre les têtes gloutonnes qui s'avançaient vers la nourriture. Certes le distributeur facilitait la tâche et, au début, en tant que jeune agriculteur, il s'en était félicité, après avoir manié la brouette pendant des années et trimé pour aller chercher les rations de fourrage au silo... Après avoir fait abattre ses vaches, méchamment transportées d'un coup jusqu'aux abattoirs Eidsmo, au début ce travail lui manqua et il se consolait en y pensant. Les porcs n'avaient besoin que de granulés, de paille pour fouir, et de quelques poignées de terre tourbeuse d'un brun rougeâtre matin et soir. Les silos étaient vides désormais. Il aurait aimé les louer aux fermes voisines, faire profiter autrui de leur capacité et gagner quelques couronnes, mais sa mère n'avait jamais voulu en entendre parler.

Ce qu'il ne regrettait pas non plus, c'était la traite. Non pas la traite en soi, voir le lait frais jaillir le long des tuyaux en plastique reliés à chaque vache, mais le lavage et le nettoyage. Un sacré travail. Il les imaginait, les Laiteries Tine, en train de compter les bactéries, l'une après l'autre. *Tiens donc, le fermier de Neshov a mal passé la serpillière ce soir. Tiens donc, le fermier de Neshov a eu une vache souffrant de mammite et a cru qu'il pouvait nous refiler son lait avant que le traitement par la pénicilline ne soit terminé...*

Il comprenait bien que les gens veuillent du lait pur, tout comme lui quand il ouvrait un pack. Mais il ne supportait pas ce travail. Il n'aimait pas laver les mamelles, n'avait jamais aimé ça. Pour lui c'était un travail de femme, même s'il avait lavé les mamelles depuis qu'il était gamin pour aider sa mère, et qu'il avait appris que le cinquième petit trayon, sans lait, que certaines vaches possédaient, s'appelait le trayon de Marie. Sa mère ne savait pas pourquoi, ne lui

La Terre des mensonges

avait pas fourni d'explication. Il avait une camarade de
classe prénommée Marie et qu'il observait souvent en
cachette, comme si elle l'avait su s'il lui avait posé la question.

Mais les vaches lui laissaient aussi beaucoup de regrets.
Ne serait-ce que d'aller les retrouver à l'étable, comme il
venait maintenant auprès des cochons. L'odeur et le bruit
des vaches. Le beuglement des jeunes bœufs, les mugisse-
ments stridents et impatients, le mufle chaud des veaux qui
lui happaient les doigts, confiants et voraces. Et les yeux des
plus vieilles vaches, il aimait tant la manière dont ils se
posaient sur lui, grands ouverts et d'un marron brillant
au-dessous de la frange. Les mâchoires étaient chaudes et
rudes au toucher. Il faisait toujours une ronde et passait les
voir toutes après la traite, avant de se mettre à l'ouvrage
dans la buanderie. Il avait le sentiment de vouloir leur
rendre quelque chose, autant qu'elles-mêmes donnaient.
Elles restaient debout, indolentes, puisant dans leur stupide
réserve, sans qu'il croie pour autant qu'elles étaient bêtes.
Il arrivait parfois qu'une vache au pâturage, l'été, veuille
rejoindre l'endroit où broutaient les veaux et retrouver le
sien. Elle était terrifiée à l'idée de la clôture électrique, et
pourtant elle s'armait de courage et se frayait un chemin à
travers la clôture, faisant céder les fils et les poteaux. Il était
impressionné par le fait que la vache surmonte ainsi sa peur,
que la force de ses instincts maternels lui permette de franchir tous les obstacles. Sa propre mère aurait-elle pu faire
cela quand il était petit, si on lui avait enlevé son enfant ?
Oui, sans doute, mais elle n'en avait pas eu besoin. Et
maintenant elle l'avait encore, tout le temps. Et quand il
pensait à la vache... Bien sûr, beaucoup diraient que les

La Terre des mensonges

instincts ne sont pas les sentiments, mais quand même. Il avait été curieusement ému, bien qu'il ait eu énormément de mal à ramener la vache et à réparer la clôture. Une telle témérité ciblée l'impressionnait un peu malgré lui, et c'était ce qui l'amenait à penser que les vaches n'étaient pas franchement bêtes.

Ce qu'il regrettait d'ailleurs aussi, c'était de ne plus les voir dehors à la belle saison. Leurs grands corps réguliers si paisibles. Les petits veaux aux longues pattes et à la peau rugueuse, les génisses carrées et luisantes, les mufles et les langues en action sur le coteau, les queues qui s'agitaient sans cesse pour chasser les mouches, le pas lent qui les menait plus loin vers des touffes d'herbe plus verte.

Désormais il ne pénétrait plus jamais dans une étable. Il n'allait pas dans les fermes voisines, ne connaissait personne suffisamment bien pour entrer, voir et discuter. Il aurait volontiers longé les râteliers avec des têtes de vache de chaque côté, envoyé du pied un peu de foin du silo aux bêtes, les aurait vues manger et piétiner, boire avec satisfaction et passer la langue d'un coin de la bouche à l'autre, incliner la tête vers la voisine, pour la narguer un peu ou simplement sentir sa présence. Il les aurait caressées, leur aurait parlé. Naturellement.

Mais il n'aurait pas voulu tout le travail que ça implique.

Les porcs étaient tout autre chose. Leur intelligence était fort différente de celle des vaches, il fallait bien le reconnaître. Certains porcs étaient plus intelligents que d'autres. Mais aucun n'était bête. Absolument aucun. Il adorait ces animaux qui ne ressemblaient en rien aux bovins. Et il n'y avait pas de contradiction entre les aimer et en même temps

La Terre des mensonges

les tuer. Autrefois, tout le monde avait des cochons à la ferme, qu'on tuait pour Noël. Mais sa mère avait raconté que dans certaines des fermes voisines on n'en élevait plus : ils n'en avaient qu'un et s'attachaient à lui plus que de raison. Et pour ne pas avoir à le manger, ils organisaient le concours du cochon le plus gras, si bien que le voisin n'allait pas dire qu'on était chiche en nourriture dans la ferme d'où il venait. Au cours des semaines qui précédaient la venue du boucher chargé de la tâche, les cochons étaient engraissés avec des petits pains d'avoine et autres gâteries.

C'était l'époque où les porcs devaient avoir une bonne couche de lard. Maintenant les gens voulaient que la viande soit rouge quand ils l'achetaient et exigeaient que les porcs soient de véritables adeptes du bodybuilding. Le pourcentage de viande était minutieusement calculé à l'abattoir. Et si ce pourcentage était trop bas, le prix baissait comme la neige fond au soleil.

Il entra dans la porcherie et alla droit à la case de mise bas où se trouvait Sara. Un court instant il resta debout, les bras ballants, et il reconnut vaguement la sensation qui s'amplifiait dans sa gorge comme une vieille envie de pleurer. La paille était partout souillée de sang. Trois porcelets vivants se débattaient dans le dos de la truie et cherchaient à atteindre les tétines, quatre porcelets morts gisaient devant elle : trois le ventre déchiré, le quatrième la nuque ouverte. Un filet rouge s'en échappait. Un nouveau petit était en train de naître.

Il repartit en courant d'où il était venu, éteignit le plafonnier et se saisit d'une pelle. La truie était devenue dangereuse. La peur la transformait en bête fauve, rapide comme l'éclair, qui n'accepterait pas son aide. Il était

La Terre des mensonges

impossible de se risquer dans la case maintenant, même si elle le connaissait bien. Dans la pénombre, il se servit de sa pelle pour ramener à lui les porcelets vivants et les déposa dans la couveuse. Il fallait faire très vite, tout en prenant garde de ne pas les blesser. Le petit dernier reçut le même traitement, et il brancha la lampe chauffante au-dessus du porcelet qui gigotait. Comme la lumière était éteinte, la truie n'avait plus aussi peur, il y avait moins de mouvements, moins de menaces.

Il prit les porcelets morts dans sa pelle et les jeta dans l'auge. La truie se retourna en grognant.

– Allons, allons, tu es une brave bête, Sara ! Calme-toi ! Allons, allons... tu es bien brave.

Un petit apparut encore, ses pattes minces s'agitèrent et crevèrent la poche, il bâilla et referma la bouche, cligna des yeux en voyant la lumière rouge de la couveuse. Tor le prit et le mit avec les autres. Il attendit un peu, mais elle avait fini. Cinq porcelets vivants. Mais il aurait pu y en avoir neuf, c'était bien pour une première portée. Il y en aurait eu neuf s'il était arrivé un peu plus tôt, au lieu de rester planté comme un imbécile à regarder les rideaux. Et si l'hélicoptère n'était pas passé presque au ras de la toiture.

Sara respirait avec peine, ses yeux bleus tout ronds brillaient de ce que quiconque aurait qualifié de désespoir si ces yeux s'étaient trouvés dans un visage humain. Mais lui, il appelait ça du désespoir. Et peut-être de l'impuissance. Comme si quelque chose de différent et d'étranger avait pris possession d'elle, et comme si elle le comprenait elle-même. Car c'était sa première portée. Elle avait toujours été un peu nerveuse, et il aurait dû suivre sa première

La Terre des mensonges

impulsion, ne pas la faire inséminer. Mais elle était si belle, elle avait de superbes formes. En se tenant à distance respectable de sa grosse tête, il se pencha au-dessus du bord et lui massa les mamelles à plusieurs reprises, comme il l'avait fait les derniers jours, pour démarrer l'éjection du lait, rappeler à son corps et à ses instincts ce qu'il fallait faire. Sans quitter sa tête des yeux, il écouta les grognements qu'elle poussait, tous ses sens étaient en éveil pendant qu'il massait ses mamelles. Au bout d'un moment il se redressa et rencontra le regard de la truie qui se reposait dans la loge voisine. Elle croisa le sien dans la pénombre, ses yeux brillaient. Elle s'appelait Siri, et il murmura son nom :

– Siri… Oui, Siri. Reste couchée ! Tout va s'arranger.

Siri était la plus intelligente des neuf truies reproductrices qu'il avait en ce moment. Elle en était à sa troisième portée. Il lui avait appris des choses à l'aide de friandises et de mots doux. Elle leva le groin vers lui en flairant.

– Oui, quatre porcelets morts. Tu n'aurais pas fait ça, toi, Siri. Pas même si l'hélico avait atterri sur le toit. Tu es douée, toi. Douée et belle. Oui, douée et belle. Je vais les sortir aussi. Pas question de les laisser traîner comme ça.

Il alla chercher un sac vide d'aliments pour porcelets et y déposa les petits cadavres. Des cochons parfaits, d'un rose argenté et luisant, bien propres, aux tout petits groins humides et brillants. Bon sang, il aurait dû s'en tenir aux vaches laitières au lieu d'élever des porcs. Mieux valait laver des mamelles et marner au silo du matin au soir qu'avoir ce genre d'expérience. C'était franchement désolant.

Les porcelets flasques et sanguinolents ne pesaient presque rien dans ses mains.

La Terre des mensonges

Il se redressa et regarda Sara. Elle était au milieu de la loge vide, la tête penchée et les oreilles tremblantes, du sang autour de la gueule et un peu dans le cou. Dire qu'elle les aimait au point d'être terrorisée qu'il leur arrive du mal, et qu'elle avait préféré s'en charger elle-même.

– Tu as eu peur. Moi aussi. On a l'impression qu'on est en guerre à la façon dont passent les hélicoptères.

Il s'empressa d'emporter les cadavres et d'aller chercher le balai, puis, penché sur la loge, il dégagea la paille ensanglantée pour la rendre à peu près propre. Après quoi il se procura de la paille fraîche et l'étendit par terre. Elle absorberait l'humidité et l'odeur. Il passa la main dans la couveuse, qu'il avait fabriquée lui-même dans une vieille caisse de dynamite. Il y régnait une douce chaleur, même si celle-ci ne venait que d'en haut. Il n'avait pas eu les moyens d'installer un sol chauffant. La transformation de l'étable avait consisté pour l'essentiel à supprimer les stalles et à faire des loges.

Les porcelets nouveau-nés se bousculaient, serrés les uns contre les autres, et cherchaient les tétines en poussant de petits grognements. Il fallait qu'ils se nourrissent. Et il fallait que la truie s'en charge. Mais il ne pouvait pas téléphoner au vétérinaire, personne ne devait venir alors que rien n'allait plus à l'extérieur de la porcherie. Il ne pourrait même pas lui offrir une tasse de café dans la cuisine. Il emporta le sac dans la buanderie et le lança dans un coin. C'était mouillé dans la loge et le liquide avait commencé à imbiber le papier du fond du sac. Il rinça ses bottes sous le robinet d'eau froide, les retira et mit ses sabots, mais ne prit pas le temps d'ôter sa combinaison. Si elle était en bas et se

La Terre des mensonges

rendait compte qu'il entrait dans la maison en habits de travail, il valait mieux qu'il ne réponde pas ou qu'il dise qu'une des cochettes s'était fait une petite déchirure et qu'il avait besoin de quoi désinfecter.

Le ciel s'éclaircissait au sud. Les rideaux étaient toujours fermés. Il entra dans la maison et entendit aussitôt le père tousser dans le couloir à l'étage et marcher en direction de l'escalier. Sa toux était, comme à l'accoutumée, rapide et mal assurée, il toussait de cette façon pour prévenir qu'il arrivait.

Tor entra dans la cuisine, elle était vide, mais cette fois il y était préparé. Il alla à l'étagère du bas du placard à provisions, croyant y trouver peut-être un vieux reste dans une bouteille, explora de la main derrière les thermos et les vases et referma les doigts sur diverses bouteilles qu'il cherchait afin de savoir si elles contenaient quelque chose. La mère ne jetait jamais les bouteilles vides, au cas où elles lui serviraient un jour pour faire du sirop. Elle ne jetait jamais aucune espèce d'emballage qui puisse servir, les placards débordaient de piles de gobelets et autres récipients en plastique, et de boîtes hermétiques soigneusement lavées qu'elle enveloppait de papier aluminium attaché par un brin de laine et où elle faisait des boutures de ses plantes vertes.

Enfin il sortit une demi-bouteille de vin de Xérès, où il restait un bon fond. Le bouchon était très enfoncé et le goulot portait tout autour des traces jaunes poisseuses. Il fallait qu'il sente, qu'il vérifie qu'elle contenait bien du xérès. Un jour il avait trouvé dans le placard une bouteille d'alcool avec de l'huile de moteur dedans. Il passa le goulot sous l'eau chaude un moment et tourna à nouveau le

La Terre des mensonges

bouchon, qui se libéra. Une odeur de xérès lui monta au nez, une odeur forte et piquante qui le désarçonna un peu. Il ferma les yeux un court instant et sentit le goût du xérès dans sa gorge. La salive lui coulait de la bouche, la porte s'ouvrit derrière lui. Il renfonça le bouchon dans le goulot et se retourna. En dépit de sa propre odeur de porcherie, il sentit celle du père : corps pas lavé, chevelure rance, dentier chassant une haleine douceâtre. Il ne se donna même pas la peine de cacher la bouteille derrière son dos.

— Ta mère, dit le père en s'écartant sur le côté.

— Oui ?

Tor s'arrêta une seconde sans le regarder.

— Elle est couchée, continua le père.

— Tu l'as… entendue ?

— Oui. Entendue tousser un peu.

Sara était toujours assise sur son arrière-train, du sang et du placenta avaient coulé et maculaient ses cuisses. Les fétus de paille collaient aux endroits mouillés. Elle avait les oreilles pendantes, mais le même regard, bleu et impuissant. Elle paraissait fatiguée et désemparée. Il fut pris soudain d'une immense pitié pour elle, sa détresse, sa défaite.

— Tes petits doivent manger, il faut te calmer maintenant, et te coucher, murmura-t-il.

Il alla chercher un peu de céréales dans une louche, y versa le xérès, mélangea avec les doigts, et le lui donna dans sa case. Elle flaira avant de commencer à manger, lentement d'abord, puis plus vite.

— C'est bien, oui, c'est bien ! Doucement maintenant, il faut te calmer, ça va passer. Ce sont de beaux petits, tu

La Terre des mensonges

comprends, de beaux petits, alors calme-toi ! Mais tu n'en auras sûrement plus, non, sûrement plus...

Il se hâta vers le coin des porcelets, alors qu'elle avait le regard plus lourd et une respiration profonde et tremblotante. Dans sa poche de devant, il avait la petite pince coupante toute prête.

Il souleva le premier, le tint fermement entre ses genoux et lui ouvrit la bouche de force, avant de couper rapidement les huit dents. Elles étaient pointues comme des aiguilles et jamais Sara n'accepterait de tels instruments de torture sur ses tétines, même s'il lui avait donné une bouteille entière de vin doux. Il reposa le porcelet, prit le suivant dans la couveuse et lui fit subir le même traitement. Il n'y avait heureusement qu'un seul verrat, si bien qu'il économiserait au moins quelques couronnes sur la castration.

Il se pencha et se remit à masser les mamelles de la truie, qui commença à s'allonger, se tourner sur le côté, hébétée et désemparée, mais ses instincts étaient les plus forts, maintenant que le xérès voilait sa peur.

Il lui rendit ses petits. Sara resta couchée, regardant droit devant elle, sans lever la tête. Il y avait en tout cas grandement assez de tétines, elle en avait neuf de trop. Les porcelets se poussèrent entre eux, il y avait toujours une bousculade les premiers jours, avant que ne s'établisse une hiérarchie et que chacun d'eux n'obtienne sa tétine particulière à laquelle nul autre ne devait toucher.

Il vit qu'ils avaient tous trouvé leur place. Le lait coula et, pendant dix fébriles secondes, les porcelets tétèrent pour leur survie comme il se devait. Le lait ne coulait pas plus de dix secondes. Il évacua l'air de ses poumons, bien qu'il ne se

La Terre des mensonges

soit pas rendu compte qu'il avait retenu son souffle dès le moment où elle s'était normalement couchée à la renverse. Il replaça les porcelets dans la couveuse avant qu'ils ne se mettent à lui tourner autour de la tête. Il verrait bien comment cela se passerait la fois suivante, si les instincts avaient repris leur juste cours. Quand ils étaient aussi petits, les porcelets avaient besoin de se nourrir toutes les heures et il n'était pas sorti de l'auberge s'il lui fallait adopter chaque fois le même stratagème, d'autant qu'il ignorait s'il y avait encore du xérès dans le placard de la cuisine. Il espéra que l'hélicoptère ambulance ne serait pas trop sollicité, du moins pour transporter des malades juste au-dessus de Neshov. Si la truie supportait les premières heures sans agresser les petits, ils vivraient. La date du comptage des porcs était le premier janvier. Il n'envisageait pas d'envoyer d'urgence à l'abattoir une cochette qui venait de mettre bas.

C'était un vrai plaisir de voir les porcelets s'apaiser sous la lumière rouge et chaude. Il gagna l'auge en une enjambée, prit la bouteille vide, passa le bout de la langue sur le bouchon qu'il avait mis dans sa poche. La porcherie avait retrouvé son calme, les bruits, les odeurs et les mouvements concordaient pour créer une prédictibilité, une paix dans laquelle il se laissa bercer, quelques secondes bon marché au goût de vin doux.

Il pénétra dans la case de Siri. Elle était allongée, mais poussa des grognements, sortes de gargarismes interrogateurs dont elle avait l'habitude, lorsqu'il s'accroupit devant elle. Il se mit à lui gratter sa gorge rugueuse, ça lui avait fait tout drôle de s'habituer à toucher ces bêtes-là. Après la douceur des vaches, cette peau nue aux rares soies blanches.

La Terre des mensonges

– Je n'ai pas de friandises pour toi. J'avais autre chose à penser.

Elle avança le groin vers les poches de sa combinaison. Mais il tenait encore la bouteille à la main, il ôta le bouchon et le lui laissa sentir.

– Du xérès. Toi, tu n'en as pas besoin.

L'extrémité aplatie et humide de son groin avait la taille d'une soucoupe. Elle le tordait pour sentir, et soudain elle voulut manger le bouchon.

Il ne put s'empêcher de sourire, mais le tira à lui.

– Non. Tu n'auras pas ça dans le ventre. Je préfère t'apporter quelque chose de bon la prochaine fois, vois-tu. Maintenant il faut que je rentre. Il le faut. Pour comprendre ce qui se passe.

Le corps de Siri était comme une montagne qui s'élevait devant lui, aux pentes de plus en plus abruptes. Si seulement il avait pu rester là. Il appuya le bras contre elle. Cela grouillait de vie sous la peau de son ventre. Dans quelques jours ce serait son tour. Elle était déjà en train de se faire un nid dans la paille. Quand les truies étaient libres dans leur case et bougeaient comme elles voulaient, leur instinct reprenait le dessus. Avec la paille supplémentaire qu'il leur donnait toujours peu avant la mise bas, elles s'affairaient à construire ce nid. Ça le fascinait et l'impressionnait. Et le nid était plus haut là où elles posaient l'arrière-train. Il pensait que c'était sans doute pour que les saletés s'évacuent plus facilement de cette façon. Il s'agissait en effet de survivre, et de permettre à la progéniture de vivre. La seconde fois qu'elle avait mis bas, elle avait eu quinze petits et tous avaient vécu. C'était une bonne fille. Il repoussa son groin de ses poches, retira quelques bouts de paille de ses

La Terre des mensonges

narines. Elle n'était pas encore inquiète, selon lui elle ne cochonnerait pas encore ce jour-là. Juste avant l'arrivée des petits, les truies se vidaient aussi la vessie au maximum, elle ne l'avait pas encore fait non plus. La case était alors tellement mouillée qu'il devait se dépêcher de la laver et remettre de la paille sèche pour accueillir les porcelets. Élever des porcs, ça ne se faisait pas tout simplement entre les infos à la radio du matin et le journal télévisé du soir. Cette année-ci il avait produit deux cents porcs charcutiers et il était tout seul à travailler derrière la porte de la porcherie, et il ne se passait pas une heure sans qu'il ne pense à ses bêtes. En outre il fallait qu'elles soient bien. Plus que bien. Il était profondément outré quand il lisait dans les journaux que des éleveurs négligeaient leurs tâches à la porcherie. Il se fichait pas mal qu'ils mettent ça sur le compte de nerfs qui craquent et autres sottises, il avait horreur de l'expression « drame personnel », ils n'avaient qu'à aller auprès de leurs bêtes à la porcherie et déprimer ensuite entre minuit et sept heures du matin.

Quant à lui, il fallait qu'il se relève et oublie ses bêtes un petit moment, il le fallait. Il appuya la nuque contre un des barreaux en acier, ferma les yeux et écouta la respiration de Siri. Il avait faim, il avait la nausée, il avait envie d'un œuf dur, envie de le décapiter et d'écouter la grand-messe à la radio, le son à fond comme d'habitude pour couvrir l'absence de conversation lorsque le père s'essuyait les poils de barbe avec son papier hygiénique. Tout cela valait mieux que ces rideaux. Quand était-il entré dans sa chambre pour la dernière fois ? Ce devait être quand ils avaient encore des vaches. Une lampe avait causé un court-circuit et un

109

La Terre des mensonges

électricien était venu voir l'installation. Le lit bateau, la couette et le dessus-de-lit foncé aux motifs géométriques, l'oreiller qui dépassait en haut, tout froissé à force d'avoir soutenu une tête pendant bien des nuits, la petite table de chevet avec le napperon au crochet, un étui à lunettes vide et un verre d'eau où avait dû tremper un dentier, la commode avec le napperon et le chandelier, et le miroir au-dessus. L'électricien avait manié quelques outils et une sorte d'appareil de mesure, tandis que lui parlait dans le vide et remarquait tous les détails de cette pièce dans laquelle il n'était pas entré depuis qu'il était enfant. L'armoire, avec une toute petite clé en laiton dans la serrure. Remplie de robes et de tabliers dont il connaissait chaque couleur, chaque motif. Mais les tiroirs de la commode, que contenaient-ils ? Des sous-vêtements, probablement. Il avait vu ses culottes sur les fils à linge, amples et blanches. Il l'avait également vue y passer des élastiques, le soir dans la cuisine, et entendue se plaindre que les élastiques aujourd'hui se détendaient très vite, après seulement quelques lavages. Elle fixait l'élastique à une épingle de nourrice et la passait dans la couture tout autour de la ceinture de la culotte.

Un long tapis étroit sur le plancher, oui, il y était préparé aussi. Il lui semblait se souvenir qu'il était tissé de chiffons gris et rouges. Il ne devait pas être surpris par quoi que ce soit, maintenant qu'il était obligé de monter. Avait-elle jamais été malade et alitée ? Il ouvrit les yeux et réfléchit. Siri continuait de le pousser.

– Je n'ai rien pour toi. Du calme, du calme !

Non. Enrhumée ou ce genre de chose, mais pas malade. Il avait lu dans le journal que les mères avec beaucoup

La Terre des mensonges

d'enfants étaient plus rarement malades que les femmes célibataires. Si on voulait, on pouvait. Et même si la mère n'avait plus franchement de nombreux gamins, elle avait la même attitude vis-à-vis des devoirs et du travail. Il s'agissait de prendre son courage à deux mains, de ne pas baisser les bras. La mère ne baissait jamais les bras. Le nez dans son mouchoir, elle vaquait à toutes ses tâches, préparait le hachis de mou, cuisait les pommes de terre, nettoyait le poisson, faisait les confitures, repassait les torchons, lavait le sol, débarrassait la table, rinçait la bouilloire à café, était partout dans la maison même si ses yeux et son nez coulaient. Elle n'était jamais restée au lit. Elle avait eu une gastro-entérite un jour, mais si elle avait passé le plus clair de son temps aux toilettes dans la salle de bains, elle ne s'était pas couchée non plus. Le père et lui avaient dû utiliser le vieux cabinet dehors, pendant plusieurs jours, et se laver dans la cuisine. La seule fois dont il se souvenait, c'était quand le grand-père Tallak était mort et qu'elle s'était enfermée deux jours dans sa chambre, mais il y avait vingt ans de cela.

Il se remit debout. Siri le suivit des yeux. Il se pencha vers elle et lui tira gentiment l'oreille entre ses doigts. Sara ronflait dans la case voisine. Les nouveau-nés allaient bientôt devoir manger encore. Il fallait qu'il aille à la maison et qu'il monte.

Le père était assis à la table de la cuisine. Il regardait par la fenêtre quand Tor entra. Il avait une tasse devant lui, mais rien à manger. Il était incapable de se couper une tranche de pain comme tout le monde, il mourrait de faim devant la huche si personne ne le servait. Il n'avait pas

111

La Terre des mensonges

allumé le feu non plus, il attendait, le regard fixe. Tor s'accroupit devant le poêle et en ouvrit la porte. C'était prêt. La mère avait préparé le feu la veille, avec du petit bois et de l'écorce, un rouleau vide de papier hygiénique et du papier journal chiffonné tout en dessous. Deux gros rondins étaient posés dessus en croix. La vue du tas soigneusement arrangé, avec papier et brindilles, le mit en rage, mais il se retint de se lever, ne tourna même pas la tête vers la table ni ne dit mot, il caressa simplement son idée fixe, celle de mettre les mains autour du vieux cou sale et de serrer. Il arriverait toujours à toucher la peau de son cou, si la délivrance s'ensuivait. Ou bien utiliser un oreiller la nuit. Là il n'aurait même pas besoin de le toucher. Il savait comment il se placerait à son chevet, afin d'éviter qu'en gesticulant les bras et les mains du père ne l'agrippent. Il approcha une allumette du petit bois, ferma la porte du poêle et ouvrit le tirage à fond. Puis il se versa du café dans une tasse propre. Il y avait beaucoup trop de marc, la bouilloire était presque vide et ne fumait plus, mais tant pis : il avait besoin d'une tasse de café pour tenir le coup.

Il régnait dans la chambre une vague odeur familière de corps et d'haleine. Il y faisait un froid glacial.

– Je vais ouvrir les rideaux, dit-il en posant la tasse sur la commode. Et je t'ai apporté du café.

La lumière extérieure était bien trop faible, inutile, elle filtrait dans la pièce comme de la vieille bouillie et lui resta en travers de la gorge.

– Maman... murmura-t-il en s'approchant du lit. Tu veux du café ?

– Un peu bizarre aujourd'hui.

La Terre des mensonges

— Il faut que j'appelle le médecin ?
— Tu parles !
— Il fait moins neuf dehors. Ciel dégagé.

Elle ne répondit pas. Il écarta un peu la lampe du lit avant de l'allumer, afin que la lumière ne lui fasse pas mal aux yeux.

Seule sa tête dépassait le bord de la couette, bras et jambes étaient cachés. Elle fermait les yeux. Il ne se rappelait pas l'avoir déjà vue ainsi, couchée. C'était étrange. Elle avait soudain l'air plus petite. Et ses cheveux gris étaient découverts. D'habitude elle portait toujours un foulard, noué sur la nuque, soit un brun avec des rayures rouges, soit un vert foncé uni. Les cheveux étaient si clairsemés qu'on apercevait son crâne, luisant et jaunâtre.

— Tu as… de la fièvre ?

Jamais encore il n'avait posé pareille question à sa mère, c'était elle qui la posait quand il était petit et qu'il avait la rougeole ou la rubéole. Il n'avait jamais su quoi lui répondre, c'était son travail à elle de lui enfoncer le thermomètre dans le derrière, avec un peu de vaseline sur le bout, et à elle de lire la température. Si elle disait que le thermomètre indiquait plus de trente-sept et demi, il répondait : « J'ai sûrement de la fièvre, oui… » Mais c'était impossible de savoir par avance si tel était le cas. La réalité devenait simplement autre et on l'acceptait aussitôt, oubliant déjà comment c'était de ne pas être fiévreux. Quand il était petit, il aimait bien avoir de la fièvre, il n'en avait presque jamais depuis qu'il était adulte, mais il se souvenait que tout était libre et indifférent, et que les rêves venaient même s'il gardait les yeux ouverts.

113

La Terre des mensonges

Elle ouvrit les yeux. Ils croisèrent les siens. À son grand soulagement, il n'y vit aucune maladie, aucune peur d'être malade, aucune souffrance. Ni fièvre non plus, car ils auraient été brillants, il en avait fait l'expérience auprès des bêtes. Il vit seulement la banalité dans son regard, et peut-être un peu d'étonnement et d'interrogation. Elle referma les yeux. Elle restait immobile sinon. Ses paupières bleues, veinées, étaient les seules à bouger. Il eut envie de la secouer. Mais il ne pouvait pas la toucher non plus, lui caresser le menton de la main, juste pour son propre plaisir.

— As-tu mal quelque part ?

— Non, répondit-elle, comme il s'y attendait.

Mais il n'aimait pas le son de sa voix, qui avait quelque chose de confus, d'aérien.

— Tu ne veux pas... tu ne veux pas te lever, maman ?

— Non. Peut-être plus tard. Je suis fatiguée.

— La grippe, peut-être.

Elle ne répondit pas, n'ouvrit pas les yeux, il posa la tasse de café sur la table de chevet. Elle s'était peut-être rendormie, déjà.

— Sara a mis bas. Neuf petits, murmura-t-il.

Il éteignit la lampe et quitta la chambre sans faire de bruit. Il resta un bon moment debout de l'autre côté de la porte. Les murs craquaient un peu, c'était le gel qui enserrait la maison, se frayait un chemin à l'intérieur des boiseries dont il chassait la température positive de la veille, sinon tout était calme. Le troisième dimanche de l'avent, pensa-t-il, étrange pensée à laquelle il s'accrocha, stupéfait, comme si Noël signifiait quelque chose. Ils avaient l'habitude de manger un morceau de rôti de porc le soir, du saumon au court-bouillon le jour même, les restes le

La Terre des mensonges

lendemain. Une bougie rouge sur la table, des serviettes de cuisine rouges, le père et lui chacun devant un verre de bière au repas, c'était tout. Ils jouaient la comédie. L'an passé, il avait demandé à Arne, qui travaillait chez Trønder-korn, de lui acheter une demi-bouteille d'aquavit. Il l'avait gardée à la porcherie et bue avec de l'eau froide du robinet de la buanderie. Il avait prétexté qu'une truie était malade pour pouvoir retourner à la porcherie après le dîner, la mère s'était couchée avant qu'il ne revienne à la maison et n'avait rien remarqué. Il avait passé un bon moment avec les bêtes et dans son ivresse, une terrible ivresse, il s'était mis à pleurer comme une fontaine. C'est à cela qu'il songeait tout à coup, que c'était le troisième dimanche de l'avent, et qu'il avait pleuré à n'en plus finir, sans savoir pourquoi, mais il allait téléphoner à Arne le lendemain et lui demander la même chose, il fallait qu'il lui téléphone de toute façon, le silo était presque vide.

Le père était toujours au même endroit. Ses coudes minces et pointus, posés sur la table, saillaient sous son chandail. Il avait sans doute l'intention de rester assis et d'attendre qu'un petit déjeuner lui tombe du ciel. Il ne coupait pas de bois le dimanche et ne faisait rien dans la grange. C'est pourquoi le dimanche, d'habitude, ils chauffaient dès le matin le salon où était la télé, et le père s'y installait, tout seul, avec les journaux et les livres sur la guerre. La mère et lui-même discutaient dans la cuisine, ou bien il s'occupait de ses dossiers dans son bureau et remplissait les paperasses.

Il savait que le père se posait des questions maintenant, l'avait entendu monter à l'étage. Tor sortit du pain et de la

La Terre des mensonges

margarine, coupa deux tartines, prit le fromage dans le frigo, défit l'élastique autour, coupa quelques fines tranches et les mit sur une assiette qu'il lui posa devant lui. Puis il alla dans le salon et alluma le feu. Avant qu'il ne revienne de la porcherie, le père y serait parti, du moins l'espérait-il, et lui-même serait tranquille là-bas.

Sara dormait encore. Les porcelets étaient agités. Il les prit un par un pour vérifier qu'ils respiraient, qu'ils réagissaient, que leurs membres bougeaient normalement. Certains avaient des restes de placenta sur la peau, on aurait dit des pellicules transparentes de colle séchée, il les enleva avec soin. Il faisait bon et chaud dans la couveuse, et les petits étaient parfaits, cinq porcelets parfaits, c'était à ça qu'il devait penser, et à l'aquavit dont il se réjouissait d'avance, et à la mère qui serait sur pied le lendemain, peut-être bien le soir même. Il fallait qu'elle aille aux toilettes, c'était évident, et alors elle se rendrait compte qu'elle n'était pas du tout malade, seulement un peu patraque.

Il se pencha sur la case et se mit à masser fortement les mamelles de Sara, qui entrouvrit les yeux. Des cils blancs et raides sur du bleu.

– Il faut t'y remettre. Faire ton boulot. Les petits ont faim, tu sais. Tu ne peux pas paresser toute la journée.

La truie respira pesamment dès que le premier porcelet se saisit d'une tétine, mais elle resta couchée. Il vit son regard scruter la pénombre, comme si elle était à l'affût d'une menace.

Il rit un peu.

116

La Terre des mensonges

– As-tu déjà oublié que tu viens d'avoir des petits ? Hou, la vilaine ! Reste bien allongée alors, jusqu'à ce que tu t'en souviennes !

Les porcelets se disputèrent, se bousculèrent et rampèrent pour trouver la bonne place. Comme des petites saucisses roses et luisantes, ils s'allongèrent côte à côte contre le ventre gris sale de leur mère et poussèrent et bougèrent les mamelles. Le lait coula et tous les cinq tétèrent comme des forcenés, comme s'ils aspiraient de tout leur petit corps pendant dix secondes très intenses. Il en fut soulagé une nouvelle fois. Encore un repas, encore une portion de nourriture salutaire qui les éloignait tous un peu plus de la catastrophe. La truie leva la tête, il la laissa faire. Elle voulait les voir mais n'avait pas le courage de se redresser davantage. Il en remit quatre dans la couveuse et lui montra le cinquième. Il était sur ses gardes, il savait qu'il mettait la vie du porcelet en danger, mais elle le renifla avec empressement quelques secondes avant de reposer la tête, presque épuisée.

– C'est bien, Sara, murmura-t-il. C'est très bien. Tu as de beaux petits. Oui, de très beaux petits, et tu es une brave bête.

Il déposa le porcelet à côté des quatre autres, celui-ci était repu et avait paressé dans sa main, il rampa tout contre ses frères et sœurs sous la lampe rouge chauffante. Tor laissa la truie s'endormir où elle était.

Il avait coupé une tranche de pain pour Siri et trouvé deux pommes de terre bouillies dans le frigo. Un porc qui ne mangeait que des granulés était prêt à affronter vents et marées pour goûter un peu de pomme de terre et de pain.

117

La Terre des mensonges

Il lui avait appris à s'asseoir et à taper de la patte droite avant d'obtenir quelque chose, mais ce n'était pas le moment, avec le poids qu'elle avait pris pendant la gestation. Elle préférait rester allongée, et il lui donna les friandises dès qu'il entra dans la case. Elle grogna de plaisir. Elle pouvait émettre une quantité de sons différents, et il en connaissait exactement la signification. Il la gratta un peu derrière l'oreille avant d'aller dans la buanderie, ôta ses bottes et sa combinaison et s'en retourna à la maison.

Le père s'était installé dans le salon, il savait ce qu'on attendait de lui, pour la paix du ménage. Splendide, la paix. Cela ne signifiait pas nécessairement que personne ne se parle. Il aurait bien voulu discuter avec la mère, l'avoir auprès de lui. Il remonta la voir, sans rien dans les mains cette fois-ci. Il fallait qu'il la fasse manger un peu, quelque chose de chaud, qu'il lui demande ce qu'elle voulait, ce dont elle avait envie, une soupe peut-être. Il trouverait bien un sachet et réussirait à suivre le mode d'emploi au dos. Il ne frappa pas avant d'entrer. Il l'avait fait la fois précédente, mais elle n'avait pas répondu de toute façon. Il entra non sans peine, il faisait un peu plus clair dans la chambre maintenant, pas franchement jour, mais assez pour voir qu'elle était couchée comme avant. Elle ouvrit les yeux.

— Ça va mieux ? demanda-t-il.

Elle sourit vaguement, il eut un large sourire en retour.

— Ça ne te ressemble pas, dis donc ! fit-il en manière de plaisanterie.

— Affreux, dit-elle. Je suis toute molle.

— Tu es sûre que je ne dois pas appeler le médecin ? Ils viennent à domicile quand on...

La Terre des mensonges

– Non. Ça va passer.
– Tu ne veux pas aller aux… Tu veux que je t'aide à aller… ?
– Non.
– J'allume un petit peu le radiateur électrique. Pour que tu ne sois pas complètement gelée. Et puis je redescends te faire un peu de soupe.
Elle ne répondit pas, il se dit qu'elle était d'accord.

Il fallait verser la poudre dans un litre d'eau. « Soupe de pois suédoise » était-il écrit sur le sachet. Il se demanda bien ce qu'elle avait de suédois. Il alluma la plaque à fond. La casserole était un peu petite, il devait faire attention en remuant. Il avait fermé la porte du salon. Le père n'avait pas besoin de voir ce qu'il faisait avec cette casserole. Il obtint une lavasse jaunâtre. Il alluma la radio en attendant que ça arrive à ébullition puis que ça mijote à petits bouillons, comme indiqué sur le sachet. Il goûta avec une cuiller en bois, ça n'avait aucun goût, c'était sans doute ça qui était suédois. Il sala copieusement, coupa quelques tranches de mouton fumé et les ajouta avant de goûter à nouveau. C'était meilleur.

Elle n'en voulut pas. Il tenait le bol de soupe fumante devant elle, et la cuiller.
– Non, répéta-t-elle.
– Tu peux bien goûter à mes exploits culinaires.
– Non. Je veux dormir.
La chambre puait le vieux radiateur électrique, comme toute la maison à l'automne, quand ils avaient rallumé le

La Terre des mensonges

petit radiateur de la salle de bains après un long été. La poussière brûlée sous l'effet de la chaleur.

Le soir venu, alors qu'il vaquait à ses tâches habituelles à la porcherie, Sara paraissait beaucoup plus calme. Il ne lui donnerait pas grand-chose à manger les premiers jours, mais elle buvait énormément d'eau. Il lui mit un seau supplémentaire.

– Tu as la gueule de bois ? demanda-t-il.

Ce n'est que lorsque la porcherie retrouva son calme après qu'il eut nourri les bêtes et nettoyé les cases, qu'il rendit les porcelets à leur mère, une fois administré leur apport en fer. Il pensait que ça se passerait bien, qu'il pourrait leur donner facilement la petite dose de fer nécessaire. Mais ils firent un vacarme incroyable, alors que Tor essayait seulement de les maintenir. Personne n'est capable de crier comme les cochons, comme si la moindre parcelle de désagrément était pour eux un danger de mort.

Il s'assit dans la cuisine de telle sorte qu'il apercevait l'écran de la télé par la porte du salon sans aller dans la pièce. Le père avait coutume de se coucher vers neuf heures, généralement à temps pour le journal télévisé de la deuxième chaîne. C'est également ce qu'il fit ce soir-là, et Tor passa dans le salon. L'odeur du père y était tenace. Il renifla en l'air et se rappela soudain que le père ne s'était ni douché ni changé le soir précédent. Aussitôt il sentit à nouveau son cœur battre dans sa poitrine, car cela signifiait que la mère n'était déjà plus en forme la veille. Chaque samedi soir, elle mettait des vêtements propres et une

La Terre des mensonges

serviette sur la baignoire. Sans doute davantage pour son confort à elle, pour éviter l'odeur à table. Or elle ne l'avait manifestement pas fait la veille au soir.

Il regardait l'écran sans percevoir quoi que ce soit. La veille déjà, elle allait mal et il ne s'en était pas rendu compte. Était-il devenu aveugle et sourd ?

Il alla dans la cuisine et prit une casserole propre. Le père avait mangé la soupe de pois, la casserole sale était restée sur la cuisinière, et une assiette creuse et une cuiller sur la table. Les restes de soupe, en séchant, avaient formé une espèce de mousse jaune. Il posa la casserole sale dans l'évier et la remplit d'eau froide, et il rinça l'assiette. Il faisait tout cela pour la mère, pensa-t-il, pas pour le père, c'était important d'insister là-dessus. Lui-même n'avait rien mangé depuis les tartines du petit déjeuner, c'était bizarre, il n'avait pas faim, lui qui était toujours affamé et n'avait jamais l'impression d'être rassasié. Il fit chauffer du lait et chercha le miel, en vain. Il mit une cuillerée de mélasse dans le lait et tourna.

Il faisait froid là-haut, dans le couloir, mais il sentit la chaleur de la chambre dès qu'il ouvrit la porte, et une odeur légèrement douceâtre qu'il se résolut à ignorer. Il alluma la lampe et posa le lait sur la table de chevet, ferma les rideaux et baissa un peu le radiateur. Elle le suivit du regard lorsqu'il s'approcha d'elle, en marchant sur le tapis qui avait exactement les couleurs dont il croyait se souvenir.

– Comment ça va ?

– Mieux.

– Alors tu dois me le prouver, en buvant un peu de lait chaud.

La Terre des mensonges

Il se demandait bien comment il était parvenu à jouer ce rôle autoritaire. Il ne lui parlait jamais ainsi, ne lui disait jamais ce qu'elle devait faire.

– Oui, dit-elle.

Elle avait la tête trop basse, et il n'avait pas pris de cuiller cette fois-ci. Elle ne fit pas mine de s'asseoir dans le lit ou de sortir ses mains, qui étaient restées sous les motifs géométriques. Pendant quelques secondes de désarroi, il tint la tasse en l'air, devant son visage, avant de comprendre qu'il était obligé de lui soulever la tête d'une main.

Son crâne était une boule parfaite à tenir, aux cheveux chauds, un peu mouillés, qui faisaient que sa main glissait légèrement. Ils étaient aplatis sur la nuque et, dans sa main, lui passaient entre les doigts. Elle était si petite, cette boule, qu'il était stupéfait de l'avoir dans sa main, tout en observant sa bouche s'arrondir et laper bruyamment le lait. Les muscles de sa nuque tremblaient. Au bout de deux gorgées, la boule s'alourdit et s'immobilisa dans sa main, et il la reposa doucement.

– Voilà, murmura-t-elle.

– Pas plus ?

– Non.

Il resta longtemps éveillé quand il se mit au lit, après la tétée des cinq porcelets. Il était épuisé, néanmoins il fixait des yeux l'obscurité et ne cessait de se remémorer la journée. Il avait l'impression d'être debout depuis une semaine. Il devait appeler le médecin, quoi qu'elle dise. Et quand enfin il s'y décida, il s'endormit.

La Terre des mensonges

Il alla la voir avant de se rendre à la porcherie. Il ouvrit la fenêtre et aéra un peu. Le temps était couvert mais plus très froid. Il allait sûrement neiger.

– C'est toi ?

Il alluma la lampe.

– Oui.

– Tu n'appelles pas le médecin.

– Si.

– Je vais mieux aujourd'hui.

– Tu te lèves alors ?

– Pas encore. Mais tu n'appelles pas.

– Tu es malade.

– Pas tant que ça !

– Tu veux quelque chose ?

– Plus tard. Un peu de café. Quand tu seras allé à la porcherie.

Il ferma la fenêtre, descendit dans la cuisine et alluma le feu. Le père était encore couché, comme d'habitude. Il n'avait pas de raison de se lever.

Le soulagement d'avoir entendu la mère demander du café l'amena à se résoudre à faire confiance à Sara. Après lui avoir massé fermement les mamelles, il ouvrit la couveuse en bas. La lumière rouge brillait, elle vit ses petits. Désormais la voie était libre entre eux et leur mère. Elle fit quelques pas vers la couveuse, un corps colossal sur quatre courtes pattes, tout en poussant les grognements caractéristiques de la truie qui appelle les petits à téter. Elle plia les pattes de devant. Le tas de porcelets commença à se débattre et à pousser des cris stridents, ils montèrent les uns sur les autres pour aller à la rencontre de leur mère. Celle-ci

123

La Terre des mensonges

baissa l'arrière-train, présenta ses mamelles. Il tenait la pelle prête et suivait chacun de ses mouvements, à l'écoute du moindre bruit indiquant qu'elle voudrait encore ruser. Elle n'avait qu'à essayer, elle verrait bien qui était le plus fort. Elle avança le groin vers l'essaim de petits corps roses, sans cesser de grogner. Et les porcelets atteignirent les mamelles, poussant, bousculant, se disputant entre eux.

Quand ils furent repus, ils s'aventurèrent autour de la tête de la truie. Il suivit leurs mouvements, mais rien n'indiquait qu'elle allait leur faire du mal. Elle les inspecta tous convenablement, les retourna sur le dos et les renifla jusqu'à ce qu'ils se remettent debout à force de gigoter. Il la laissa et alla trouver Siri.

– Le danger est passé, dit-il. Et toi, comment ça va ? C'est aussi pour bientôt ? Pour que j'aie de quoi m'occuper ici, à la porcherie, quand ce sera Noël. Pas drôle, sinon.

Elle grogna de satisfaction et il lui donna une croûte de pain qu'il avait dans la poche.

Il fit le reste de sa ronde plus rapidement que d'habitude et fut généreux en paille, en tourbe et en aliments. Il donna à chaque truie une petite tape derrière l'oreille, même à Sura qui, ce jour-là, s'était montrée plus désagréable que d'habitude et le regardait de ses yeux bleu pâle qu'elle plissait d'un air soupçonneux. Mais elle avait de grandes portées, surtout depuis la cinquième, et ses pieds étaient toujours comme il fallait, aucune raison de la transformer en salami. Et il était toujours amusant de nettoyer du côté des porcelets sevrés, qui mordillaient sa combinaison et se poussaient entre eux, comme des chiots, ivres de joie de vivre, malgré leur environnement de barreaux d'acier et de

124

La Terre des mensonges

sol en ciment. Il monterait avec sa propre tasse de café, pensa-t-il, et quelques tartines, et prendrait son petit déjeuner avec elle. Il devait aussi aller à la coopérative de Spongdal pour faire quelques courses. Du miel, du lait et de quoi dîner. Il déciderait lui-même de ce qu'ils mangeraient, en fonction de ce qu'il arriverait à préparer. Il la surprendrait. Bien sûr qu'elle pourrait rester alitée quelques jours si besoin était, le ciel ne s'effondrerait pas pour autant, lui aussi savait surmonter les difficultés. Elle n'était plus toute jeune et pouvait bien lui laisser une part de responsabilité, pour une fois.

Il ne restait pas beaucoup de pain, il en trouva un autre au congélateur, dans le couloir, et le posa sur le plan de travail. Il tira quatre fines tranches et un croûton du vieux pain. Le père attendrait que le nouveau soit décongelé, il l'entendait aux toilettes là-haut. Il fit du nouveau café et alluma la radio. Ils parlaient de ce qu'on mangeait à Noël. Ce dont il avait plein la porcherie. Il avait fourni trente porcs charcutiers début décembre, et c'était de cette viande-là qu'ils parlaient, de l'éternelle difficulté à obtenir une couenne croustillante, comme si c'était un problème. Le vrai défi, c'était d'élever des bêtes dont la couenne au-dessus de la couche de gras ne soit pas trop épaisse et donc impossible à rendre croustillante à la cuisson ! Il n'avait jamais mangé de couenne dure de sa vie, pourtant la mère ne s'était jamais cassé la tête pour qu'elle croustille. Les gens de la ville n'étaient bons à rien. La flamme du gaz, voilà ce qu'ils proposaient maintenant, c'était à n'y rien comprendre. La mère commentait à chaque Noël les caprices de la nouvelle mode, elle affirmait qu'il suffisait de

La Terre des mensonges

mettre le rôti au frigo deux jours avant, de le laisser suer sous du papier aluminium à four chaud, puis d'enlever le papier alu et de finir la cuisson normalement. Il prit un plateau au porte-plateaux fait au crochet et y mit des tasses et une assiette. Il croisa son père dans le couloir, qui regarda le plateau une petite seconde avant d'entrer dans la cuisine.

— Va te laver, tu pues ! dit Tor avant de claquer la porte derrière lui.

— Tu ne veux pas t'asseoir ?
— Je ne crois pas.
— Du bon café, maman. Ça va aller mieux.
— Pas trop chaud ?
— Je viens juste de le faire.
— Un peu d'eau froide dedans.

Il partit avec la tasse dans la salle de bains et se rappela tout à coup qu'il manquait les vêtements propres du samedi. Il ne voulait pas le dire à la mère, ne rien dire sur lui. Ne pas penser non plus à l'odeur douceâtre dans la chambre, ne pas poser de questions. Elle n'avait pas quitté le lit depuis le moment où elle s'était couchée, le samedi soir, et on était lundi. Il trempa le bout du doigt dans le café pour vérifier la température, mais il avait la peau si dure qu'il était insensible au froid et au chaud. Il mit le bout de la langue à la place. Le café était buvable.

— Tiens, dit-il.

Il souleva son crâne tout rond dans sa main et elle avala une bonne gorgée.

— C'est bon.
— Et une petite tartine.
— Je ne crois pas.

La Terre des mensonges

— Ah si ! Autrement j'appelle le médecin, fit-il en riant un peu.

Il aurait bien aimé lui parler de Sara, lui dire que cela s'était bien passé, mais c'était trop tard, à moins d'enjoliver l'échec sur lequel reposait le succès.

Elle mangea en tout trois bouchées de pain qu'il lui porta à la bouche, ce qu'il n'avait encore jamais fait, à part à ses bêtes. Il avait mis de la crème aigre dessus, il savait qu'elle en était friande, avec un peu de cannelle en plus.

— Pas très faim le matin, dit-elle en fermant les yeux.

Il observa sa pomme d'Adam parmi les rides, elle montait et descendait quand elle avalait, il sourit sans qu'elle le voie, il sourit de la façon dont elle bougeait et du fait qu'il ne l'avait jamais remarquée auparavant, jamais eu l'occasion de l'étudier sans être vu. Il sourit, bien qu'elle n'ait pas fait de commentaires sur le choix attentionné de la garniture sur la tartine.

Il en restait une avec du mouton fumé. Il la fourra dans sa poche. Pour Sara plutôt que pour le père.

— De quoi as-tu envie pour dîner ?

— Bof... le dîner.

— Mon silo de farine commence à se vider, je vais venir faire un tour un de ces jours, dit-il dans le combiné.

Il redressa un trombone de la main droite. Il rechignait un peu à demander pour l'aquavit, il n'avait pas envie de susciter les commérages, mais Arne était un chic type et, bien sûr, il allait à la boutique des vins et spiritueux avant Noël. Il demanda si une demi-bouteille ferait l'affaire.

— Parfaitement, répondit Tor. Et j'ai aussi besoin d'aliments pour porcelets.

La Terre des mensonges

Il viendrait chercher ça lui-même, il refusait de payer des frais de livraison, les mêmes quelle que soit la distance.

Il se rendit à la boutique en tracteur. Il pouvait déduire le gasoil de ses impôts. Il utilisait rarement le vieux break Volvo blanc, qui était dans la grange, le réservoir rempli, ce qui lui évitait de dépenser de l'argent en additif anti-condensation. Il se produisait vite de la condensation à l'intérieur du réservoir si celui-ci n'était pas plein, quand le temps oscillait entre gel et dégel.

Il déambula entre les rayons en songeant au repas. Il resta longtemps devant l'étal de viande. Il n'était guère au courant de ce que contenait le congélateur à la maison, en dehors du pain qu'il allait chercher quand sa mère l'envoyait. Et il savait quels jours elle en faisait, de bons jours avec de bonnes odeurs. Il prit un boudin noir. Ils avaient assez de mélasse, et de pommes de terre. C'est passées à la poêle qu'elles accompagnaient le mieux le boudin, mais il fallait sans doute les faire bouillir avant. Il n'avait aucune idée du temps de cuisson des pommes de terre, il allumerait le feu dans le salon aussitôt rentré. Il voulait être seul dans la cuisine pour s'occuper de ça.

En se dirigeant vers la caisse, il passa devant des piles de bières de Noël et en rafla deux avant d'avoir le temps de dire ouf. Et pendant qu'il fit la queue derrière des jeunes pour payer, une boîte de dattes et un cochon en pâte d'amande atterrirent aussi dans le panier. Il riait presque de sa propre extravagance, en tirant son portefeuille de sa poche et en tendant la carte de la coop et un billet de deux cents à Britt, qui était à la caisse. Mais il ne rit pas tout haut, il se contenta d'opiner du bonnet quand elle parla du

La Terre des mensonges

temps, du vent et de la neige probablement à venir. Car ce n'était pas raisonnable d'acheter des dattes et de la pâte d'amande, ça coûtait cher. La mère serait debout et au travail avant l'heure du journal télévisé.

Il arrêta le tracteur devant la boîte aux lettres à l'entrée du chemin, trouva *La Nation* et une grande enveloppe blanche sans fenêtre. Il l'ouvrit dès qu'il fut remonté dans la cabine. Une carte de Noël de la Guilde des agriculteurs, avec un vrai petit tableau, apparemment peint à la main, et signé en tout cas, même si la signature était illisible. Il valait bien quelques couronnes, ce tableau-là, et pourtant il faisait abattre tous ses porcs chez Eidsmo. Mais il était membre du syndicat par précaution. Il avait reçu d'Eidsmo une boîte de chocolats, de la marque Kong Haakon. Pas la plus grande, mais quand même. La firme Norsvin lui avait offert une planche à découper, avec un cochon pyrogravé dessus. La mère s'en était déjà servie et y avait fait des entailles et des rayures, c'était du mauvais bois tendre, du pin, et ça ne valait rien pour couper avec un couteau, un simple objet de décoration. Mais qui donc s'amusait à décorer son intérieur avec des planches à découper ?

Depuis la cabine du tracteur, il essaya d'apercevoir le père par la fenêtre de la cuisine, mais c'était impossible à cause des reflets dans les carreaux. Pour plus de sûreté, il fourra les dattes, la pâte d'amande et les bières sous son parka avant de franchir la porte de la porcherie et d'aller droit à la buanderie déposer le tout sur la paillasse. Un silence total régnait dans la porcherie. Il savait qu'ils écoutaient et qu'ils attendaient. Mais ils allaient attendre encore

La Terre des mensonges

un peu. Le silence était de bon augure de toute façon, bien qu'il soit plein d'expectative. Il jeta toutefois un coup d'œil par la porte, sans se montrer, seulement pour apercevoir Siri. Elle était tranquillement allongée dans la paille, les yeux mi-clos. Or soudain il se dit que ça pouvait se reproduire, avec Siri aussi, même avec Siri. Il fallait qu'il ait du xérès à la maison, peut-être la mère en aurait-elle également envie, ça pourrait être une sorte de cadeau s'il n'en avait pas besoin à la porcherie, même si évidemment ils n'avaient pas l'habitude de s'offrir des cadeaux à Noël, entre adultes.

Il alla chercher le sac avec le miel et le boudin, le journal et la carte de Noël dans la cabine, et rentra. Il allait bientôt neiger. Il espérait qu'il tomberait beaucoup de neige. Il avait envie de déblayer. Le père était assis à la table de la cuisine, près de la fenêtre. Le pain désormais à demi décongelé était intact, le sac en plastique même pas ouvert.

Du bureau, dont il avait soigneusement refermé la porte derrière lui, il retéléphona à Arne, chez Trønderkorn.

– Au fait, dit-il, il me faudrait aussi du xérès. J'en veux bien deux demi-bouteilles, mais du meilleur marché, pas besoin du fin du fin.

Arne répondit que c'était d'accord et lui demanda s'il était au courant.

– De quoi ?

– Le fils de Lars Kotum s'est pendu hier. Yngve. On vient juste de l'apprendre.

– Bon Dieu ! Mais c'est horrible.

– Leur seul fils, reprit Arne. Heureusement ils ont une fille, qui est à Ås.

– Et là, juste avant Noël.

La Terre des mensonges

Il entendit lui-même immédiatement le cliché que c'était, comme si les dessous de la vie avaient plus de chances de passer inaperçus maintenant, au milieu de toute cette évidente sensiblerie.

Arne expliqua qu'il y avait une histoire de fille là-dessous, mais que personne n'en savait davantage. Et il ajouta :

– C'est ton frère apparemment qui s'en charge.

– Se charge de quoi ?

– De l'enterrement. Et de toutes les formalités qui vont avec. C'est ton frère.

– Ah bon. Si tu le dis.

Il alluma le feu dans le salon et partit à la porcherie. Il n'avait pas de décapsuleur dans la buanderie, il n'en était pas encore arrivé là, alors il utilisa son couteau. Il enfila sa combinaison entre la première et la deuxième bouteille, puis ses bottes. La bière était tiède. Il emporta un sac à aliments vide et le cochon en pâte d'amande et s'enferma avec Siri dans sa case, après avoir constaté l'idylle familiale chez Sara, posa le sac par terre et s'assit dessus. Siri appuya son groin contre son épaule. Une bête aussi gigantesque, la gueule pleine de dents coupantes comme des lames de rasoir, aurait pu le tuer si elle voulait, aussi éprouvait-il une formidable mais puérile sécurité dans le fait d'avoir une confiance aveugle en elle.

– Attends un peu ! dit-il.

Il vida la bouteille. Elle renifla sa bouche quand il rota, d'abord un long rot, puis plein de petits. Il ouvrit la boîte en carton rouge, cassa la tête du cochon et la lui donna. Elle mangea en mastiquant avec bruit et en salivant. Il fallait un peu de courage pour se donner la mort, et

La *Terre des mensonges*

par-dessus le marché pour se pendre. Suffoquer. Ou peut-être était-ce un bon moyen, qu'est-ce qu'il en savait ? Mais à partir du moment où on était bien décidé et qu'en plus on avait trouvé une bonne corde qui inspirait confiance. Le plus facile, c'était les cachets, mourir en se droguant. Il l'avait aperçu de temps en temps, sur son vélo, en route pour Gaulosen, avec des jumelles en bandoulière et une sorte de pied replié sur son porte-bagages. Sans doute pour poser les jumelles, afin qu'elles soient stables. Les gens avaient parlé de lui à la coopérative, le fils de Kotum qui ne voulait pas travailler à la ferme, qui n'était bon à rien, qui préférait regarder les moineaux à la jumelle. Curieux d'ailleurs que Britt ne sache pas qu'il s'était pendu, au moment où il faisait ses courses. Mais c'était peut-être une question de minutes. Avant que les codes-barres ne passent au second plan et qu'ils ne mettent en marche la cafetière électrique pour faire un brin de causette. Qu'ils arrachent sûrement aussi le couvercle en plastique d'une boîte de biscuits au gingembre, et se gavent d'ambiance de Noël, de mort et de sympathie partagée.

— Mais il a une fille à Ås, dit-il tout haut. C'est toujours ça. Car c'est important, tu comprends, ma bonne Siri, que quelqu'un s'occupe de la ferme, pour que tout ne parte pas à vau-l'eau.

Il lui donna les deux pattes de devant et goûta un peu lui-même. La bière lui procurait comme une chaleur pesante dans les doigts, il dut les observer avec soin pour voir s'ils tenaient encore bien. Cela passerait vite. Une brève et solide ivresse subite due à la bière. Voilà longtemps que cela ne lui était pas arrivé. La dernière fois, il avait jeté les bouteilles vides dans le cabinet dehors, c'était ce qu'il ferait

La Terre des mensonges

encore cette fois-ci, même si personne n'allait venir. Il lui donna le reste du cochon d'un coup, en la grattant bien derrière l'oreille.

— Ma bonne fille, murmura-t-il. Cochon primé. Mieux que toute la pâte d'amande du monde.

Il ferma la porte pour écarter le père, qui n'avait toujours pas mangé. Il lui donnerait bien quelques pommes de terre et du boudin, il n'avait pas envie de s'occuper de deux malades à la ferme, ça prenait beaucoup trop de temps de mourir de faim. Il pela les pommes de terre, les mit dans de l'eau et porta à ébullition. Tandis qu'il écoutait la radio, qui ressassait tout ce qui avait trait à Noël et au bonheur, il venait de temps en temps soulever le couvercle et les piquait avec une fourchette. L'ivresse était déjà presque passée et il se demandait comment était l'ambiance à Kotum. On y faisait sûrement aussi la cuisine, c'était une bonne occupation, aussi bien la préparer que la manger. Il avait commencé à neiger, de larges flocons qui tombaient dru. Ils pouvaient tomber un bon moment avant qu'il n'accroche la fraiseuse derrière le tracteur. Et il ne parlerait pas de l'adolescent à la mère, pas avant qu'elle ne soit de nouveau sur pied et doive tout savoir. De toute façon, il ne mentionnerait pas Margido, quoi qu'elle fasse.

Les pommes de terre étaient encore dures au milieu, alors que le dessus commençait à s'effriter et que l'eau n'était plus limpide. Il jeta l'eau, coupa chaque pomme de terre en deux, mit un bon morceau de margarine dans la poêle. Il coupa le boudin en tranches, toutes prêtes sur le plan de travail, et sortit la mélasse. Il sentit qu'il avait faim. Il

La Terre des mensonges

mangerait d'abord, puis irait trouver la mère et laisserait les restes au père. Celui-ci devait bien sentir les odeurs de l'autre côté, et entendre remuer les casseroles sur la cuisinière.

Il y avait des raisins secs dans le boudin.

— C'est bon, tu sais. Du boudin avec de la mélasse et des pommes de terres rissolées. Et il y a des raisins dans le boudin.

— Tu l'as...

— Bien sûr.

— Acheté ?

— Oui

— Mais on a...

— Je n'allais pas me mettre à fouiller dans le congélateur. Là, c'est toi le chef. Ce sera de la nourriture achetée jusqu'à ce que tu sois rétablie ! Ça va coûter cher, ça !

— Oh là là.

— Ne t'en fais pas, je plaisantais. Tu ne veux pas t'asseoir ? Tenir la fourchette toi-même ?

— Non.

Elle était plus pâle que lorsqu'ils avaient pris le café ensemble, après la porcherie, plus tôt dans la journée. Plus pâle, avec des poches sombres sous les yeux. Elle avait l'air vieille. Il ne pensait jamais à elle en tant que vieille. Elle mangea deux morceaux de boudin et trois de pommes de terre, la mélasse lui coula sur le menton, il alla chercher du papier hygiénique. Il avait aussi apporté du jus de fruits, elle ne parvint pas à en boire.

— Fais une petite sieste maintenant ! murmura-t-il.

La Terre des mensonges

Le père avait mangé ce qui restait. Il aurait au moins pu demander. Si c'était bien pour lui. Tor ne vit ni assiette sale, ni couteau, ni fourchette, le vieux avait dû manger avec les doigts, à même la poêle. Il était retourné dans le salon, la porte entrebâillée. Tor entendit un petit raclement de gorge, un bruit uniquement destiné à signaler sa présence. Il claqua un bon coup la porte avant d'aller faire la vaisselle. Il avait les mains si propres quand il faisait la vaisselle. Les éternels bords noirs de ses ongles devenaient gris, et sa peau s'assouplissait. Cela faisait du bien aussi d'avoir les mains au chaud. Depuis combien de temps n'avait-il pas pris de bain ? Ils se douchaient simplement à un bout de la baignoire. Il pourrait bien s'offrir un bain un jour. Même si cela prenait beaucoup d'eau chaude. Et avec le prix de l'électricité…

Quand il s'en retourna à la porcherie, il emporta le croûton du pain et une tranche qu'il coupa en plus et émietta pour les oiseaux. Le tronc formait une sorte de toit au-dessus de la mangeoire, le pain ne risquait pas d'être recouvert de neige.

Siri était agitée. Elle piétinait dans la case et éclaboussait un peu, mordillait les tubes de métal, et ne vint pas à sa rencontre comme d'habitude.

Tiens donc…

Il prit le balai, ramassa la paille mouillée et alla en chercher de la fraîche. Puis il donna davantage à manger à Sara. Les cinq petits dormaient sous la lumière rouge. Ils brillaient, c'étaient des petites boules de sommeil luisantes. Au début, il était obnubilé par les porcelets, il les prenait et les tenait à tout bout de champ. Il comprenait bien les gens qui

La Terre des mensonges

avaient des cochons comme animaux de compagnie, des petites races propres et vives, qui ne grossissaient pas à en avoir les pieds se brisés. Il y avait même quelques éleveurs de porcs qui s'offraient un cochon de compagnie, un verrat, pour que les truies soient en rut. Pour sa part, il utilisait le spray à odeur de verrat, c'était beaucoup plus simple. D'ailleurs le rut était contagieux chez les truies. Sans doute par pure jalousie.

Il pouvait s'écouler encore un bon moment avant la mise bas. Il rangea et nettoya la pièce de stockage, prête pour recevoir les nouveaux sacs. Il n'aurait pas le xérès avant que Siri n'ait cochonné. Mais il trouverait bien le moyen de s'en servir un jour, mieux valait le garder là que dans la maison. Et il repensa à l'idée d'offrir une des bouteilles en cadeau, puisque la veille de Noël approchait. Il pourrait la donner à la mère, une fois que le père serait couché. Attablés dans la cuisine, avec un morceau de rôti de porc dans le ventre, ils trinqueraient avec le xérès en regardant la neige de Noël par la fenêtre, et la mère pourrait évoquer l'ancien temps à Bynes, la vie des tenanciers, les coutumes liées aux mariages et les superstitions. Et elle ne se lassait jamais non plus de parler des années de guerre, du projet gigantesque des Allemands de créer le plus grand port de guerre du monde à Øysand, avec trois cent mille habitants qui vivraient dans des maisons en terrasses à Gaulosen et Bynes. La mère aimait imaginer comment ce serait ici, maintenant, si les Allemands avaient gagné la guerre. Ils devaient construire un aéroport et une autoroute reliant Øysand à Berlin. La mère était secouée de rire quand elle évoquait la mégalomanie de ce projet. Et puis elle était fascinée par ces arbres que les Allemands avaient plantés. Dire qu'ils étaient

136

La Terre des mensonges

toujours là, si près du cercle polaire, qu'ils s'étaient enracinés là où les Allemands avaient dû renoncer.

Il déblaya longuement et scrupuleusement, même s'il neigeait encore. Cela lui était égal de devoir s'y remettre à nouveau. C'était une neige légère et poudreuse, qui s'amoncelait vite en hauteur. Il se demanda qui dégageait la neige à Kotum. Sans doute un des plus proches voisins, Lars Kotum lui-même n'en avait probablement pas le courage. Il achèterait *L'Adresse* demain et regarderait si l'avis de décès était dans le journal.

Il monta la voir après avoir garé son tracteur. Elle dormait encore. Elle ne voudrait sûrement pas de café. Il n'essaya pas de la réveiller, elle dormait si bien. Il resta un moment assis près de la fenêtre de la cuisine et écouta la radio, puis il partit voir Siri, qui n'accouchait toujours pas. Elle n'était d'ailleurs pas dépendante de lui, elle savait s'y prendre, il retourna à la maison. Les oiseaux avaient remarqué le pain, et un moineau était perché sur la mangeoire alors même que la nuit tombait. La lampe extérieure éclairait. Il alla dans le bureau, passa les dossiers en revue, fit la liste de ce qui lui restait à faire. Bientôt une nouvelle année fiscale. Il fallait dresser le bilan de l'année écoulée. Décider quelles truies reproductrices il enverrait à l'abattoir après la date de comptage. Le prix de la viande des truies n'était inférieur que de quelques couronnes à celui des porcs charcutiers, alors ça ne valait pas la peine de se donner du mal si les portées diminuaient.

La Terre des mensonges

Il vit les actualités télévisées par l'entrebâillement de la porte, puis il retourna à la porcherie pour le dernier travail du soir. La mère dormait toujours. Siri était couchée dans son nid. C'était pour très bientôt. Quand il eut fini sa ronde, il resta longuement accroupi devant elle pour la rassurer.

– Ce xérès est surfait. Mieux vaut utiliser la méthode naturelle et ne pas devenir cannibale dès le premier.

Elle soutenait son regard. Il chercha à lire dans ses yeux. Que pensait-elle de ce qu'elle allait vivre maintenant ? Que pensait-elle d'être celle qu'elle était ? Savait-elle qu'elle était une truie ? Rêvait-elle lorsqu'elle dormait ? De quoi ? Il n'y avait jamais de réponse dans le regard de Siri, seulement une attente et, de temps en temps, un étonnement prononcé. Au fond, je ne sais rien d'elle, pensa-t-il, je ne sais ni qui elle est, ni ce qu'elle est. Néanmoins il pouvait avoir confiance en elle. Un lien. Un canal. Entre eux. Dont il ignorait l'origine. Il ne la trouvait pas laide. Tous les autres la trouvaient laide. Les gens de la ville la qualifieraient même de monstre. Mais c'était une cochette parfaite. C'était exactement comme ça que devait être une truie, exactement comme ça. Or il lui arrivait parfois de songer que ce n'était pas bien de garder les cochons enfermés dans une porcherie, c'étaient des êtres vivants, qui méritaient autre chose. Mais ça, c'était quand il avait bu et qu'il se voyait lui-même comme eux.

– Tu dois faire attention à tes pieds et alors tu vivras longtemps, dit-il. Bon, il faut que je rentre. Je reviendrai plus tard dans la soirée.

Il serait obligé de réveiller la mère cette fois-ci.

La Terre des mensonges

Impossible de la réveiller. Il la secoua. Dirigea la lampe de chevet vers son visage sur l'oreiller. Il sortit un de ses bras. Il était couvert d'excrément. Il le lâcha et fit deux pas en arrière. Elle remua, ouvrit les yeux, le regarda en face.

– Ga... Ga...

– Qu'est-ce que tu dis ? Maman !

– Ga...

Était-elle en train d'étouffer ? Le coin droit de sa bouche pendait subitement, tout son visage était de travers.

– Dis quelque chose ! Dis quelque chose, maman !

Elle ouvrit la bouche. Aucun son n'en sortit. Sa bouche n'était qu'un trou qu'il fixait du regard, dans l'attente qu'il se remplisse de mots, mais il demeura vide.

La Volvo démarra au quart de tour. Il s'arrêta devant l'appentis à l'entrée de la maison, mit le chauffage à fond. Il traversa la cuisine d'un bond, se rua dans le salon et s'empara des deux plaids du canapé.

– Ta mère ? demanda le père dans le fauteuil, en serrant l'un contre l'autre ses genoux pointus. Elle est malade ?

– Oui. Il faut que tu m'aides à la descendre dans l'escalier. On doit l'emmener à l'hôpital ! Seulement... attends un peu ! Je t'appellerai.

Il étendit un des plaids sur toute la longueur du siège arrière.

Il passa une serviette sous le robinet de la baignoire. Ce n'était pas ce qu'il avait rêvé de faire.

Il souleva le dessus-de-lit et la couette. Elle était dans ses excréments de la taille jusqu'aux genoux. Il se dit qu'il arroserait le matelas de kérosène et le brûlerait derrière la grange, afin qu'elle n'ait pas à s'en soucier en revenant de

La Terre des mensonges

l'hôpital. Il était incapable de lui ôter sa chemise de nuit et sa culotte, incapable. Il ne savait pas où il ferait la lessive, n'en avait pas la moindre idée, il se mit à frotter un peu, superficiellement. Il lui nettoya les mains et les bras, ils étaient lourds, sans muscles, sans volonté. Ses yeux brillants étaient exorbités, et sa bouche tordue n'arrêtait pas de s'ouvrir et de se fermer. Il fallait l'envelopper dans le plaid, mais sans le salir.

— Viens ! hurla-t-il, bien qu'il ait d'abord pensé que le père ne devrait ni voir ça, ni l'apprendre.

Il la tint sous les bras, la tira jusqu'au bord du lit, puis sur le plancher. Le père passa le plaid autour d'elle. Elle pendait comme un animal mort entre ses mains, ne tenait même pas sa tête droite, celle-ci retombait sur le côté. Les cheveux aplatis sur la nuque. Elle bavait. Le père la prit par les pieds et descendit l'escalier à reculons. En fait il avait énormément de mal, à cause de ses rhumatismes, mais ils réussirent à l'amener en bas. La hisser dans la voiture fut pire encore. Tor dut entrer à quatre pattes par l'autre côté, pour pouvoir la tirer. Lorsqu'il lui baissa la tête à l'autre bout du siège, elle se mit à gémir.

— Quoi ? Ça fait mal ? demanda-t-il.

Il lui souleva la tête. Elle se calma. Le père fit le tour de la voiture.

— Je peux m'asseoir ici, dit-il. La lui tenir levée.

Il pensa à fermer la porte d'entrée avant de partir.

Le visage du père dans le rétroviseur. C'était la première fois. Le père tenant la tête de la mère sur ses genoux, c'était le monde à l'envers, il avait envie de vomir. Ça puait dans la voiture.

La Terre des mensonges

Il n'y avait presque pas de circulation. Il contourna Flakk. À l'hôpital il fut désorienté par toutes les nouvelles constructions, mais il aperçut le mot « Urgences » sur un panneau et roula tout droit vers une rampe entièrement éclairée. Il bondit hors de la voiture et gravit la rampe en hurlant dans la lumière qu'il fallait qu'on vienne les aider. Ils arrivèrent. En courant, poussant une civière munie de roues. Il essaya d'expliquer qu'elle avait fait sous elle, mais cela n'avait apparemment pour eux aucune importance. Ils regardèrent son visage, lui parlèrent. Et ce fut comme s'ils comprenaient tout, savaient tout. Il comprenait bien, lui aussi, mais il avait lu qu'on pouvait très bien s'en remettre. Du moment qu'on recevait sans trop tarder des soins. Et elle était en excellente santé par ailleurs. Il le leur dit également :

– Sinon, elle est en parfaite santé.

La lumière des néons était la même que dans sa porcherie, mais les couleurs étaient différentes. Ici tout était blanc et vert. Le père était assis sur une chaise en bois. Sur la table, une pile de magazines aux coins usés et cornés. Un poinsettia rouge et un bougeoir en laiton avec une bougie rouge étaient posés à côté. La plante avait perdu plusieurs feuilles. Une femme en uniforme blanc leur avait apporté du café dans des gobelets en plastique, sans morceaux de sucre. Le père demanda :

– Elle est devenue comme ça... tout d'un coup ?

– Oui.

Cela sentait mauvais ici. Des odeurs qui dissimulaient et mentaient. Trop propre, c'était beaucoup trop propre ici. Incroyablement propre. Absurde. Les gens tombaient

La Terre des mensonges

malades de l'excès de propreté, perdaient leur capacité de résistance. Ce n'était pas naturel.

Le médecin arriva au bout d'un certain temps, dont il avait perdu la notion.

– Elle a eu une attaque cérébrale, déclara le médecin.

– Est-ce qu'elle va s'en sortir ?

– On va d'abord laisser passer la nuit, je pense que ça va aller, et ensuite on verra. On lui a fait sa toilette, elle est toute belle maintenant, vous pouvez venir la voir, mais elle n'est pas consciente. Et si vous avez des proches à avertir, le téléphone est là.

– Faut-il vraiment que je le fasse ? C'est grave à ce point-là ?

– Oui. Et elle est vieille, vous savez.

Non, aurait-il voulu dire, pas vieille, je ne sais pas, mais il fit un signe de tête pour toute réponse, et il leur était reconnaissant de l'avoir lavée.

Après avoir parlé avec Margido, il mit longtemps à prendre sa propre décision. Finalement il composa le numéro des Renseignements, il lui téléphonait si rarement qu'il ne connaissait pas son numéro par cœur, il l'avait noté sur le bord de son sous-main, dans son bureau. C'était celui de son portable, elle n'avait pas de fixe, prétendait qu'elle n'était pas suffisamment chez elle pour que ça en vaille la peine.

– Je voudrais le numéro de Torunn… Breiseth.

C'était pénible pour lui qu'elle s'appelle ainsi. Toujours aussi pénible. Mais compréhensible.

La voix féminine artificielle lui donna la possibilité d'être connecté directement, et il appuya sur 1. Elle décrocha dès

La Terre des mensonges

la première sonnerie, répondit d'une voix enjouée en indiquant son nom.

— C'est moi. Je te téléphone pour te dire que maman... non... ta grand-mère a eu une attaque. Il n'est pas certain qu'elle s'en remette, d'après eux. J'ai pensé que peut-être... tu voudrais la voir. C'est à toi de décider. Je voulais seulement t'avertir.

DEUXIÈME PARTIE

Dans vingt-cinq minutes elle aurait fini sa dernière conférence avant Noël. Sa montre-bracelet était posée en haut du pupitre incliné, le petit spot éclairait ses feuilles pleines de mots-clés. En réalité elle n'avait besoin d'aucune de ces feuilles, elle connaissait son sujet sur le bout des doigts. Toutefois elles lui assuraient une certaine sécurité et lui permettaient de mieux gérer son temps de parole.

– C'est ce que beaucoup ne comprennent pas, continua-t-elle. Ils croient que c'est en gueulant qu'on obtient un chien obéissant ! Je parle bien sûr des nouveaux maîtres et des propriétaires de bergers allemands, pas des gens comme vous qui savez mieux qu'eux.

Elle sourit aux soixante-cinq membres du Retriever-club d'Asker et Bærum venus l'écouter. Ils éclatèrent de rire, pour elle et entre eux. Les propriétaires de bergers allemands étaient connus pour ça. Quand ils dressaient ou entraînaient leurs chiens, ils hurlaient à leur cabot à s'en époumoner, même si celui-ci n'était qu'à deux mètres d'eux.

– Un chien ne souhaite qu'une seule chose, trouver sa place dans le groupe, faire ce qui convient pour s'y intégrer. Alors il se sent en sécurité. Et un chien rassuré apprend plus

La Terre des mensonges

vite qu'un chien apeuré. La peur fait que... ça se bloque dans sa tête et qu'il perd toute motivation. Même ce qu'un chien a appris et connaît, s'efface quand il a peur, quand on lui crie de faire ceci ou cela. Et ça vaut aussi pour un chien qui, au départ, a vraiment envie de faire exactement ce qu'on attend de lui ! À l'état sauvage, et dans une meute, chaque chien est incroyablement prévisible. La prévisibilité donne sa force à la meute. Un chien au sein d'une meute ne doit jamais surprendre les autres de quelque façon que ce soit. Chaque chien doit savoir le type de comportement de chacun des autres. Et le fait qu'il connaisse sa place dans la hiérarchie permet à tous, en tant que meute, de survivre. Se soumettre à celui qui est au-dessus devient une question de vie ou de mort. Prenez l'exemple d'un jeune chien qui arrive dans une nouvelle famille, disons qu'il a huit semaines. Il veut s'intégrer, comprendre où il se trouve dans la hiérarchie de ce nouveau groupe. Or le chien n'a pas le don de voyance ! Il a besoin d'une information claire et précise ! Et il est du devoir de ses maîtres de la lui donner, il ne peut pas l'acquérir seul. Je suis intervenue justement dans une famille où un chiot montrait les dents au plus jeune garçon. Il aimait bien monter sur ses genoux pour dormir, or si l'enfant bougeait un tant soit peu, une fois le chiot installé, celui-ci se mettait à grogner. La famille avait aussi un chien plus âgé, mais le chiot s'adaptait parfaitement à lui et avait un comportement tout à fait normal, agréable, avec l'autre fils de la famille, ainsi qu'avec le père et la mère. Ils étaient complètement désespérés. C'était un boxer mâle, qui deviendrait un gros chien, et ils ne pouvaient accepter cette attitude, même s'il était encore petit.

La Terre des mensonges

Elle but une gorgée d'eau, elle était tiède. Et elle regarda les cinq participants qu'elle avait choisis pour le contact oculaire. Ils étaient éparpillés sur toute la longueur et la largeur de la salle. C'était une astuce qu'elle avait apprise, qui créait la proximité et leur faisait croire qu'elle parlait toujours avec le même engagement. Car c'était en fait la première fois qu'elle se laissait emporter à ce point, la première fois qu'elle disait à son auditoire qu'ils étaient uniques, qu'ils étaient les premiers à qui elle racontait ça.

Ils étaient maintenant sur des charbons ardents et attendaient la suite. Un chiot qui montre les dents à un des enfants, c'était un problème que chacun d'eux pouvait imaginer au quotidien. Elle avait raison : une famille qui n'avait jamais eu de chien auparavant et qui est confrontée à ce problème... vous imaginez bien ce qui a pu se passer.

Ils hochèrent la tête avec sérieux.

– Une mère hystérique qui a peur pour son plus jeune fils, le père qui commence à crier sur le chiot, celui-ci a peur et montre de plus en plus les dents, quelques mois plus tard il mord, on le fait piquer et il rejoint les terres de chasse éternelles. Or c'était un chien qui apparemment n'avait aucun trouble psychique, une bête magnifique ! Seulement, personne ne lui avait expliqué, à la manière des chiens, quelle était sa place dans le groupe. Il n'avait jamais compris ce qu'il faisait de mal. Et il devait le payer de sa vie.

Leurs visages exprimaient, comme sur commande, la résignation et le désespoir.

– Mais ce boxer mâle... La famille nous a contactés à la clinique et nous a demandé quelle erreur ils commettaient. Je leur ai dit qu'ils n'en commettaient pas, mais qu'il manquait seulement une chose essentielle à ce petit animal

La Terre des mensonges

à quatre pattes et qu'on devait la lui expliquer. Puisqu'il tenait absolument à se mettre sur les genoux du plus jeune garçon, c'était aussi un indice. Les chiens à l'état sauvage se détendent le mieux avec ceux de la meute qui leur sont hiérarchiquement inférieurs, car ils n'ont pas à se soucier de devoir se soumettre. Ce chiot-là s'était donc placé avant-dernier. Au-dessous du vieux chien, mais au-dessus du plus jeune fils. Il croyait que le vieux chien était aussi au-dessus du plus jeune fils. Bref, j'ai établi un plan d'action très simple d'une quinzaine de jours. Comme la mère avait son bureau à la maison et était presque toujours chez elle, c'est le père qui a obtenu le rôle du Grand Méchant Loup.

Quelques rires fusèrent.

– Pas si inhabituel peut-être ! Même si on n'a pas de chien. En tout cas, tous les jours, quand Grand Loup rentrait du travail, le chiot se précipitait sur lui, fou de joie. C'est ce qu'il a continué de faire. Mais Grand Loup restait complètement indifférent. Au lieu de ça, il saluait sa meute en fonction du rang qu'ils occupaient dans le groupe. D'abord sa femme, d'une manière ostentatoire, avec débordements et exagération. Puis le fils aîné de la même façon, puis le plus jeune, et le vieux chien. À ce moment-là, le chiot était désespéré et, lorsque Grand Loup le remarquait enfin, il était si content et soumis en même temps, qu'il en pissait de soulagement. Le même scénario se répétait tous les jours. Il ne s'en est pas écoulé beaucoup plus avant qu'il ne devienne plus calme, qu'il attende son tour pour les saluts et les retrouvailles. Parallèlement à cela, on l'a rejeté des genoux du petit garçon. Ça a été le plus difficile. Mais on a expliqué à l'enfant qu'après ce serait encore possible, qu'il reviendrait sur ses genoux et qu'il ne montrerait plus

La Terre des mensonges

les dents. Et c'est exactement ce qui s'est passé. Le chiot a compris l'information qu'il avait reçue. Dans la meute, on se salue par ordre hiérarchique, chaque rituel de salut confirme le rang, et même chez une race comme le boxer, physiquement assez éloignée du loup, la communication se fait à peu près de la même façon.

Après une série de questions, deux dames à la porte de la cuisine la dévisagèrent, le sourcil levé. L'une d'elles tripotait une paire de maniques.

– Bon, apparemment on nous attend pour le buffet de Noël, et il va falloir conclure. Alors merci de votre attention, et joyeux Noël !

Il y eut une généreuse salve d'applaudissements. Le président se leva pour la remercier et lui offrit la traditionnelle bouteille de vin, dans un sac rouge parsemé d'étoiles dorées.

– Je crois que c'était extrêmement intéressant pour nous tous. Maintenant nous savons où aller quand les chiens ne se comportent pas bien !

– Nous commençons de nouveaux cours de dressage la deuxième semaine de janvier, dit-elle.

– Et maintenant nous savons aussi que ces cours ne s'adressent pas aux chiens, conclut le président en riant. Mais à leurs maîtres !

Elle aurait préféré rentrer aussitôt chez elle, il était presque neuf heures et demie. Elle était toujours vidée et flapie après une conférence. Flanquer la bouteille sur le siège arrière, allumer une cigarette, rouler dans la nuit avec la musique à fond. Mais il n'en était pas question, on lui avait mis un couvert et soixante-cinq personnes allaient

La Terre des mensonges

évoquer leur expérience et leurs compétences en psycho-
logie canine.

Ils se ruèrent vers elle avant même qu'elle ait rangé ses
feuilles, exactement comme d'habitude. Prévisibles comme
les bonnes bêtes d'un troupeau. Avec des remarques qu'ils
ne voulaient pas faire en public, des aveux d'échecs avec
leurs premiers chiens, des anecdotes sur leur propre perspi-
cacité et sur des individus à quatre pattes qui les avaient
stupéfiés. Parfois ils racontaient des histoires qu'elle pouvait
réutiliser, lui donnaient une autre vision des choses, mais
c'était rare.

– J'aimerais bien sortir fumer une cigarette avant le
repas, dit-elle.

Plusieurs d'entre eux allèrent chercher leur manteau et
l'accompagnèrent. Ils la comblèrent d'éloges pour ce qu'elle
leur avait apporté, c'était extrêmement important et elle
faisait figure de véritable sauveur.

Ils la lâchèrent au bout d'une bonne heure. Elle n'avait
avalé que quelques bouchées de rôti de porc et un peu de
choucroute, Cissi lui avait inculqué de ne jamais parler la
bouche pleine. Mais elle avait pu vanter les mérites de la
clinique, heureusement, elle en était copropriétaire maintenant. Il n'était pas très courant qu'une simple assistante
vétérinaire possède une part d'une clinique pour petits
animaux, mais avec tout ce qu'elle proposait en plus dans
les cours de comportement et avec les conseils qu'elle
donnait pour les chiens à problème, ça s'était avéré naturel.
Même si elle n'avait pas de diplôme officiel. Mais elle avait
toujours eu ça en elle, comprendre les chiens. N'avait
jamais eu peur d'eux, avait toujours spontanément cherché

La Terre des mensonges

à cerner le pourquoi de leurs réactions, quelle que soit leur façon de réagir. La police et les pompiers avaient pris l'habitude de lui téléphoner s'ils avaient affaire à un chien potentiellement dangereux ; un chien enfermé et abandonné dans un appartement, ou laissé attaché quelque part, généralement par un maître complètement soûl qui l'avait oublié là. Le chien était furieux quand on tentait de l'approcher, ce qui effrayait même les plus costauds qui n'avaient pourtant pas froid aux yeux. Mais pas elle. Car elle savait que le chien était encore plus effrayé. Et un chien qui a peur devient toujours méchant vis-à-vis d'étrangers. Considérer le comportement d'un chien comme une réponse toute faite ne suffisait pas, il fallait comprendre ce qui le motivait.

Elle ne croyait nullement à cette histoire d'odeurs, au fait que les chiens sentent la peur. Ils utilisaient leur regard, lisaient tous les petits signes, des yeux, des mains, du corps. Et lorsqu'elle causait sur un ton un peu monotone en les ignorant presque, et ne les fixait absolument jamais des yeux en s'approchant d'eux d'un air décidé, ils étaient si décontenancés qu'elle pouvait passer par la fenêtre, leur remplir un bol d'eau et leur trouver de quoi manger dans un frigo inconnu, ou bien défaire leur laisse, à dix centimètres d'une gueule puissante qui affolait l'entourage, y compris les plus machos. Aussitôt après, quand le chien comprenait qu'il n'avait plus besoin de faire preuve d'une rage terrifiante, il se relâchait toujours, retrouvait une espèce de calme inoffensif, car on lui avait ôté la responsabilité de faire régner l'ordre, de dominer la situation. Un chien seul – et menacé – était toujours maître de son propre petit univers.

153

La Terre des mensonges

Elle mit le chauffage à fond. Dès qu'elle montait dans sa voiture, elle était chez elle, elle y passait plus de temps éveillée que dans son petit deux pièces. Il y avait une émission sur Janis Joplin à la radio.

Quand son portable sonna, elle braillait les paroles de Bobby McGee avec Janis. Elle baissa le son de la radio avant de répondre, écouta ce qu'il disait. Elle entra dans une station Shell qui se trouvait sur sa droite, mit au point mort et serra le frein à main.

– Mais je ne l'ai jamais rencontrée.

Il ne répondit pas.

– Alors tu crois qu'elle voudra me voir ?

Il ne pouvait pas en être tout à fait sûr, et de toute façon elle n'était pas consciente pour l'instant. Mais c'était son unique petite-fille, affirma-t-il. Sa voix avait changé. N'était plus aussi traînante qu'à son habitude au début d'un coup de fil. Il faisait montre d'une certaine vivacité, tout en donnant aussi l'impression d'être au bord des larmes. Comme s'il y avait urgence.

– Petite-fille ? Moi ? Oui, évidemment. Mais ça ne changera rien si je la rencontre. Plus maintenant.

Il ne répondit pas. Elle n'entendait que son souffle. Et au bout de plusieurs secondes il répéta ce qu'il avait dit pour commencer, que c'était à elle de décider, qu'il tenait simplement à l'avertir.

– Mais toi ? Ça va ?

Lui ? Cela n'avait pas grande importance. Ce n'était pas de lui qu'il s'agissait.

– Je crois qu'il faut que je réfléchisse un peu. Est-ce que je peux t'appeler demain ? Tu seras chez toi ?

La Terre des mensonges

Sans aucun doute. À moins qu'il ne soit à l'hôpital. Mais elle pouvait l'appeler là-bas aussi.

Elle frappa à la porte de sa voisine et entra aussitôt, sans attendre la réponse. Margrete était à sa couture. Des morceaux de tissu pour une couverture en patchwork étaient étalés devant elle sur la table et autour de la machine à coudre.

— Tu n'étais pas censée voir ça, dit-elle. C'est bientôt Noël, tu sais.

— Ma grand-mère paternelle est à l'article de la mort. Je t'ai apporté du vin. Je veux bien un café et du cognac.

— Ta grand-mère paternelle ? Je croyais que tu n'avais qu'une grand-mère maternelle.

— J'étais sa seule petite-fille, voilà ce que mon père m'a dit. Ce n'est pas un peu bête ? M'apprendre ça maintenant. Le pauvre. Qu'est-ce qu'il s'imagine ?

— Mais tu n'as pas envie d'aller la voir, Torunn ? Pour ton propre bien.

— Pas vraiment. Elle ne voulait pas entendre parler de maman, pourquoi est-ce qu'elle souhaiterait me connaître ?

— Parce qu'une moitié de toi provient de son fils.

— Je n'ai pas l'impression qu'ils soient très unis dans cette famille. Il ne veut jamais parler de ses frères. Mais maintenant, au moins, je sais qu'ils n'ont pas d'enfants…

Elle se réveilla à trois heures du matin et comprit qu'elle devait en discuter avec sa mère, avec Cissi, tout en sachant du coup quel genre de tirades elle risquait d'entendre. Mais une amie n'était pas la bonne personne pour ça, pas même une amie intime au point de passer la soirée de Noël avec

La Terre des mensonges

elle. Elle se leva, mit de l'eau à chauffer pour se faire du thé et s'assit près de la fenêtre. Stovner, la lointaine banlieue d'Oslo, était calme et sombre, presque pas de neige. Un adolescent avançait sur la passerelle, rien d'autre ne bougeait. Il n'était pas assez chaudement vêtu. Ses chaussures glissaient sur le verglas.

Petite-fille. Elle était soudain devenue petite-fille, à l'âge de trente-sept ans. Par le biais d'un homme qu'elle avait contacté pour la première fois quand elle en avait dix. Par téléphone simplement. Un homme qu'elle n'avait rencontré qu'une seule fois, cela faisait maintenant plusieurs années, lorsqu'elle était allée à Trondheim donner une conférence et des cours au Club des chiens de chasse de Nidaros. Il était venu la chercher devant l'hôtel *Gildevangen*, à bord d'une vieille Volvo dégoûtante, qui puait la porcherie. Il était en retard, avait eu beaucoup de mal à trouver l'endroit, venait rarement en ville, avait-il expliqué. La ceinture côté passager était carrément coupée, sans doute rongée par la vétusté. Ils s'étaient salués d'un geste de la main et il avait reposé les siennes sur le volant. Ils avaient roulé d'un bout à l'autre de la ville, s'étaient arrêtés à une station-service, avaient acheté chacun une tasse de café et une viennoiserie qu'ils avaient emportées dans la voiture. Il dégageait une telle odeur de porc qu'elle n'avait pas voulu entrer dans une cafétéria, et elle avait menti en prétendant que son avion décollait plus tôt que prévu, elle voulait sortir de cette voiture et fuir. Et elle avait pensé à sa mère, la méticuleuse Cissi. Comment ce plouc taciturne et elle avaient-ils pu faire un enfant ? À l'époque, c'était une jeune fille candide de dix-huit ans, derrière le comptoir d'une pâtisserie, face à de beaux garçons en habits de prince,

La Terre des mensonges

avides de gâteaux à la crème, de petits pains au lait et d'elle.
À Tromsø. Tor Neshov faisait son service militaire à
Bardufoss, et il venait en permission le week-end et louait
une chambre d'hôtel.

Si Cissi l'avait vu ce jour-là dans la Volvo. Anorak bleu
marine crasseux et chaussettes grises dans ses sabots. Elle lui
avait demandé si on avait le droit de conduire en sabots, et
il avait souri un peu. C'était elle qui avait suggéré cette
rencontre. Elle avait imaginé un assez beau gars de la
campagne, plutôt du genre de ceux du Hedmark, une
espèce de « Gudbrand sur la colline », comme dans le conte
populaire, ou bien le type du chasseur en vêtements de
plein air vert kaki. En fait, elle avait été si choquée et si
écœurée qu'il s'écoula des semaines avant qu'elle ne se
mette à avoir pitié de lui. Elle n'avait jamais dit à sa mère
qu'elle l'avait rencontré ce jour-là, uniquement pour éviter
de devoir raconter comment ça s'était déroulé, éviter de
mentir. Il l'avait pour ainsi dire contaminée d'une sorte de
honte. Mais ils se téléphonaient toujours quatre ou cinq
fois par an et elle savait plein de choses sur la ferme
désormais. Sur les porcs, ce qu'ils faisaient et pensaient, ou
en tout cas ce qu'il croyait qu'ils pensaient. Elle savait qu'il
était extrêmement fier de ses bêtes. Quand il parlait de sa
mère, c'était pour raconter ce qu'elle avait fait. Le pain, les
confitures, le tricot. Jamais ce qu'elle avait dit. Et il ne lui
posait jamais de questions à propos de Cissi, seulement sur
ce qui se passait à la clinique vétérinaire. Il était agacé et
interloqué par les gens qui dépensaient de l'argent pour des
canaris ou des tortues, ou qui acceptaient de coûteuses
opérations pour leurs chats. Des peaux de chats, comme il
les appelait.

La Terre des mensonges

À sept heures et demie, elle arriva en voiture devant le pavillon de sa mère et de son beau-père à Røa. Avec les cadeaux de Noël. Ils devaient partir en vacances à la Barbade le soir même, sa mère était déjà en train de repasser corsages et chemises. Ses sacs à chaussures étaient alignés sur la table, et des souliers fraîchement cirés posés sur des journaux. La radio jouait de joyeux airs matinaux et la vapeur montait du bec d'une cafetière à l'italienne.

– Mais tu ne vas pas travailler ? demanda Cissi. Tu devais passer plus tard dans la journée pour chercher les paquets et dire au revoir ! Et souhaiter joyeux Noël et tout ça !

– Mon père m'a appelée hier soir. Je peux prendre une tasse de café ?

– Ton père ?

Cissi posa lourdement le fer sur le support qui dépassait du bout de la planche à repasser et se mit à manipuler une chemise bleu clair qu'elle étala à l'autre extrémité. Elle reprit :

– Oui, je sais que vous vous téléphonez de temps en temps, mais je ne te demande jamais rien. C'est ton affaire. Pour moi, lui et toute sa famille c'est de l'histoire ancienne.

– Mais sa mère, donc ma grand-mère, est sur le point de mourir.

– Et alors ?

– Eh bien, je ne sais pas. Écoute… Je me demande seulement ce que je dois faire.

– Tu n'as rien à faire du tout. Voilà trente-sept ans que ces gens-là ne font rien eux-mêmes ! Maintenant c'est un peu tard, non ?

La Terre des mensonges

— Maman, ne t'énerve pas ! Je croyais que tu avais dit que c'était de l'histoire ancienne.

— C'est toi qui as commencé. Et la façon dont ils m'ont traitée ! Comme si j'étais une espèce de... une espèce de petite coureuse qui couchait avec tous ceux qui portaient un uniforme ! Même si je ne suis sortie qu'une seule fois avec Tor. Je n'avais pas fréquenté plus de deux garçons, moi, avant de rencontrer Gunnar.

— Je sais bien que tu n'étais pas une coureuse. Il est où, lui, au fait ?

— Pas encore levé. On ne travaille ni l'un ni l'autre aujourd'hui, du fait qu'on part en voyage. Bon, moi, j'ai quand même du travail. Je fais les valises pour nous deux. Lui, il s'en irait avec une simple brosse à dents et une carte Visa.

— Ça ferait sûrement l'affaire...

— Mais qu'est-ce que tu envisages de faire, Torunn ? D'aller là-bas ?

— Peut-être. Je ne sais pas. Qu'en penses-tu ?

La mère se remit à repasser.

— Cette dame-là est une sorcière. Mais si tu veux la voir avant qu'elle... Après tout c'est ta grand-mère, il pourrait y avoir un héritage à la clé. Ce n'est pas comme si tu y allais en vacances et qu'elle était en pleine forme. Là tu risquerais d'être trop impliquée.

— Comment ça ?

— Tu commencerais à les aimer. À te sentir des obligations. Des liens. Mais puisqu'elle va mourir, alors...

— Bon sang, ce que tu peux être cynique !

— Merci pour le compliment. Tu es fauchée ?

159

La Terre des mensonges

— Complètement. Il a fallu que je fasse un emprunt pour acheter ma part de la clinique. Mais ça ne me rapporte pas encore tellement. En fait, je n'ai toujours que mon vieux salaire.

— Je vais t'offrir le billet d'avion, et l'hôtel. Si tu y vas, bien sûr. Car tu n'auras pas envie de coucher dans cette ferme, je peux te le dire tout de suite. Il y a une belle vue, mais c'est bien tout.

— Si j'y vais.

— Décide-toi dans la journée ! Tu pourras régler le prix du billet directement avec ma carte. Mais tu devras avancer l'argent de l'hôtel et je te rembourserai. N'oublie pas que beaucoup d'hôtels ferment à Noël, il ne va pas falloir que tu traînes trop.

— Si j'y vais.

— Je crois bien que tu vas y aller. Sinon tu ne serais pas venue m'en parler. Au fond tu es trop curieuse pour laisser tomber. Et puis tu rencontreras aussi ton père. Et il y en a d'autres, tu sais.

— D'autres, comment ça ?

— Membres de la famille. Il a deux frères, tu es sûrement au courant. Et un père. Mais je ne sais pas si lui est encore vivant. Et toi ?

— Aucune idée.

— Un original qui ne dit pas un mot. Il ne m'a pas adressé une seule fois la parole. Mais évidemment c'était une visite éclair. La sorcière a mis un peu plus d'une heure pour constater que je n'étais pas une femme convenable pour son héritier de fils. Et l'héritier de fils n'a pas protesté. Il n'a même pas dit à sa mère que j'étais enceinte. Mais j'ai eu ma vengeance, je suis ravie qu'il ait dû me verser une

La Terre des mensonges

pension alimentaire pendant toutes ces années avant que je ne rencontre Gunnar. J'imagine qu'il a passé un sale quart d'heure, le petit chouchou, quand son avare de mère a dû voir la réalité en face, qu'il allait falloir casquer tous les mois pour la petite demoiselle Breiseth de Tromsø !

— Ça n'a pas duré si longtemps que ça.

— Suffisamment longtemps pour elle, je crois. J'ai supplié Gunnar, mais il n'y a rien eu à faire. Il tenait absolument à subvenir lui-même aux besoins de sa belle-fille. En tout cas, ils ont été obligés de payer pendant quatre longues années. Et, aujourd'hui encore, j'en suis ravie !

— Dis-moi, est-ce que tu le hais ?

— Non, tu es folle. Un paumé comme lui.

— Tu m'as donné son nom.

— Au début je continuais à espérer qu'il revienne. Nous chercher, toi et moi. Mais heureusement qu'il n'est pas revenu. ç'aurait été ma mort de rester à croupir dans cette ferme. Et toi, tu as toujours pu faire ce que tu voulais. Exactement comme moi. Il faut seulement que je me fasse à l'idée que tu ne vas pas te fixer et avoir des enfants. Il est vrai que ça commence à être un peu tard maintenant. Pas trop tard, bien sûr, mais un peu tard.

— Ce n'est pas de ça qu'on parlait, hein ? Je n'ai pas envie d'avoir d'enfants. Qu'est-ce que je léguerais à un enfant ? Un deux pièces à Stovner et une passion pour les chiens ? D'ailleurs je n'ai pas le temps de m'occuper d'un enfant, alors n'y compte pas ! Vous auriez pu me faire des frères et sœurs, Gunnar et toi, et aujourd'hui tu aurais sûrement une flopée de petits-enfants.

— Ça, pour le coup, c'est trop tard, ma chérie ! Mais rappelle-toi que je t'ai invitée ! Tu adorerais la Barbade.

La Terre des mensonges

– Je vais peut-être y aller, alors.
Cissi se retourna, le fer à la main.
– À la Barbade ?
– Non. À Trondheim.
– Ma carte est dans mon portefeuille sur le buffet. Tu peux utiliser le téléphone dans le salon, il y a aussi un crayon et du papier.
Elle eut un avion dans l'après-midi. Retour ouvert. Ils n'avaient que des billets plein tarif de toute façon. Et cela coûtait aussi cher qu'un retour ouvert. Elle trouva une chambre au *Royal Garden*, le seul hôtel qui restait ouvert pendant toutes les fêtes, les autres fermaient dès le vendredi. Comme si elle allait y passer Noël. Elle réserva pour deux nuits, jusqu'au jeudi.

À la clinique vétérinaire, la pièce où le personnel venait se détendre était encombrée de fleurs. Des compositions garnies de rubans, d'anges et de boules sur toutes les tables disponibles. Des maîtres reconnaissants qui voulaient montrer qu'ils appréciaient leur sollicitude. Cela ne posait aucun problème de se libérer. Parmi les assistantes, beaucoup acceptaient volontiers de gagner un peu plus. Quelques coups de fil à la ronde et c'était dans le sac. Dans la salle d'attente, plusieurs patients attendaient déjà. Deux chats en cage qui dévisageaient avec effroi un jeune schnauzer géant, haletant, debout au milieu de la pièce, les yeux fixés vers la porte, et un vieux setter anglais à peine capable de tenir sur ses pattes de derrière. Elle connaissait le setter et son propriétaire. Bella souffrait d'une sévère dysplasie des hanches et de calcification discale, et prenait du Rimadyl depuis déjà six mois. Elle s'avança vers la

La Terre des mensonges

chienne et s'accroupit devant elle. L'homme qui la tenait en laisse avait le visage figé, les mâchoires serrées.

– Ça ne va pas bien, sans doute, murmura-t-elle.

– Non. Le moment est venu. Bien que ce soit Noël.

– Vous auriez dû prendre un rendez-vous, vous savez. Ça vous aurait évité d'attendre.

– Oh, ça ne fait rien.

Il hocha la tête, plissa le front et baissa les yeux.

– Quelqu'un va s'occuper de vous ? demanda-t-elle.

– Non. On dirait que la clinique n'est pas encore... tout à fait ouverte.

– Venez avec moi alors, tous les deux !

Elle les emmena dans un des cabinets, avança une chaise au maître. La chienne retomba sur son arrière-train après la courte promenade. Elle avait le regard fixe et éteint, comme souvent quand la douleur est trop forte, un regard noir, vide, fermé sur lui-même, au lieu de remarquer les détails autour d'elle.

– Voulez-vous... ? Il faudrait que je sache ce que vous souhaitez pour après. Si vous voulez qu'elle soit...

– Oui. Incinérée. Je l'ai depuis treize ans. Elle ira au chalet. C'est ce que j'ai promis à ma femme, elle a regardé un peu sur Internet. Crémation individuelle, m'a-t-elle dit. Il y a des différences apparemment. Mais l'urne la moins chère. On ne passera pas notre temps à la contempler. On dispersera ses cendres, on les dispersera... oui, au chalet.

Il se racla violemment la gorge.

Sigurd, le vétérinaire attitré du setter, était entré. Il lui fit une injection de tranquillisant, qui aurait le temps d'agir avant le barbiturique, dernière et fatale piqûre. Torunn resta, tint la chienne, et attendit avec eux qu'elle soit calme

La Terre des mensonges

et détendue. Elle alla chercher la tondeuse et rasa de près un endroit d'une patte arrière, afin que la veine soit bien visible.

— Bella, murmura l'homme en caressant sans arrêt la tête lisse de la chienne. Ma petite Bella, maintenant tu ne souffriras plus. Ma brave petite...

Il se mit à sangloter. Torunn quitta la pièce après avoir hissé la chienne sur la table de soins.

Les deux chats devaient être vaccinés, le schnauzer avait une conjonctivite folliculaire. Sigurd entra la prescription sur l'ordinateur, du Spersadex, un collyre au chloramphénicol. Torunn imprima l'ordonnance et la lui donna à signer. Puis elle vérifia les commandes de croquettes et de médicaments en vente sans ordonnance, elle commanda immédiatement des chaînes de dressage et téléphona à l'imprimerie pour avoir davantage de classeurs avec le logo de la clinique. Les trois vétérinaires étaient arrivés et, une fois les consultations terminées, deux opérations étaient prévues. Une chienne boxer qui avait plusieurs boules aux mamelles et une césarienne pour une chienne bulldog anglais. En outre les pompiers avaient appelé, ils amenaient un chat heurté par une voiture mais qui vivait encore. Une peau de chat, pensa-t-elle, mon père l'aurait achevé avec le dos de sa hache, ç'aurait été vite expédié.

Elle quitta la clinique de bonne heure et fourra dans un sac le strict nécessaire, après avoir regardé sur Internet le temps qu'il faisait à Trondheim. Neige.

Le vol était annoncé. À la librairie de l'aéroport elle s'acheta un polar. Elle se demandait ce qu'elle faisait, au

La Terre des mensonges

fond, pourquoi elle y allait. Elle n'avait pas réussi à joindre Margrete, elle lui avait seulement laissé un message sur son répondeur. Elles avaient prévu de faire quelques courses ensemble cet après-midi-là, quelques victuailles, des serviettes et des décorations. C'était la dernière semaine avant Noël. Elle s'en faisait une joie. Deux femmes qui venaient tout juste de mettre fin à des relations, manger de la dinde et chanter des chansons de Noël ressassées, baver sur les ex, se soûler, lire Nemi tout haut, jouer au Trivial Pursuit. Noël entre amis, elle avait lu dans le journal que de plus en plus de gens fêtaient Noël avec les amis plutôt que la famille. S'ils préféraient ça, s'il y avait moins d'anxiété et de stress, c'était d'autant plus chaleureux.

L'air était irrespirable dans l'avion. Elle pensa à la façon dont il circulait, toujours le même air, au SRAS, à la tuberculose, à la grippe. Elle se concentra pour inspirer par le nez, afin que les cils vibratiles puissent faire leur travail, ceux que la nicotine n'avait pas aplatis. Elle ne parvenait pas à se concentrer sur l'intrigue policière, au lieu de cela elle observait les autres passagers, imaginait ce qu'ils allaient faire, dans quel état d'esprit ils étaient. Soudain elle se dit qu'elle avait oublié d'appeler son père pour lui annoncer sa venue. Mais après tout quelle importance ? Elle avait une chambre d'hôtel.

La ville de Trondheim était belle. Lumière bleu foncé d'après-midi d'hiver, rues décorées, neige partout. Des sapins avec des guirlandes électriques dans les jardins, certaines clignotaient régulièrement. Fenêtres et vitrines se reflétaient dans les eaux de la Nid, tandis que le bus

La Terre des mensonges

franchissait le pont de Bakke et arrivait au *Royal Garden*. À la réception, il y avait une énorme composition faite de pommes dorées et d'anges blancs. Un petit tour rapide à l'hôpital, puis elle pourrait se délasser un peu. Et même acheter un cadeau pour Margrete, et pour les collègues au travail, aller au cinéma, faire des choses qu'elle ne prenait jamais le temps de faire sinon. Il fallait seulement voir cette grand-mère d'abord, et faire en sorte d'être vue, si elle n'était pas dans le coma et si elle vivait encore. Oui, et si jamais elle était déjà morte ? C'était quand même bête de ne pas avoir téléphoné pour vérifier. Elle serait bien forcée d'aller à l'enterrement alors, et il était possible qu'il faille un certain nombre de jours pour l'organiser. Elle prit possession de sa chambre, y déposa ses bagages, éteignit la télé qui souhaitait la bienvenue à Torunn Breiseth, prit une cigarette et ensuite un taxi en direction de Saint-Olav.

Anna Neshov devait se trouver dans le service de cardiologie, en A9, il n'y avait qu'à prendre l'ascenseur et suivre les flèches. Elle n'était donc pas morte en tout cas. Mais Torunn devait apporter quelque chose, ne pas arriver les mains vides. Que pouvait-on apporter à une vieille personne, peut-être sans connaissance ? Elle acheta des fleurs au kiosque, un bouquet d'œillets d'un rouge vif, garni d'une petite branche dorée. Elle se sentait haletante mais ne savait pas ce qui l'angoissait, elle n'avait pas de raison d'avoir peur, elle faisait quelque chose qui n'avait aucun sens, elle aurait pu aussi bien rendre visite à n'importe quel inconnu dans ce grand hôpital. Un enfant atteint du cancer, par exemple, qui aurait été enchanté de la visite. Là,

La Terre des mensonges

les destins étaient innombrables, elle n'avait que l'embarras du choix.

La porte de sa chambre était fermée, la plupart des autres étaient ouvertes. Elle s'était renseignée à l'accueil et on lui avait dit qu'un de ses fils était là et qu'elle n'avait qu'à entrer. Anna Neshov s'était réveillée.

Un homme était dans la pièce, assis sur une chaise tout près du lit. Celui-ci était très haut, et son torse dépassait à peine au-dessus des draps blancs. Il la dévisagea d'un regard distant, comme si elle s'était trompée, comme si elle dérangeait. Elle se racla la gorge et baissa les yeux vers le lit. Sa grand-mère. Elle dormait sans doute, ou du moins elle fermait les yeux. Elle avait le visage de travers, effrayant, comme si elle riait et pleurait en même temps, en silence. Ses cheveux gris et rares étaient plaqués sur son crâne.

La porte se referma derrière elle avec un léger souffle d'air, ses bottines firent comme un bruit de succion sur le revêtement de sol.

— Bonjour. Je... j'ai apporté ça. Comment va-t-elle ? murmura-t-elle.

— Qui voulez-vous voir ?

— Anna Neshov. Je suis... Torunn.

L'homme se leva. Un corps carré en costume gris, chemise blanche et cravate noire, des lèvres humides avec un peu d'écume aux commissures, de maigres cheveux. Elle sourit timidement.

— Ah bon, c'est toi Torunn. Tor sait que tu es là ?

La Terre des mensonges

– Oui. Ou plutôt… non. Il ne sait pas que je suis venue, mais c'est lui qui… J'ai oublié de le rappeler. J'ai apporté ça.

Elle tenait le bouquet devant la femme allongée. Celle-ci ouvrit tout à coup les yeux, sans bouger la tête, sans changer d'expression ni réagir d'aucune autre façon. Était-ce maintenant qu'elle devait se présenter, se faire connaître ? Elle se pencha au-dessus du lit.

– Bonjour, fit-elle tout bas. Comment vous sentez-vous ?

Le regard de la vieille ne se détourna pas, resta fixé droit devant elle pendant plusieurs secondes, avant que ses paupières ne se referment et qu'elle n'émette une sorte de gargouillement. Comme si elle venait de mourir. Mais l'homme ne s'en émut pas, il supposa qu'elle s'était tout bonnement rendormie.

– Donc il t'a téléphoné, déclara-t-il comme s'il se parlait à lui-même.

– Il faut que je trouve un vase, reprit-elle. Ils en ont sûrement dans…

– Je m'en charge, s'empressa-t-il de dire en contournant le lit.

– Au fait, à qui ai-je l'honneur… ?

– Margido, répondit-il. Enchanté de faire ta connaissance.

– Je voulais vous voir. J'ai appris que vous étiez malade.

Elle prit la main de la vieille, une main sans mobilité, sans force, un membre mort. Des doigts ridés, froids aux extrémités, une fine alliance enfoncée dans la peau, des ongles brillants et vaguement mauves. Elle avait rouvert les

La Terre des mensonges

yeux, regardait fixement comme auparavant. Torunn se pencha au-dessus de la couette pour entrer dans son champ de vision. Mais quand elle crut croiser le regard de la vieille, il s'avéra que ce n'était pas le cas, car il y avait un vide dans ses yeux qui lui rappelait des photos de nouveau-nés d'à peine quelques heures, une espèce de néant vigilant dans lequel seuls les jeunes parents étaient capables de lire quelque chose. Elle avait eu une attaque. Elle ne comprenait vraisemblablement pas ce qui se passait autour d'elle. Car même si les muscles du visage étaient atrophiés, l'expression dans ses yeux aurait dû subsister ? Elle ne savait pas. Si ce n'est que c'était désagréable. Un jour dans le métro, à Oslo, elle avait croisé le regard d'un homme d'une trentaine d'années. Il arborait un demi-sourire et elle soutint son regard trop longtemps avant de détourner les yeux, elle n'avait pas plus de quinze, seize ans à l'époque. Elle crut que l'homme cherchait à lui faire du plat et elle prit peur, projeta de descendre à la station après la sienne, quelle qu'elle soit, afin qu'il ne puisse pas la suivre. Soudain il se leva et s'avança vers la porte, agitant une canne blanche devant lui.

– Je suis Torunn, vous savez. Votre petite-fille. C'est dommage qu'on ne se soit jamais rencontrées auparavant.

Elle se mit à pleurer, lâcha la vieille main, partit en hâte dans la salle de bains attenante, trouva du papier. Qu'est-ce qu'elle avait à chialer de cette façon ? Il fallait qu'elle se ressaisisse. Elle entendit la porte s'ouvrir et le bruit d'un vase qu'on posait sur la table de chevet. S'il passait par le kiosque, il verrait où elle avait acheté les fleurs, comprendrait qu'elle n'avait pas fait d'efforts. Elle tira sur la chasse d'eau et se moucha sous couvert du bruit. Une corbeille en

La Terre des mensonges

métal sur le mur était remplie de gants en latex blancs. Dans la poubelle, elle aperçut plusieurs couches adultes froissées, avec des ombres de matière noire à l'intérieur.

Margido ne s'était pas rassis, il était debout au pied du lit et tenait la barre, avançant et reculant légèrement le torse.

– Tu as peut-être l'intention de rester ici un moment ? demanda-t-il.

– Je ne sais pas. Il faudrait que je téléphone pour dire que je suis arrivée. À… mon père.

– Je suis là depuis cette nuit. Tor est venu ce matin et j'en ai profité pour dormir dans une chambre qu'on m'a permis d'utiliser.

– Bien sûr, je peux rester. Est-ce qu'elle comprend ce qu'on dit ? Bien qu'elle ne donne pas l'impression de… me voir.

– Je ne crois pas. Peut-être.

– Que disent les médecins ?

– Ils ne se prononcent pas encore. Les premiers jours qui suivent une attaque sont déterminants. Son état semble stationnaire, selon eux. Il n'est pas indispensable que quelqu'un la veille cette nuit.

– On ne s'est jamais rencontrées avant, elle et moi.

– Non.

– Toi et moi, non plus. Tu es mon oncle. C'est bizarre.

– Oui, c'est… bizarre.

– Quel métier fais-tu ?

– Tor te l'a probablement dit.

– Non. On n'a pas beaucoup parlé de ça.

– Je dirige une entreprise de pompes funèbres.

La Terre des mensonges

Elle appela son père. Il viendrait après son travail du soir à la porcherie, il serait là sur les neuf heures. Elle avait bien fait de venir, déclara-t-il. Et il ajouta qu'elle pourrait l'accompagner chez lui ensuite.

– Je loge au *Royal Garden*, dit-elle.

Il se tut.

– C'est ce qu'il y a de plus simple, reprit-elle. D'autant que l'hôpital aussi est situé dans le centre.

Ils avaient beaucoup de couettes. Et de chambres. C'était une grande maison, dit-il. Une vieille longère, agrandie à plusieurs reprises au fil de deux ou trois siècles.

– On verra, dit-elle. Mais pas cette nuit en tout cas. Mes bagages sont à l'hôtel et j'ai pris la chambre. Il faudra que je la règle de toute façon.

Il comprenait. Elle se rappela soudain combien elle l'avait trouvé parcimonieux. Alors si un mensonge pouvait le tranquilliser. Et elle ne mentionnerait pas que c'était sa mère qui payait.

– À tout à l'heure, alors ! conclut-elle.

La vieille s'endormit aussitôt après. Torunn s'assit sur la chaise que Margido avait occupée, prit doucement la main de sa grand-mère, la gauche cette fois-ci. Un cathéter était fixé au dos de sa main pour la perfusion intraveineuse. Elle appuya le front sur le bord du lit, ferma les yeux. La vieille respirait régulièrement. Dans le couloir résonnaient des voix et le bruit d'un chariot. La chasse d'eau, dans les toilettes, continuait de couler, peut-être fallait-il donner un petit coup supplémentaire sur le bouton. Allait-elle rester pendant plus de deux heures à tenir la main d'une étrangère ? Dans quoi s'était-elle fourrée ? Entreprise de pompes

La Terre des mensonges

funèbres. Macabre. Et si elle se levait et s'en allait ? Téléphonait pour dire qu'elle n'en pouvait plus, qu'elle ne leur devait rien ?

Elle reposa la main sur la couette, la lâcha, prit le livre dans son sac.

Sa présence la réveilla. Le polar gisait par terre. Elle avait mal au cou. Elle sentait l'odeur de porc bien qu'il soit à plusieurs mètres d'elle. Il n'était pas vêtu de la même façon que la fois précédente, il portait une sorte de parka, tout aussi sale.

– Bonjour, dit-elle sans se lever. Je me suis sûrement endormie. Elle dort, elle aussi.

– Oui, oui.

Il chercha une chaise des yeux, en aperçut une sous la fenêtre, alla la prendre et s'installa de l'autre côté du lit. Il sourit un peu et la regarda furtivement.

– Une autre couleur de cheveux. Et plus longs. Sinon, tu n'as pas changé.

Il s'emmitoufla dans son parka en dépit de la chaleur qu'il faisait dans la chambre.

Entre chaque conversation qu'ils avaient au téléphone, elle oubliait son accent lent et prononcé du Trøndelag.

– Toi non plus, dit-elle. Toujours pareil.

– Ça s'est bien passé... l'avion et tout ça ? Ou tu as peut-être pris le train ?

– Non, l'avion, oui.

– C'est aussi bien. Et rapide.

– J'avais plus ou moins envisagé de venir en voiture.

La Terre des mensonges

– Oh, surtout pas. Presque pas de jour pour conduire, en décembre. Et ça glisse. Heureusement que tu n'as pas fait ça.

– Je ne savais pas que ton frère avait une entreprise de pompes funèbres.

– Non, c'est vrai qu'on n'a pas... Tu l'as vu ?

– Oui. Il était assis à cette place quand je suis arrivée. Je me suis sentie un peu bête. C'est curieux qu'on n'ait pas parlé de lui. Quand j'y pense... Chaque fois que j'ai posé ce genre de questions, tu as changé de sujet. Pourquoi donc, au fond ?

– Mais ce n'est pas maintenant qu'on va... En fait on n'a pas beaucoup de contacts, lui et moi. Il n'habite pas à Neshov. Je vais aller te chercher un peu de café, peut-être.

– Non, ce n'est pas la peine. Quel âge a-t-il ?

– Il a... voyons... Oui, il doit avoir cinquante-deux ans. Trois ans de moins que moi.

– Et ton autre frère. Qu'est-ce qu'il fait ?

– Hm, ce qu'il fait... Margido l'a joint au téléphone ce matin. Il habite à Copenhague. Il est parti là-bas il y a vingt ans.

– Et il a... quel âge ?

– Seulement... quarante bientôt, sans doute.

– Juste quelques années de plus que moi ?

– Oui.

– Pourquoi est-ce qu'on n'a pas parlé d'eux alors ?

– Mais on a... parlé d'autres choses.

– Des bêtes. En gros, dit-elle.

– Les bêtes ne sont pas le pire sujet de conversation, rétorqua-t-il en souriant un peu.

– Comment vont les porcs ?

173

La Terre des mensonges

Il redressa le dos, la regarda droit dans les yeux avec un large sourire.

– Siri a eu treize petits cette nuit.

– Bon sang ! C'est superbe !

Elle avait beaucoup entendu parler de Siri. Une véritable Einstein, cette truie-là.

– Et il y en a eu cinq autres dimanche, ajouta-t-il.

– Cinq seulement ? Mais tu as dit que si les portées étaient de moins de dix, alors...

– Quatre sont morts. Neuf en tout. Mais c'était sa première mise bas. Il n'y en a jamais autant la première fois.

– Ils étaient malades, les quatre ?

– La truie les a tués. Elle est devenue méchante. Ça arrive.

Il jeta un rapide coup d'œil au visage de sa mère. Il ne lui tenait pas la main.

– J'ai entendu parler de ça. Les pauvres petits.

– Oh, ils n'ont pas senti grand-chose. Quand ils viennent de naître, ils ne ressentent pas tellement la douleur. Mais c'est bien fâcheux. Bigrement fâcheux. Des beaux porcelets. Quel dommage ! Et c'est toute une histoire pour que les survivants aient leur lait.

– Tu as quand même appelé le vétérinaire ? Pour que la truie ait de quoi se calmer ?

– Non. J'ai tout réglé moi-même. ç'a été. Pas très facile, mais ça s'est arrangé.

– Au fait, il vient ici... Erlend ?

Il changea de position sur sa chaise, se mit à fouiller dans une de ses poches, l'éclat disparut de son visage, cet éclat qui le faisait soudain rayonner quand il parlait de ses porcs. Elle regretta d'avoir posé la question, regretta amèrement.

La Terre des mensonges

Chacun de ses mouvements envoyait des relents de porcherie dans la chambre.

– Je n'en sais rien. Margido n'a pas précisé. Mais maintenant il est au courant en tout cas. Qu'elle est malade. Qu'elle est alitée. Mais elle va s'en sortir. J'en suis persuadé. Car elle est en bonne forme par ailleurs.

– Je ne sais pas si elle a réalisé. Que je suis venue.

– C'est bien que tu sois venue. Bien pour toi aussi.

– Pour moi ? Comment ça ?

– Ah ! Tu… ne comprends pas. Mais c'est ta grand-mère.

– Est-ce qu'il lui est arrivé de s'inquiéter de moi ? De poser des questions sur moi ?

– Elle sait qu'on se parle au téléphone. Je lui ai dit que tu t'étais mariée.

– Mon Dieu ! Ça fait des siècles. Tu lui as dit que j'avais divorcé aussi ?

– Pas vraiment. Mais un an après elle m'a demandé si tu avais eu un enfant. J'ai répondu que tu n'en aurais pas. Que tu l'avais dit. Que tu n'en aurais pas. Elle n'a pas trouvé ça bizarre.

– Pourquoi pas ?

– Je ne sais pas. Elle n'a pas fait de remarque.

Ils se turent. Elle avait envie de retourner à l'hôtel, et elle le lui dit. Dit qu'elle était fatiguée, qu'elle était rentrée tard hier soir, qu'elle avait mal dormi cette nuit, qu'elle avait travaillé jusqu'au moment de repartir chez elle, faire ses bagages et gagner l'aéroport.

– Tu viendras avec moi à la ferme demain ? demanda-t-il en farfouillant à nouveau dans sa poche.

– Bien sûr.

La Terre des mensonges

Elle ne dit pas qu'elle ne voulait pas coucher là-bas.
– Voir les porcs ?
– Avec grand plaisir. Tu as bien une autre combinaison ?
– Oh oui. On ne peut pas entrer dans la porcherie sans
ça. Protection sanitaire. C'est très important. Et puis
l'odeur ne se mettra pas dans tes vêtements.
Apparemment il ne la sentait pas lui-même.
– Je peux venir ici demain matin. La voir, dit-elle. On
peut se donner rendez-vous ici. Tu as toujours la même
voiture ?
– La Volvo ? Oui. Elle est increvable. Pourquoi donc ?
– Pour rien. Je me demandais seulement. Bon, j'y vais.
– Je parlerai avec le médecin après ça, dit-il.
– Margido a dit que personne n'avait besoin de la veiller
cette nuit.
– Vraiment ? Bon. Il faudra quand même que je lui
parle.
– À demain, alors !

Elle trouva une table libre au bar du *Royal Garden*,
commanda un café et un cognac. La cheminée à gaz était
allumée et faisait belle illusion. Elle eut envie d'une cigarette. Elle se sentit à nouveau sur le point de pleurer. Deux
personnes assises comme ça, la tête dépassant de chaque
côté d'une couette blanche sous laquelle est endormie une
mourante. C'était sa mère à lui. Il l'aimait, avait vécu avec
elle toute sa vie. Et elle qui n'avait pas pu s'empêcher de le
traiter ainsi. Sans doute parce qu'elle s'était endormie puis
réveillée en sursaut et que, soudain, elle n'était pas dans son
cadre habituel. Mais qui se sentait chez soi dans un hôpital,
en cardiologie ? Pas elle en tout cas. Et elle n'avait pas

176

La Terre des mensonges

réfléchi, ce n'était pas le bon moment, elle aurait pu lui poser la question des milliers de fois avant. C'est ce qu'elle avait fait d'ailleurs, pas des milliers, mais quelques fois, mais il avait éludé la question à tous les coups, sans exception. Elle se rappelait qu'un jour elle avait pensé que ses frères ne supportaient vraisemblablement pas l'idée de son existence, qu'ils la détestaient, que son père cherchait à l'épargner et que c'était la raison pour laquelle il refusait de parler d'eux.

Elle vida le verre de cognac et en commanda un autre. Elle serait gentille avec lui demain.

Plusieurs hommes dans le bar lui lancèrent des regards. Elle était assise dans son coin, une femme solitaire à une table seule, un mardi soir, il n'était pas difficile de comprendre ce qu'ils croyaient. Elle sortit de sa poche la clé de sa chambre et la posa sur la table devant elle. Elle logeait là, pouvait rester assise toute seule aussi longtemps qu'elle voulait, ce n'était pas une invitation, personne ne devait s'imaginer quoi que ce soit, ils ne savaient rien d'elle.

Le bus de l'aéroport déversa une nouvelle charretée de voyageurs, avec valises à roulettes et sacs en plastique desquels dépassaient des cadeaux de Noël aux couleurs éclatantes. La réception disparut derrière les corps et les bagages, il neigeait dehors, ils avaient tous de la neige sur les épaules malgré la proximité du bus. Elle-même était revenue de l'hôpital à pied, une promenade magnifique, après s'être échappée de la chambre, elle avait franchi la Nid en direction de la cathédrale illuminée comme un conte de Noël, traversé la ville le long de la rivière en passant devant le Vieux Pont, de la neige partout, de la neige dans les

La Terre des mensonges

cheveux et sur les joues. Elle téléphona à Margrete pour dire que tout se passait bien, que ça allait bien, que ça irait bien. Elle avait vu sa grand-mère dans un état comateux, elle irait à la ferme de son père voir ses cochons, puis elle reviendrait. Aucune raison que ça se passe mal.

Sa première pensée fut de faire comme si de rien n'était. S'il montrait d'une façon ou d'une autre qu'il était affecté, Krumme insisterait pour qu'il aille en Norvège, à Trondheim, et en plus il insisterait pour l'accompagner, et cette idée-là lui était insupportable. Il verrait tout à ce moment-là, se rendrait compte de qui il était réellement, il serait découvert, Krumme cesserait de l'aimer immédiatement.

Elle allait probablement mourir. Il les avait tués dans sa tête vingt ans plus tôt, tous les quatre, et elle allait désormais mourir pour de bon, ce n'était pas juste, ça ne collait pas. Au fond il pourrait faire semblant d'y aller. Passer deux jours à Londres à la place, revenir auprès de Krumme et lui dire que maintenant elle était morte et enterrée, qu'ils inhumaient leurs morts en moins de vingt-quatre heures à Bynes. Il expliquerait que c'était une très vieille tradition.

Krumme était fâché. Ou bien désolé, c'était difficile à dire. En tout cas il était dans la cuisine devant du pain tout frais, sans prendre de café, ni ouvrir le journal, ni goûter aux petits pains. Il était assis sans bouger, les bras posés sur la table, le regard perdu dans le vide.

La Terre des mensonges

– Je ne sais rien de toi, dit-il.
– Alors tu recommences ! Mais c'est quoi, un homme ?
Est-ce que je sais qui tu es, toi, simplement parce que j'ai
rencontré ta sœur hargneuse et tes parents snobs et bourrés
de préjugés ? Je suis moi ! Celui que tu vois ! Ni plus ni
moins !
– Tu n'as pas besoin de jouer la drama queen. Ni de me
sauter à la gorge. Je ne suis pas fâché, seulement triste.
– Ne sois pas triste ! S'il te plaît !
– Tu as un frère.
– Eh oui. J'en ai deux.
– Deux ?
– Oui. Et une mère sur le point de mourir. C'est pour
cela qu'il m'a appelé. Une mère dont je me fous carrément.
– Sur le point de mourir ? Mon Dieu !
– Oui, mon Dieu. C'est atroce, hein ? Vraiment atroce,
j'en meurs de chagrin !
– Ressaisis-toi !
– Je me ressaisis. Regarde ! Je me suis ressaisi. J'ai fini de
pleurer ma mère. Hop ! Mon deuil n'a pas traîné, hein ?
– Alors tu n'y vas pas ? Ton frère a sûrement téléphoné
pour que tu y ailles. Sinon il ne t'aurait pas appelé.
– Va savoir pourquoi il m'a appelé ! Simplement parce je
lui ai envoyé une carte postale humoristique dans un
moment d'ébriété il y a cinq ans.
– Tu as fait ça ?
– Oui. J'ai trouvé une carte avec des femmes à poil en
train de danser autour d'un cercueil ouvert avec l'ayatollah
Khomeiny dedans.
– Pourquoi lui as-tu envoyé ça ? Il fait de la politique ?
– Non. Il est croque-mort.

180

La Terre des mensonges

— Mais tu es fou !

— Possible.

— Donc tu n'envisages pas d'y aller ? Voir ta propre mère sur son lit de mort.

— Ne dis pas ça comme ça ! Qu'est-ce que j'irais faire là-bas, hein ?

— Je n'ai pas de conseil à te donner, Erlend. Après tout c'est...

— Dans ce coin du globe, on mesure la valeur de l'individu au nombre de gens qui se pressent aux funérailles. Une église pleine à craquer, c'est le signe d'une très grande estime. Si je n'y suis pas, je me ferai d'autant plus remarquer...

— On ne va quand même pas l'enterrer tout de suite. Ou bien... est-ce une question d'heures ?

— Aucune idée. Mais si je faisais un aller et retour là-bas, les commérages iraient bon train. Que moi, je vienne ! Et puis elle est à l'hôpital. Ce n'est pas comme si je devais aller les voir à la maison.

— Je ne comprends rien à ce que tu racontes, mon chéri. Le contexte. Ce que tu veux faire. Il y a tellement de choses dont on n'a pas parlé.

— Il n'y a rien à dire. Mange ! J'ai fait du pain ! C'est bientôt Noël ! On a une grande soirée d'avant-Noël demain soir ! Et je ne vais pas aller là-bas, évidemment. Je téléphonerai pour savoir comment elle va. Demain. Aujourd'hui je commence à préparer la table. Et toi, il ne va pas falloir que tu tardes à partir au boulot.

Ce qui était arrivé avec la licorne n'était donc pas un pur hasard. C'était un présage. Manifestement un présage. Tout comme les pressentiments et l'anxiété de la nuit passée. Rien

La Terre des mensonges

n'était jamais un hasard. Il s'agissait désormais de lutter, de ne pas se laisser abattre. Mais pourquoi Margido l'avait-il appelé ? C'était de la méchanceté de sa part, il devait bien se douter que la nouvelle de l'état de santé de sa mère ne lui ferait pas tout abandonner et prendre le premier avion pour Trondheim, au bout de vingt ans. Il avait dû appeler pour lui donner mauvaise conscience. Crétin de chrétien, il n'avait pas d'inquiétude à avoir, lui, qui n'avait qu'à se pencher vers Dieu, Jésus-Christ et le Saint-Esprit pour trouver le repos.

Une attaque. Curieux mot. Avoir une attaque. Pas une attaque, mais carrément le coup du lapin. Elle n'arrivait plus à parler, avait dit Margido, restait immobile. Déconnectée. Elle venait d'avoir quatre-vingts ans. Une vieille dame de quatre-vingts ans se trouvait au centre hospitalier régional de Trondheim et c'était sa mère. Ça ne portait plus ce nom-là, d'ailleurs. Margido l'avait appelé l'hôpital Saint-Olav. L'empressement des gens du Trøndelag à faire de leur petite agglomération une cité médiévale les avait rendus mabouls. Il lui avait demandé s'il viendrait la voir une dernière fois. Une dernière fois, tu parles ! C'était qui, la drama queen, hein ? Pas lui en tout cas. Sa dernière image d'elle, c'était son dos. Elle était devant la paillasse dans la cuisine, occupée à remplir des cartons de lait vides de soupe qu'elle allait congeler. Elle ne s'était même pas retournée quand il lui avait dit adieu. Elle faisait la tête parce qu'il partait, elle aurait fait la tête s'il était resté. Le cadet de Neshov est une tapette, bon sang quelle honte ! Le seul qui l'avait bien accepté, c'était son grand-père paternel. Le grand-père Tallak, le meilleur du monde, qui l'emmenait en mer et lui apprenait à pêcher le saumon au filet. Après la mort du grand-père Tallak, il n'avait plus eu de raison de rester. Et

La Terre des mensonges

lorsqu'il avait annoncé qu'il voulait emménager en ville et suivre les cours de décoration au lycée professionnel de Brundal, le monde s'était fermé. Sa mère était devenue hystérique et avait déclaré qu'il avait beau ne pas être comme les autres, ce n'était pas une raison pour choisir cette branche et les déshonorer tous. Alors le choix avait été simple. Puisque Trondheim était trop proche de la bonne réputation de la famille, il avait dû partir encore plus loin. Mais maintenant il voulait oublier tout ça, il avait d'autres chats à fouetter. Il prit une douche, s'habilla et sortit en ville. À force de concentration, il se mit à fredonner et à penser à la table. Mais il fallait tout d'abord qu'il aille chercher le Matrix de Krumme qui devait être prêt ce jour-là.

Quelle prestation ! Le tailleur avait fait un travail fantastique. Krumme en mourrait de joie et s'imaginerait que les manteaux Matrix étaient produits en réalité dans toutes sortes de tailles et de modèles obscurs. Il le fit emballer dans du papier glacé rose vif et paya joyeusement l'énorme somme que coûtaient les retouches. Après quoi il commença à faire ses achats pour la table. Du satin rouge sang, du taffetas couleur or, des serviettes dorées en deux dimensions, des bougies de cinquante centimètres de haut ornées de dorures. Le satin, d'un brillant métallique, constituerait la nappe elle-même, tandis que le taffetas serait posé à la manière d'un torrent en son milieu. Dans ce torrent il placerait des boules dorées et argentées, des étoiles et des cheveux d'ange, et, sur chaque couvert, de tout petits bouquets de gui et de feuilles de laurier.

Elle se souvenait de ce que sa mère lui avait dit de la vue. Contourner le cap après avoir quitté la ville grouillante, c'était comme s'envoler dans un autre monde, un monde de paix, de lumière et de lignes infinies. Qu'est-ce qui rendait si particulier le fait de voir l'eau, d'être au bord de l'eau, le calme que procurait la vue d'immenses étendues d'eau ? L'odeur était moins forte dans la voiture car elle avait pu ouvrir la fenêtre afin de prendre une cigarette. Ça ne le dérangeait pas qu'elle fume en voiture. D'ailleurs l'odeur était sans importance, ce qu'elle voyait ôtait toute importance aux odeurs. Car Bynes était une carte postale de fjord sous la neige, avec des cheminées qui fument. Un voile de brume qui s'étirait au milieu du fjord tranchait sur le bleu, les montagnes en face étaient une aquarelle faite avec beaucoup d'eau et un gros pinceau. Les fermes s'éparpillaient sur les pentes douces le long de la rive, des bouquets d'arbres se blottissaient dans la symétrie de l'ensemble comme des touffes noires et blanches. Elle déclara tout haut combien elle trouvait beau ce paysage et que parfois elle aurait plutôt souhaité être photographe ou peintre.

– J'y suis tellement habitué, dit-il. Je ne le vois même plus.

La majesté de la longue allée ne la prépara pas à découvrir la ferme elle-même. Le contraste avec les bâtiments était saisissant. En débouchant dans la cour, elle remarqua aussitôt leur délabrement. Ce fut tout ce qu'elle vit pendant les premières minutes. Une pauvreté qui lui montait lentement aux yeux. Plusieurs vitres du premier étage du corps de ferme avaient été remplacées par du contreplaqué. La peinture blanche du mur exposé au sud avait presque disparu et laissait voir le bois grisâtre. De vieilles carcasses métalliques dépassaient de sous le pont menant à l'entrée de la grange, rouillées, jetées pêle-mêle dans la boue. Ce qui jadis avait dû être un grenier sur pilotis était effondré d'un côté, des jantes rouillées, sans les pneus, s'entassaient au bout de la porcherie, à côté d'une remorque qui penchait doublement et qui n'avait qu'une seule roue. Or il avait beaucoup neigé. Quel serait le spectacle si cette neige charitable se mettait à fondre et découvrait encore plus de bric-à-brac ?
– Eh bien, nous y voilà !
Dès qu'il coupa le contact, ils entendirent le ronflement d'un autre moteur.
– Bon sang de la vie ! s'écria-t-il en se précipitant hors de la voiture. J'avais dit que j'irais chercher ça moi-même ! Je n'ai pas les moyens de me faire livrer les palettes comme un gros propriétaire !
Un camion arriva dans la cour. Tor resta planté là, son regard allait du véhicule à sa fille, comme s'il ne savait pas ce qu'il devait faire.

La Terre des mensonges

– Qu'est-ce qu'il y a ? demanda-t-elle. Qui est-ce qui vient ?

– Non, rien... C'est des granulés, je n'en ai pratiquement plus. Tu n'as qu'à aller dans la cuisine en attendant. Passe par l'appentis qui est là !

– Tu ne veux pas que je t'aide ? À porter, et tout ?

– Non, Arne et moi, on va s'en occuper. C'est un travail d'hommes, ça. Installe-toi dans la cuisine !

Il était sûrement là, son grand-père. Elle frappa aux deux portes avant d'entrer et se retrouva dans la cuisine. Il n'y avait personne mais elle entendit du bruit à l'étage. La cuisine sentait le sur. Elle traversa péniblement la pièce et frappa à une autre porte. Personne ne répondit et elle ouvrit. Un salon avec un poste de télé, un canapé, quelques sièges, une table basse en teck, longue et étroite. Les housses des fauteuils s'effilochaient au pourtour, il y avait sur deux d'entre eux des coussins aplatis sur lesquels on avait dû s'asseoir depuis longtemps sans les secouer. Le canapé était gris et taché, avec trois petits coussins brodés aux couleurs criardes, jaune vif et orange, vert clair et rose. Sur la table, une loupe était posée sur un napperon, quelques journaux, un étui à lunettes ouvert. Trois tasses à café sans leurs soucoupes étaient regroupées à un bout, à côté d'une assiette où il restait des miettes. Sur le téléviseur, une plante verte morte dans ce qui ressemblait à du papier aluminium ficelé. Elle s'approcha et l'examina du doigt, il enveloppait une boîte de conserve pleine d'eau à ras bord dans laquelle on avait mis la plante. Il y avait des cache-pots semblables sur les deux rebords de fenêtre et toutes les plantes, sauf une, étaient crevées. Il faisait un froid glacial dans le salon,

La Terre des mensonges

tout comme dans la cuisine. Elle y retourna et regarda par la fenêtre, par-dessus un petit rideau en nylon, bleu clair et blanc, mais brunâtre d'un côté, là où se trouvait le thermomètre extérieur, qu'on soulevait naturellement pour voir la température. Son père et un autre homme emportaient des sacs dans la porcherie. Elle prit sa respiration et inspecta la cuisine.

Une table en formica contre la fenêtre, trois chaises en tubes d'acier à l'assise rouge, un tapis synthétique rayé par terre, un plan de travail non éclairé, un évier bas incroyablement sale au bord en caoutchouc turquoise, et un grand chauffe-eau sur le mur au-dessus. Des placards muraux en biais, la peinture qui s'écaillait à chaque extrémité des portes coulissantes, une très vieille cuisinière électrique du genre de celles dont on rabattait un couvercle en métal sur les plaques, il était en émail noir avec des points blancs. Elle déplaça la bouilloire, souleva le rabat et découvrit de profondes rayures, et d'innombrables couches de restes d'aliments et de marc de café. Le frigo était d'un modèle antique, avec sur la poignée un bouton sur lequel il fallait appuyer pour ouvrir. Elle ne l'ouvrit pas, le tour de la poignée était maculé de traces de doigts brunâtres.

Une planche à découper était posée sur le plan de travail, avec un couteau parmi les miettes et des taches sombres de confiture séchée, ainsi qu'un pain enveloppé dans un sac plastique ayant beaucoup servi, qui était d'un blanc mat tant il était froissé. Sur un séchoir près de l'évier, deux autres sacs plastique étaient accrochés chacun par une épingle à linge, à côté d'un torchon à carreaux bleu. Elle jeta un coup d'œil par la fenêtre, ils transportaient toujours

La Terre des mensonges

leurs sacs. Elle prêta l'oreille, plus un bruit ne venait d'en haut.

Elle jeta le marc de la bouilloire à café dans l'évier et la remplit d'eau propre, puis elle mit la main sur la plaque qui correspondait selon elle au bouton de gauche. Les chiffres tout autour étaient effacés. Lorsqu'elle sentit une légère chaleur, elle y posa la bouilloire. Celle-ci était propre à l'intérieur, bien qu'elle soit couverte de taches grasses extérieurement.

À côté d'une énorme cuisinière à bois noire, il y avait une bassine en zinc pleine de morceaux de bois et de vieux journaux. La porte du foyer était toute petite, la plus grande porte ouvrait sur un four où s'empilaient les moules et les plaques à gâteaux. Le foyer était complètement froid. Elle s'accroupit devant la porte et chercha aussitôt des yeux un radiateur dans la pièce. Elle en aperçut un sous le plan de travail, sous la fenêtre, elle alla le tâter, il était réglé au plus bas. Elle n'y toucha pas, elle fit du feu dans la cuisinière à la place. Elle déchira les journaux, les chiffonna et les plaça en dessous. Le bois était sec et prit aussitôt. Ce n'est que lorsqu'elle vit les flammes et sentit leur chaleur qu'elle se mit à réfléchir. Cette cuisine s'accordait mal avec ce qu'il avait raconté sur sa mère. Il avait dit qu'elle nettoyait, rangeait, cuisinait, il l'avait décrite comme une femme active, une vraie paysanne qui décidait tout et exigeait beaucoup d'elle-même et des autres. Là c'était sale et pitoyable, la pièce lui faisait penser aux reportages sur les familles russes misérables.

Elle remit du bois et laissa la porte entrouverte pour avoir un bon tirage. S'il lui proposait de manger quelque chose, elle déclinerait l'offre bien qu'elle soit affamée. Elle

La Terre des mensonges

se lava les mains au-dessus de l'évier sans toucher au morceau de savon tout sec, creusé de fentes parallèles noires et suspendu à un porte-savon aimanté au mur, elle préféra une giclée de la bouteille de Mir dont ils semblaient se servir avec parcimonie. Elle ne prit pas le torchon accroché à côté, mais secoua les mains devant la porte du foyer jusqu'à ce qu'elles soient sèches. Il traversait la cour en direction de l'appentis. L'homme au camion l'accompagnait. Ils n'entrèrent pas dans la cuisine, mais elle entendit une porte s'ouvrir dans le couloir et la voix de son père qui déclarait peu après :

— Ça devrait faire le compte, y compris pour le dérangement. Mais c'est quand même bien gentil que tu sois venu me porter tout ça sans que je… simplement parce que maman est tombée malade. Il ne fallait pas. Mais encore merci, et joyeux Noël !

— Alors tu dois payer tout comptant ? demanda-t-elle.

Le camion était reparti et son père l'avait rejointe dans la cuisine.

— Ah, tu fais du café ! Non, c'était autre chose que je lui devais.

— J'ai allumé le feu aussi, il faisait un froid de canard ici. Où est ton père, au fait ?

— Bah, il s'affaire sûrement quelque part.

— Il est en bonne santé ? Réussit à…

— Oui, oui. Il s'occupe du bois et tout ça. Le coupe, le rentre.

— Pourquoi n'est-il plus à l'hôpital ? C'est seulement toi et Margido qui…

La Terre des mensonges

– Il était là quand on l'a hospitalisée. Il n'aime pas trop l'hôpital.

– Il n'est pas le seul. Tu peux le prévenir que le café est prêt.

– Il en a sûrement déjà bu. Et il a mangé des tartines, à ce que je vois. Il fait un bazar pas possible !

– J'aurais quand même bien aimé le rencontrer. Puisque je suis là.

– Bah, ce n'est pas grave. Il n'a pas toute sa tête. Je ne crois pas qu'il faille commencer à…

– Je ne vais pas le rencontrer ?

– On doit aller voir la porcherie. On doit…

– D'accord.

Il s'assit à la table mais se releva immédiatement.

– On a des biscuits. Je sais que maman avait fait des biscuits.

– Ce n'est pas la peine de chercher, je ne prendrai pas de biscuits, je n'en raffole pas.

– Une tartine alors ?

– Non merci. J'ai pris un énorme petit déjeuner à l'hôtel.

– Mais j'ai remarqué que tu n'as pas de… bagages.

– Non, en fait… je repars demain. Maintenant que je l'ai vue. D'ailleurs je ne peux pas loger ici si je n'ai pas le droit de voir ton père.

– Ce n'est pas exactement ça. Que tu n'as pas… Il ne sait pas qui tu es, lui.

– Voilà. Tu l'as dit.

– Dit quoi ?

– Qu'il ignore que j'existe.

– Ah…

La Terre des mensonges

– Il n'en sait rien. Je me sens comme une idiote.
– Mais, Torunn...
– Il le sait ou il ne le sait pas ?
– Il n'a pas besoin de savoir quoi que ce soit. Il n'a pas toute sa tête, je te dis !
– Calme-toi ! Ce n'est pas la peine de continuer sur ce sujet-là. Voilà l'eau qui bout, où est-ce que vous rangez le café ?

Il montra une boîte rouge avec un couvercle en plastique. Elle versa une bonne dose de café dans la bouilloire, mit généreusement une cuillerée de plus quand elle vit qu'il y en avait assez. Il ne fit pas de commentaires. Elle porta à nouveau à ébullition, puis tint la bouilloire sous le robinet pour ajouter une goutte d'eau froide.

– Tu sais bien faire le café, dit-il. Je croyais que les gens de la ville n'utilisaient que des filtres.

Il sourit, elle lui rendit son sourire, il avait l'air si malheureux. Il n'avait pas ôté son parka, il était assis devant la fenêtre comme s'il était en visite. Il n'avait que faire d'une soucoupe et il alla chercher un ramequin qui contenait des morceaux de sucre. Il regarda dedans, ouvrit le placard et en rajouta d'autres qu'il prit dans une boîte. Lorsqu'il se leva ensuite pour remettre du bois dans la cuisinière, il se servit de sa manche pour frotter le fond et les bords de sa tasse. Elle put du moins mettre plein de sucre dans son café, puisqu'il sortait directement de l'emballage, en déclarant qu'elle adorait tout ce qui était sucré.

Il lui donna une vieille combinaison et une paire de bottes en caoutchouc marron. Il y avait longtemps que cette combinaison n'avait vu le tambour d'une machine à laver.

La Terre des mensonges

Elle se changea dans la pièce où ils avaient stocké les sacs d'aliments. Il y en avait des grands tas et, au centre de la pièce, un large entonnoir, fait d'une sorte de toile grossière épaisse, débouchait vers un bec verseur en métal plus bas, avec un système pour pousser. Il y avait des granulés sur le sol en dessous, on devait verser le contenu des sacs dans l'entonnoir. Il n'y avait guère d'automatisation. Elle qui croyait que les paysans croulaient sous les subventions et que c'était à qui aurait le dernier cri en équipements facilitant la tâche.

Elle enleva autant de vêtements qu'elle put sans risquer de mourir de froid. Elle serait obligée de fourrer ceux qu'elle gardait sur elle dans des sacs en plastique, les odeurs qui l'entouraient déjà faisaient ressembler celle de la voiture à un agréable apéritif. Mais elle était ravie et impatiente de voir ces animaux grâce auxquels le visage de son père rayonnait et, au téléphone, son flux de paroles teintées du dialecte local coulait sans réserve.

Quand elle eut enfilé combinaison et bottes, et qu'elle se sentit curieusement bien habillée, il expliqua :

– Ils n'ont pas l'habitude des étrangers dans la porcherie. Les vieilles truies connaissent les vétérinaires, mais sinon ils ne voient que moi. Ils vont sans doute être un peu bruyants.

Elle n'était jamais entrée dans une porcherie et n'avait vu des porcs vivants qu'à de rares occasions. On n'en voyait pas souvent en vrai, mais ce n'était guère une chose à laquelle on pensait. On était habitué aux vaches et aux chevaux qu'on voyait partout dans les enclos, mais les porcs étaient enfermés, il fallait connaître quelqu'un ou avoir

La Terre des mensonges

spécialement à faire dans une porcherie. À la clinique à Oslo, ils avaient passé un accord avec une école d'équitation, c'était son unique approche des stalles, de la paille et d'animaux supérieurs en taille au grand danois.

La porcherie résonnait de leurs cris. La seconde d'après il y eut tout à coup un grand silence, comme s'ils écoutaient attentivement. Puis ils reprirent leur terrible chahut.

– Ils ont entendu que je suis là, dit-il. Ce n'est pas l'heure habituelle. Ils se posent sûrement des questions maintenant. Et quand une truie met bas, je suis obligé d'aller et venir. Les autres se bousculent violemment. Ils croient que c'est Noël chaque fois que j'arrive.

Rien n'aurait pu la préparer à la vue des truies gestantes. C'était des masses vivantes monstrueuses reposant sur de courtes pattes. Leurs groins humides brillaient et bougeaient rapidement dans toutes les directions, comme s'ils étaient articulés et fixés au reste de la tête, leurs yeux étaient des petits trous bleus dans un crâne gigantesque, leurs oreilles dansaient et tremblaient, à moitié dressées, à moitié pendantes, si grandes qu'elles gênaient leur regard et elles devaient tourner la tête sur le côté pour voir du coin de l'œil. Elles braquaient leurs yeux perçants sur elle comme si elle avait fait quelque chose de mal, elle ne parvenait pas à décrypter une mimique dans leur regard, elle n'y trouvait que de la méfiance. Des mouches hivernales volaient lentement autour des bêtes et plusieurs truies émirent presque un aboiement en entendant sa voix.

– Comme elles sont grosses ! Comment est-ce possible ? Comment leurs pattes peuvent-elles les porter ? Quel poids font-elles, en fait ?

La Terre des mensonges

– Allons, du calme ! dit-il en gagnant la loge la plus proche.

La truie avança lourdement vers lui, grogna, souffla et posa son groin dans sa main.

– Les porcs ne voient pas très bien mais ils entendent que tu es une inconnue. Les truies pèsent aux alentours de deux cents kilos, et jusqu'à deux cent cinquante quand elles ont eu une portée. Ces trois-là ne pèsent pas loin d'un quart de tonne chacune.

– En fait tu m'as déjà dit leur poids, mais je n'arrivais pas à imaginer qu'elles étaient aussi énormes. C'en est presque un peu... macabre.

– Belles bêtes. Jolies pattes toutes les trois aussi. Celle qui ne s'est pas encore levée s'appelle Sura. Il faut s'en méfier. Elle peut donner des coups de dents. Ce sont des carnassiers en réalité, tu sais. Mais elle traite toujours ses petits comme une bonne mère médaillée. Ce sont des animaux intelligents.

– Oui, j'ai bien compris. Je n'ai pas voulu dire qu'ils étaient laids. Mais ils sont tellement gros ! Je ne me doutais vraiment pas que...

– Je leur enlèverai leurs petits entre Noël et le Jour de l'an, pour qu'elles entrent à nouveau en rut.

– Et tu dois attendre combien de temps avant de pouvoir vendre les porcelets ?

– Cinq mois. C'est au printemps qu'on a les meilleurs prix.

– Leurs petits doivent sûrement leur manquer...

– Les truies, quand elles n'ont plus leurs petits, s'occupent aussitôt de leurs rapports entre elles. Il y a un très fort instinct de troupeau chez les porcs. La hiérarchie et tout ça.

La Terre des mensonges

– Exactement comme chez les chiens...

– Bien pire encore, je crois. Quand je mets les truies ensemble, c'est toujours un charivari incroyable. Trois truies qui se retrouvent soudain dans la même loge et elles se battent pour le premier rang dans la loge. Bon sang, elles ne se font pas de cadeaux. C'est pourquoi je les mets ensemble juste avant la nuit, quand elles sont fatiguées et rassasiées. Il n'y a qu'à éteindre la lumière, sortir et espérer que ça se termine bien.

– Mon Dieu, elles arrivent à s'entretuer ?

Elle tenta de se représenter trois bêtes d'un quart de tonne dans une mêlée, même trois rottweilers mâles n'arrivaient pas à la hauteur.

– Non. Elles sont trop grosses et trop lourdes, tu sais. Mais elles essaient. Pour sûr qu'elles essaient !

Il rit un peu, radieux et décontracté, les mains dans les poches de sa combinaison, cambrant les reins.

– Superbes ! s'exclama-t-elle. Quel âge... quel âge ont les petits ? Maintenant qu'ils doivent dire adieu à leur maman ?

– Cinq semaines. Et dix-douze kilos. Dans à peine quatre mois ils en pèseront cent. Mais tu ne veux pas voir les nouveau-nés ? Ceux de Siri ?

– Oh si !

– Sara, elle a tué quatre des siens dimanche... Je crois qu'il vaut mieux qu'on n'aille pas l'embêter.

Elle ne sentait plus l'odeur. Et les truies n'étaient pas spécialement sales, elles étaient davantage poussiéreuses que sales, avec des brins de paille ici et là, et de la sciure plein les cuisses à force d'être couchées par terre. Les déjections

La Terre des mensonges

étaient méticuleusement localisées à l'autre extrémité de la loge, elle avait imaginé qu'elles piétinaient dans leurs propres excréments. Elle lui posa la question.

– Les bovins à l'air libre chient partout, dit-il. Mais les porcs sont des animaux propres. Ils font toujours au même endroit. S'ils se roulent dans la boue, c'est pour se rafraîchir, du fait qu'ils ne suent pas de manière habituelle. Et lorsque la boue sèche et tombe, elle emporte les parasites avec elle. Mais ça c'est quand ils sont à l'état sauvage. Il n'y a pas beaucoup de parasites à l'intérieur de ces murs. Non, ils ne font pas de cochonneries. Et ils ont conservé leurs instincts naturels.

Elle pensa à la clinique, au revêtement de sol brillant, au nettoyage, à la désinfection. La porcherie contrastait totalement avec les endroits où étaient accueillis les animaux familiers malades, et pourtant elle lui parut propre. Tout ce qui était là devait être indispensable. La paille et les copeaux, et la litière de tourbe dont il lui avait déjà parlé, la tourbe, riche en fer, qui rendait les porcelets roses. Elle savait que c'était par instinct qu'ils fouillaient la terre et en mangeaient un peu. Même si la litière de tourbe était une duperie et le béton juste en dessous. Les murs de la porcherie étaient faits de gros blocs de pierre et percés de petites lucarnes tout en haut. Ces fenêtres étaient sans doute ce qu'il y avait là de plus sale, couvertes de toiles d'araignées, laissant difficilement passer le jour. C'étaient les néons au plafond qui éclairaient la pièce, mais ils étaient eux aussi pleins de toiles d'araignées.

– Les voilà ! dit-il.

De même qu'elle n'était pas préparée à la taille des truies, elle fut prise au dépourvu par le spectacle des porcelets. Ils

La Terre des mensonges

étaient couchés sous une lampe chauffante rouge et dormaient en un amoncellement compact et luisant.

— Ils sont riquiqui… comparés à leur mère, murmura-t-elle.

La truie se reposait, elle ne se leva pas. Son ventre était rouge vif, les mamelles ressemblaient à des boutons noirs, alignés sur le rouge.

— Elle est fatiguée, Siri, dit-il.

Il pénétra dans sa case, s'accroupit, sortit une tranche de pain de sa poche et la lui donna. Elle la mangea à grand bruit, tout en poussant de petits grognements. Il la gratta derrière les deux oreilles. Torunn les contemplait. Elle voyait bien qu'ils se connaissaient, qu'ils étaient attachés l'un à l'autre, l'homme et la truie.

— Est-ce que je peux entrer dans la loge, moi aussi ?

— Je ne crois pas. Mais je vais te passer un petit. Siri n'y verra pas d'inconvénient tant que je suis là.

Il dégagea avec précaution un porcelet endormi, le souleva dans sa main et le lui tendit. Elle le prit à la manière d'un nourrisson. Il était chaud comme du velours, sentait un peu le lait. Son minuscule groin était rose et propre comme un sou neuf, sa queue s'élevait toute droite de son petit derrière. Elle le souleva tout près de son visage, il clignait des yeux en se réveillant et poussait de petits gémissements. Ses yeux étaient bleu ciel sous les cils clairs.

— Je n'ai jamais rien vu d'aussi mignon, chuchota-t-elle. Il est encore plus beau que les chatons et les chiots. Une perfection, oui…

— Tiens-le bien ! Si Siri commence à grognasser, il va réagir immédiatement. Je ne sais pas quand ils ont tété la dernière fois.

La Terre des mensonges

– Grognasser ?
– Faire des bruits de succion. Appeler à la tétée. J'appelle ça grognasser. Ils accourent vers elle en bloc, alors qu'ils sont presque encore endormis. Et ce petit-là t'échappera des mains en un rien de temps s'il se met à gigoter.

Mais Siri ne grognassa pas et le porcelet retrouva son calme dans ses mains et s'assoupit encore un peu. Elle aurait voulu le garder ainsi, rester pendant des heures avec ce petit miracle de la nature devant les yeux. Son oreille toute menue était brûlante contre sa joue.

– Ils aiment les contacts physiques, dit-il.
– Il prend sûrement ma joue pour une sœur ou un frère, murmura-t-elle en appuyant ses lèvres sur son corps. Et dire que ça deviendra de la viande. Des grillades ou du rôti sur l'étal du boucher.

– C'est un peu le but, oui, rétorqua-t-il. C'est pour ça qu'on en tire le meilleur prix au printemps.

– Comment ça ?
– La saison des barbecues. Meilleure que Noël encore.
– Je n'y avais pas pensé. On associe toujours le porc à Noël. Rôti, pâté de tête, et ainsi de suite. Mais c'est certain, quand les barbecues sont de sortie… Tu imagines, s'ils savaient ça. Tu ne trouves pas ça bizarre, toi ? Qu'ils passent toute leur vie ici dans la porcherie et puis…

– Ils ne connaissent rien d'autre. Ne peuvent pas comparer. Ils sont bien. Je les élève sur une petite échelle, moi, tu sais. J'ai le temps de m'occuper de tous. Et ils se déplacent librement, s'organisent entre eux. Je ne vois pas contre quoi ils protesteraient, si ce n'est dans leur groupe. Non, ils sont heureux, mes cochons.

– Jusqu'à ce qu'on les abatte.

La Terre des mensonges

– Ça va vite, ça.

– Il ne t'arrive pas d'être triste quand tu les envoies à l'abattoir ?

Elle continuait de parler tout bas. Le petit dormait, la tête posée sur une de ses mains. Sa queue pendait, pointue et relâchée, pas plus grande qu'un petit bout de spaghetti.

– Oh si. De temps en temps. Je dois bien l'avouer. Il peut y avoir un déluré qui se détache du lot, qui a de la personnalité. Dans certains cas... on s'y attache même, ou comment pourrait-on dire ? Mais c'est comme ça, les gens veulent de la viande, mais pas connaître ou abattre les animaux eux-mêmes. Il y en a qui doivent faire le boulot. Autant les élever que les tuer.

– Et quand Siri commencera à avoir des petites portées...

– Eh oui. Ce ne sera pas drôle. Elle aura le droit à de la confiture sur son pain quelque temps...

Il sourit et se retourna vers la truie, la gratouilla et reprit tout bas :

– Droit à de la confiture sur son pain quelque temps, oui...

Siri émit des bruits étranges, comme si elle répondait à ce qu'il disait, et il s'en fallut de peu que le porcelet qu'elle tenait dans sa main tombe par terre, car d'un seul coup il se mit à gigoter frénétiquement.

– Aide-moi ! Attrape-le !

Les porcelets récemment sevrés étaient dans trois cases différentes et se mirent à sautiller lorsqu'elle s'approcha. Ils se comportaient comme des chiots et elle ne put s'empêcher d'éclater de rire. L'un d'eux allongea les pattes de devant et

La Terre des mensonges

leva le derrière en l'air, exactement comme un chien qui demande à jouer. Ils avaient maintenant des queues en tire-bouchon, un corps apparemment alerte et léger, et ils étaient aussi roses que les gens de la ville l'imaginaient. Un rose qu'ils semblaient perdre lentement en grandissant. Les truies étaient davantage grises et écru que roses.

— Ils sont magnifiques ! dit-elle. Mais trop gros pour que je les soulève, malheureusement.

— Et en bonne santé.

— Est-ce que je pourrai encore tenir un des petits de Siri, quand ils auront fini de téter ?

En se changeant dans la pièce de stockage, elle ne songeait même plus à l'odeur. Elle enviait son père, c'était tout. Elle ne pensait pas une seconde aux difficultés économiques, bien qu'il lui en ait beaucoup parlé, au prix de la viande maintenu au plus bas de toute part, au dossier à monter pour obtenir de la fondation KSL un supplément de prix au kilo si on répondait à une foule de normes et d'exigences, depuis le projet de fumier jusqu'à l'aménagement et au contrôle vétérinaire.

Elle l'enviait d'avoir cette porcherie pleine d'animaux, des créatures vivantes qu'il connaissait, auxquelles il était attaché, dont il prenait soin et tirait profit.

Il ne voulait pas retourner dans la cuisine, elle le vit regarder en direction de la fenêtre.

— On va peut-être repartir, alors ? Ou bien... qu'est-ce que tu veux faire ? demanda-t-il.

— Il faut encore que tu ailles à l'hôpital, non ?

— Oui. Passer quelques heures.

La Terre des mensonges

– C'est embêtant pour toi. De faire la navette en voiture de cette façon. Alors que c'est bientôt Noël et tout.

– Oh, Noël arrivera qu'on le veuille ou non. On ne le fêtera pas beaucoup, nous ici. Mais elle peut encore se rétablir.

– Pas à temps pour le soir de Noël. Il ne faut pas y compter. C'est dans cinq jours seulement.

– On verra.

Il la déposa devant l'hôtel. Elle dit qu'elle allait faire quelques courses, se détendre.

– Et je rentre chez moi demain, tu sais, ajouta-t-elle.

– Ah bon ?

– Je te l'ai dit. Demain c'est jeudi. Je pourrai venir te voir à l'hôpital et te dire au revoir. Dans la matinée. Quand tu auras fini à la porcherie. Peut-être qu'elle... sera un plus réveillée demain aussi ?

– C'est bien possible.

– Merci... de m'avoir emmenée avec toi. Tu as de la chance, tu sais.

– De la chance ?

– D'avoir des porcs aussi beaux. J'aimerais bien être à ta place.

– Alors tu n'aurais pas eu les moyens de t'offrir une chambre d'hôtel, fit-il en souriant. On ne peut pas en vivre. Pas de la façon dont je m'y prends.

– Mais pourtant... vous en vivez.

– Maman et... papa ont leur retraite. Et on n'achète que le strict nécessaire. Comme ça on joint à peu près les deux bouts. À peu près. C'est l'abattoir et les boutiques qui gagnent de l'argent. Pas moi.

La Terre des mensonges

Elle pensa aux quatre années où il avait été obligé de payer une pension alimentaire. Ils avaient dû travailler dur pour envoyer la somme. Anna Neshov avait sans doute été furieuse après lui pour cette raison. Et peut-être après elle aussi.

– À demain alors, dit-elle.

Après la Volvo crottée, la réception du *Royal Garden* lui fit l'effet d'un monde étranger. Les pommes dorées et les anges blancs en décoration, les fauteuils club couleur caramel, les gens bien habillés, l'épaisse moquette, la chaleur. S'ils avaient vu la cuisine de Neshov... S'ils avaient tenu le petit cochon contre leur joue, appuyé leurs lèvres... Mais si tout le monde faisait du sentiment et refusait de manger du porcelet ayant atteint le poids fatidique pour qu'on l'abatte, Tor Neshov n'aurait absolument rien pour vivre, ni de raison de vivre.

Elle lui achèterait un cadeau de Noël avant de repartir. Une fois montée dans sa chambre, elle téléphona à la banque pour qu'ils lui permettent de disposer de cinq mille couronnes de plus. Elle prit une douche, changea de culotte et de bas, mangea les cacahuètes et toutes les barres de chocolat qui se trouvaient dans le petit panier sur le bureau, se rendit au *Burger King* du centre, commanda un cheeseburger aux oignons et un grand Pepsi et feuilleta rapidement un journal abandonné. Rien de ce qu'elle y lut ne l'intéressait. Dehors il faisait déjà noir, le ciel était dégagé et il gelait. Les rues décorées de branches de sapin et illuminées de guirlandes électriques grouillaient de gens et de voitures. Les clients du *Burger King* avaient des sacs plastique bien remplis entassés au pied de leurs chaises. Elle

La Terre des mensonges

envoya un SMS à Margrete pour dire qu'elle rentrait le lendemain. Aussitôt après, elle téléphona à l'agence de voyage à Oslo. Il y avait beaucoup d'attente, un répondeur la pria de laisser son numéro afin qu'on la rappelle sans qu'elle perde son tour.

Elle acheta une grande tasse en forme de cochon dont la queue servait d'anse, un kilo de café moka moulu, des bâtonnets de sucre candi et une paire de sous-vêtements en laine bleu foncé. Chemise et caleçon long Langermet, en laine fine et chère qui en principe ne gratte pas. À la boutique des vins et spiritueux, elle choisit pour lui une bouteille de whisky Bell's. Alors qu'elle faisait la queue à la caisse pour payer, l'agence l'appela. Elle quitta la queue et chercha le billet dans son sac. Ils n'avaient pas de place disponible avant vendredi au plus tôt.

– Mais je veux rentrer demain. Je paie plein tarif !

Rien n'y fit. Pas avant vendredi après-midi. Elle songea soudain qu'elle ne lui dirait pas qu'elle restait un jour de plus. Elle pourrait se balader en ville, passer de bons moments, digérer ses impressions, s'allonger sur le lit dans sa chambre d'hôtel et regarder la télé en buvant du vin rouge. Des petites vacances loin de tout.

En rangeant le billet dans son sac, elle effleura quelque chose de lisse qui la surprit. C'était une boîte de dattes.

— Dieu tout-puissant, Père céleste, nous te supplions d'intercéder pour elle, qui mène son dernier combat. Nous te prions de la préparer à quitter cette vie et à se présenter devant toi. Ne regarde pas ses péchés, mais regarde ton fils Jésus-Christ, lui qui est mort pour nos péchés et qui sera à nos côtés au Jugement dernier. Seigneur Jésus, toi qui es le chemin, la vérité et la vie, ne l'abandonne pas dans la vallée obscure, que ton Esprit intercède pour nous par des soupirs qui ne peuvent s'exprimer et que tu entends. Illumine Anna par la clarté de ta grâce et conduis-la à ta paix !

Il referma le livre de prières, joignit les mains à la fois au-dessus de la sienne et du livre, baissa la tête et ferma les yeux. Il aurait volontiers ajouté quelques mots sur le pardon, mais cette prière qu'il avait lue à voix basse, après s'être assuré plusieurs fois que la porte était bien fermée, suffirait. Il avait fait son devoir. Peut-être l'avait-elle entendue. Sinon, il avait fait son devoir de toute façon. Non pas en tant que fils, mais en tant que professionnel habitué à gérer le chagrin et les derniers adieux. Il ne pouvait rien lui offrir d'autre, ne le voulait pas. Ç'aurait plutôt été à elle, au contraire, d'ouvrir les yeux et

La Terre des mensonges

d'implorer son pardon pour lui avoir fait passer des années de croyance anesthésiante sans valeur, et comme seule solution.

Il savait qu'elle ne croyait pas en Dieu. En son for intérieur, il espérait que ce visage baveux et tordu n'était qu'un masque de paralysie sur un esprit éveillé qui avait entendu chaque mot. La porte s'ouvrit alors avec un bruit de souffle. Il leva lentement la tête et ouvrit les yeux, croyant découvrir une infirmière. Mais c'était la fille de Tor qui entrait. En veste huilée, salopette et bottines noires, un sac plastique blanc à la main, et un sac des *Vins et Spiritueux* rouge avec des étoiles dorées.

– Seigneur, son état s'est aggravé ? Si tu…

– Non. Mais il n'y a qu'une issue, dit-il. J'espère seulement qu'elle sera bientôt délivrée. Qu'elle ne restera pas en maison de soins une éternité.

– Désolée de… Ça m'a échappé.

– De quoi ?

– De dire « Seigneur » comme ça… c'est juste une façon de parler… car je comprends que tu…

– Il n'y a pas de mal.

– Je pose mes affaires ici un instant. Je descends au kiosque m'acheter un Pepsi. Le jus de fruits sur ce chariot n'est pas assez frais.

Il alla jeter un coup d'œil dans les sacs. Plusieurs cadeaux de Noël empaquetés dans le blanc et une bouteille de whisky dans celui des *Vins et Spiritueux*. Comment cela allait-il se passer ? Tor n'avait pas l'habitude d'avoir affaire à d'autres qu'à sa mère. Avoir tout d'un coup une fille, comme ça. Et tout ce qu'elle ignorait, ne comprenait pas. La pauvre, il devrait l'effrayer pour qu'elle reparte dans le

La Terre des mensonges

Sud, l'éloigner de cette réalité qui, nécessairement, ne lui conviendrait pas. Cette nuit-là, à deux heures du matin, Erlend aussi avait téléphoné, complètement déconfit, probablement soûl, il avait parlé du karma, de Némésis et des mauvais présages, raconté une histoire de licorne impossible à comprendre, avec de nombreuses voix étrangères en fond sonore. Pour couper court, il lui avait dit que Torunn était venue, supposant qu'Erlend ignorait que Tor avait une fille. Il avait regretté aussitôt. Il y eut un silence au bout du fil. mais après avoir retrouvé ses esprits, Erlend avait bel et bien insisté pour savoir quand elle était née et avec qui Tor était marié, et il lui avait fallu le mettre au courant de choses qui s'étaient passées alors que lui-même habitait encore chez eux à Neshov. Erlend avait éclaté en sanglots et Margido était persuadé que c'était parce que personne ne lui avait rien dit plus tôt et il craignait d'en avoir pris la responsabilité. Mais quand Erlend s'était enfin remis à parler, il avait prétendu que c'était de joie qu'il pleurait parce qu'il était devenu oncle, et annoncé que finalement il viendrait quoi qu'il arrive, puisque c'était une réunion de famille.

Pour Margido, Erlend ne s'était sûrement pas contenté d'alcool pour avoir eu l'idée d'employer une telle expression, concernant leur famille. Il devait rappeler plus tard pour dire quand il viendrait, et Margido avait cru que plus tard signifiait le lendemain matin, mais contre toute attente il avait rappelé une demi-heure après, alors que Margido s'était rendormi, et indiqué qu'il avait obtenu une place dans l'avion qui atterrirait à Vaernes à cinq heures moins le quart, comme si Margido allait attendre à l'aéroport un frère parti depuis vingt ans sans donner d'autre signe de vie

La Terre des mensonges

qu'une carte postale macabre sans doute écrite et envoyée en état d'ébriété. Et il avait une chambre au *Royal Garden*. Un homme avec un drôle de nom, que Margido n'avait pas retenu, s'était chargé des réservations mais ne devait pas l'accompagner. Un amant, sans aucun doute. Margido ignorait qu'on pouvait réserver un vol et un hôtel en pleine nuit, mais ils avaient probablement fait cela par Internet. Certes les *Pompes Funèbres Neshov* avaient un site sur le Net, mais c'était Mme Marstad qui s'en était occupée, avec son neveu qui s'y connaissait.

Torunn réapparut. Il se leva.

– Reste assis ! Je ne veux pas te déranger.

– Tu ne me déranges pas, je dois m'en aller de toute façon. J'ai un enterrement aujourd'hui à une heure. Il y a beaucoup à faire. Un adolescent qui s'est pendu.

– Oh, le pauvre !

– Chagrin d'amour, ajouta-t-il.

– Il a laissé une lettre d'explication ?

– Pas pour le chagrin d'amour, mais un bout de papier où il a écrit « pardon ».

– Les malheureux parents.

– Les jeunes gens ne parlent pas beaucoup entre eux, si bien que lorsqu'il leur arrive une peine de cœur, ils croient que c'est la fin du monde.

– Je ne suis pas très au courant, moi.

– À propos, ton oncle arrive aujourd'hui. Tu pourras le dire à Tor. Il logera au *Royal Garden*. Ce n'est pas là que tu es descendue ?

– Si ! Mon oncle ? De Copenhague ? Mais je repars… aujourd'hui, moi.

La Terre des mensonges

Il commença à enfiler son manteau, le secoua rudement en faisant mine de ne pas trouver la manche, afin de cacher son soulagement.

– C'est très bien que tu sois venue en tout cas, déclara-t-il.

Il espérait qu'elle comprenne ce qu'il voulait dire, que ce n'était pas le début de quelque chose, mais la fin.

– À moins que j'attende demain pour repartir, peut-être. Si Erlend vient, je veux dire. Ç'aurait été amusant de le rencontrer.

Il aurait dû tenir sa langue. En disant cela, il avait seulement pensé que ça lui éviterait de téléphoner à Tor.

– Ah oui. Bon, il faut que je me sauve. Je te souhaite un joyeux Noël.

– Je suis allée à la ferme hier.

– Pourquoi donc ?

– Pour voir les bêtes.

– Tu t'intéresses aux animaux ?

– Je viens juste d'acheter ma part d'une clinique pour animaux de compagnie.

– Tu es vétérinaire, peut-être ?

– Non. Seulement assistante. Mais nous proposons des cours et des programmes spéciaux pour les chiens à problème. Ça n'a pas été facile à monter, et c'est moi qui ai mis tout ça en place, alors maintenant je suis copropriétaire. Il est très fier de sa ferme. Elle est belle à voir.

– Ce n'est pas sa ferme.

– Que veux-tu dire ?

– C'est celle de sa mère.

– Mais il est le plus âgé de vous trois ?

La Terre des mensonges

– L'héritier, oui. Seulement, la ferme n'a jamais été mise à son nom.

– Mais ta mère…

Ils la regardèrent tous les deux. Elle dormait, avec des ronflements rauques.

– Je croyais… poursuivit-elle. Je croyais que la ferme appartenait… à ton père. Que c'était sa famille qui…

– Oui, mais il est incapable de prendre des décisions. C'est maman qui décide. Papa a toujours fait uniquement ce qu'on lui demande. Et Tor exploite la ferme. Mais ce n'est pas la sienne.

Elle le dévisagea.

– Qu'est-ce que tu essaies d'insinuer, au fond ?

– Simplement que… il y a énormément de choses à éclaircir. Ce n'est pas une famille dans laquelle tu… te plairas particulièrement.

– Je m'en vais demain, je t'ai dit !

– Je ne voulais pas te… Non, mais passe un bon Noël ! Enchanté de…

– C'est ça ! Bon Noël !

Il neigeait quand il se gara devant l'église de Bynes, à côté du break de Mme Marstad. Il regrettait ce qu'il avait dit à Torunn, mais il espérait qu'elle finirait ainsi par comprendre que ce n'était pas une famille dans laquelle on s'offrait des cadeaux de Noël, et que Neshov n'était pas un endroit où rester.

Il neigeait si dru que le fjord s'arrêtait à un mur de grisaille seulement cent mètres plus loin. Il aimait cette église, une des plus anciennes églises en pierre du pays, de bientôt neuf cents ans. Elle se dressait sur le flanc d'un

La Terre des mensonges

coteau qui descendait vers le fjord, encore qu'elle aurait été mieux située un peu plus haut. Selon une vieille légende, cet endroit avait été un centre cultuel important, dédié à un puissant dieu païen, ce qui expliquait pourquoi l'église avait été construite là. Elle s'appelait à l'origine l'église Saint-Michel-de-Stein. Mais c'était comme tout. La légende ne serait pas fiable, on n'attachait pas d'intérêt à la tradition et à l'histoire.

Vu l'âge de l'église, il ne se sentait pas mal à l'aise d'y venir. Il n'entrait pas dans une maison de Dieu, le mensonge au cœur, il entrait dans un site historique, dont les murs reflétaient les joies et les peines d'un nombre incalculable de générations, le cours difficile de la vie de gens ordinaires. La table était déjà prête, tout près de la porte. Il secoua la neige de ses épaules, sortit son peigne de sa poche et se recoiffa, lissant ses cheveux du plat de la main. Sur un napperon était posé un cadre en pin, avec la photo d'un jeune garçon blond, à la raie sur le côté, c'était une photo prise à l'école. Il paraissait timide et embarrassé, contraint de sourire à la demande d'un photographe par trop zélé. Le sourire ne venait pas de l'intérieur, le regard cherchait à se détourner. À côté de la photo, un cierge blanc attendait qu'on l'allume dans son bougeoir, et l'urne était posée à l'autre bout de la table, avec une petite carte rédigée à la main, de la belle écriture à l'ancienne de Mme Marstad : « Merci pour votre offrande au Club des jeunes de Spongdal. De la part de la famille. » Le registre de condoléances était ouvert à la première page, muni d'un stylo à bille. Il entendit des voix plus loin à l'intérieur et, au même moment, la porte s'ouvrit derrière lui et un jeune livreur de

La Terre des mensonges

fleurs fit son entrée, des compositions florales plein les bras et trois bouquets attachés à ses poignets par des ficelles.

– Quel temps de merde, bon Dieu ! fit-il avec un hochement de tête à l'adresse de Margido.

Il n'éprouvait pas la moindre honte pour son langage, pour autant que Margido puisse en juger, et ce quand bien même il aurait été l'évêque en personne.

Margido demanda au livreur de l'aider à porter le cercueil. Le bedeau était en réalité un petit brin de fille récemment embauchée, et Mme Marstad et lui avaient beau être costauds, il fallait être quatre pour prendre le cercueil dans la chapelle et le porter jusque sur le catafalque. Mme Gabrielsen était au bureau, fort occupée à recevoir les appels des proches. Le livreur se déroba, mais Margido fit comme si tout était clair et net, et l'entraîna vers la petite bâtisse rouge.

Là, un modèle Nature, traité, les attendait. Aucun d'eux ne prononça un mot, ils soulevèrent simplement et portèrent, prenant garde à chaque pas, car la neige fraîche empêchait de voir les bosses formées par la glace. Le garçon n'était pas très lourd mais, avec le poids du cercueil, cela représentait tout de même une solide charge. Une fois que le cercueil fut en sûreté sur le catafalque et que Mme Marstad le fit rouler entre les rangées de bancs, le livreur prit ses jambes à son cou. Le bedeau alla chercher un chiffon et essuya la neige sur le cercueil parvenu à sa place. Mme Marstad avait apporté les chandeliers et les vases.

– Les livrets de chants ? demanda Margido.

– Ils sont dans une enveloppe dans mon sac, j'allais justement les mettre sur la table quand vous êtes arrivé, dit-elle.

La Terre des mensonges

C'était avec soulagement qu'il constatait que laisser presque tout le travail à faire à ces dames ne posait aucun problème. Pendant qu'il veillait au chevet de sa mère, rien n'avait été oublié, et en outre elles s'occupaient de deux nouveaux enterrements. Aucun d'eux ne nécessitait de visite à domicile, seulement une toilette funéraire à la maison de soins. Dans les deux cas c'étaient des personnes âgées, c'est pourquoi il avait accepté quand on lui avait téléphoné. Les dames n'aimaient pas préparer le corps chez le défunt, entourées des proches sous le choc, hystériques ou qui craquaient. Sur la couverture du livret de chants d'Yngve Kotum figuraient un pastel d'un paysage d'hiver ainsi que son nom et ses dates de naissance et de mort. C'était le pasteur Fosse qui avait choisi les psaumes avec eux. « Alors prends mes mains ». « Montre le chemin, douce lumière ». « Hardi toujours ». Ils ne voulaient pas de chant en solo, mais ils avaient demandé à l'organiste de jouer *Air*, de Bach. Ils voulaient surtout que cela se termine, ce qu'il comprenait bien. Les sœurs devaient dire quelques mots apparemment, mais c'était tout.

Les gens commencèrent à arriver bien avant l'heure, ce qui était rare. En fait ils savaient qu'il n'y avait pas beaucoup de places dans la petite église de pierre, et que tout le monde allait venir pour une telle tragédie. Mme Marstad et lui n'avaient pas fini d'arranger les rubans imprimés lorsque les premiers entrèrent, les épaules mouillées et de la neige dans les cheveux. L'église sentit bientôt les vêtements humides et les fleurs coupées, il en fit lentement le tour en distribuant les livrets à ceux qui ne s'étaient pas servis à la porte. Pendant les inhumations, tout était au

213

La Terre des mensonges

ralenti, les gestes, les sourires, les signes de tête, on aurait dit que tous les instincts savaient que cela représentait en quelque sorte le respect de la mort elle-même.

On alluma les cierges, l'église se remplit de plus en plus, la famille arriva presque en dernier, la mère plus ou moins portée pour franchir les portes. Pourtant, d'habitude, les proches étaient là avant les autres. Le père serra la main de Margido et s'excusa tout bas de leur retard, sa femme avait craqué juste avant de partir, expliqua-t-il, et ils lui avaient donné les somnifères que le médecin avait laissés la nuit où Yngve était mort, c'était tout ce qu'ils avaient à la maison, en dehors de cachets d'aspirine qui, selon eux, n'auraient pas fait grand effet. Margido les conduisit jusqu'aux bancs du premier rang à gauche, où ils s'affalèrent, les yeux rivés sur le cercueil comme s'ils le voyaient pour la première fois, au milieu d'une mer de fleurs ondulant à la lueur des bougies, on devinait à peine la lumière de ce jour de décembre aux fenêtres aux arcs cintrés, hautes et profondes. Les cloches sonnaient, envoyant leur message aussi loin que les rafales de neige le permettaient, l'organiste avait commencé à jouer un prélude. Beaucoup pleuraient déjà sans se cacher, il n'y aurait pas assez de places assises. Margido était content qu'on n'ait pas l'habitude de décorer cette église d'un sapin de Noël, ce rappel aurait été insoutenable pour la famille et il aurait fallu l'enlever. Ils s'en tenaient à la crèche à l'église de Bynes, ce qui convenait beaucoup mieux à son avis, une magnifique crèche ancienne au toit de chaume.

Lorsque le pasteur Fosse prit le relais et que Margido n'eut plus qu'à attendre le moment où il devrait lire tout

La Terre des mensonges

haut les textes imprimés sur les rubans de soie, il plongea dans ses propres pensées et laissa la cérémonie suivre son cours. Dans combien de temps serait-il lui-même assis au premier rang ? Comment allaient-ils habiller la vieille ? Avait-elle des vêtements convenables ? Et qui viendrait s'asseoir sur les bancs derrière eux ? Ils n'avaient fréquenté personne depuis des années.

Les sœurs d'Yngve se tenaient maintenant par la main devant le cercueil. Elles chantaient quelque chose qu'elles avaient écrit elles-mêmes, sur un air connu, mais il n'eut pas le courage de retrouver lequel. Toujours est-il qu'elles évoquaient les oiseaux, que leur petit frère lui aussi avait été un oiseau, un migrateur qui s'était soudain envolé avant qu'il ne fasse trop froid. Les gens sanglotaient sans réserve sur les rangées de bancs, se mouchaient et s'essuyaient les yeux avec des gestes mécaniques, accablés, la nef au fond de l'église était bondée, trois jeunes se tenaient enlacés, un livret de chants tombé par terre avait été piétiné, il était sale et trempé. Margido aurait voulu être tout seul dans l'église, peut-être qu'il devrait demander la clé au bedeau un de ces jours et s'y enfermer un moment, écouter les voix des murs sans avoir honte de ne plus croire ni au ciel ni à l'enfer.

– Il y a un temps pour tout, pour tout ce qui se passe en ce bas monde : un temps pour naître, un temps pour mourir ; un temps pour planter, un temps pour arracher ; un temps pour pleurer, un temps pour rire ; un temps pour se désoler, un temps pour danser ; un temps pour chercher, un temps pour perdre…

La Terre des mensonges

Il ne s'attendait pas du tout à être touché par les paroles du pasteur. Il déglutit plusieurs fois de suite. Il avait soudain la bouche sèche. Il était incapable de se lever de sa chaise, incapable, il fallait qu'il se ressaisisse. Il leva les yeux vers les fresques, les peintures grotesques, il devait fuir le sermon, plonger dans le macabre, loin de ce qui était en flagrant contraste avec les peintures murales. On avait tenté d'en dissimuler une derrière un tableau accroché à un mauvais endroit, afin de ne pas choquer les enfants de la paroisse à qui on inculquait que le christianisme portait sur l'amour et que rien n'avait de conséquences. De nos jours Jésus accueillait tous ceux qui reconnaissaient leurs péchés et s'en repentaient, il n'était jamais trop tard. Une des peintures montrait le diable en personne, accroupi au-dessus d'un entonnoir. Celui-ci était enfoncé dans la bouche d'un pécheur, allongé, le ventre gonflé, et les excréments du diable, représentés sous forme de boules brunâtres, se déversaient dans l'entonnoir. Le diable avait des ailes et des cornes de bouc, ainsi qu'une unique corne torsadée au milieu du front. Il ricanait en regardant le ventre du pécheur qui grossissait. Sur l'autre mur, on voyait le pécheur, avec les sept péchés capitaux qui lui sortaient des différentes parties du corps, chacun sous la forme d'un gros serpent, la gueule béante. Et il était écrit en grosses lettres au-dessus de l'ensemble : *Mors tua, Mors Christi, fraus mundi, gloria coeli et dolor inferni sunt meditanda tibi.* « Ta mort, la mort du Christ, la misère du monde, la gloire des cieux et le tourment de l'enfer, tu dois les méditer... » Plusieurs siècles plus tôt, debout sur le sol en terre battue, des gens malodorants, serrés les uns contre les autres, avaient contemplé, impuissants, ces peintures, et écouté le

La Terre des mensonges

sermon, le seul jour de libre qu'ils avaient dans la semaine. Pauvres gens, que comprenaient-ils à cette époque-là ? Comment ne peinaient-ils pas à comprendre l'ensemble, comment ne peinaient-ils pas encore et toujours, même s'ils pouvaient s'asseoir dans une église chauffée, même si les excréments du diable étaient cachés avec prévenance ?

Ce n'est que lorsque l'église fut vide et Mme Marstad partie porter les fleurs à la ferme, que le bedeau le dit.
— Les pauvres, fit la jeune femme.
— Oui, répondit Margido.
Il était en train d'ôter les cierges à demi consumés des chandeliers.
— Et de cette manière-là. Vous avez aidé à faire la toilette ?
— Oui, c'est mon travail.
Le rôle de bedeau dans cette vieille église d'un âge vénérable ne seyait pas du tout à une jeune femme. Les femmes papotaient et rabâchaient, et celle-ci était si jeune. Il ne comprenait pas qu'on ait songé à la nommer.
— Je sais bien. Que c'est votre travail. Mais pas de lettre ? demanda-t-elle.
— Un petit mot pour s'excuser. Mais c'était apparemment une histoire de fille.
— Ce n'est pas ce que j'ai entendu dire, répliqua-t-elle.
— Ah bon ?
Il fourra les bouts de cierges dans un sac du supermarché.
— Il s'agissait d'un garçon, d'après ce que j'ai compris. En fait il était... vous savez... homo !
Elle prononça le mot dans un murmure.

La Terre des mensonges

Il replia le catafalque et le mit dans le coffre de la Citroën, avec les chandeliers et les vases vides, posa le registre de condoléances sur le siège avant passager, l'urne à même le plancher. Il y avait beaucoup d'enveloppes dedans. Il se répéta le mot en lui-même et pensa au fait qu'elle avait dû le chuchoter. Chuchoter parce qu'elle était dans la maison de Dieu et qu'elle disait quelque chose de vilain. Mais il était mort de toute façon.

Les oiseaux. Il allait en vélo à Gaulosen observer les oiseaux. Notait la venue des hirondelles.

Après avoir dégagé la neige de la voiture et pris la direction du pont de Ristan, il alluma son portable. Il fut aussitôt averti qu'il devait appeler la messagerie vocale. Il composa le numéro, espérant que c'était un message de Tor qui disait qu'elle était morte, que c'était fini. Mais c'était Selma Vanvik, la nouvelle veuve, il fallait qu'il vienne la voir, il lui manquait, et s'il venait le soir de Noël, cela lui éviterait d'aller chez un de ses enfants, il y avait trop de raffut, seulement tous les deux, elle lui ferait ce qu'il avait l'habitude de manger, ce serait sympathique, est-ce que ce n'était pas une bonne idée ? Il n'écouta pas le message jusqu'au bout, le coupa en appuyant sur la touche, jeta le portable à côté du registre, s'arrêta sur le bord de la route à l'entrée d'un chemin. Il se tourna sur son siège, enfonça les pieds dans la neige, en prit dans ses mains, s'en frictionna le visage et le crâne, baissa la tête, se mit à contempler ses mains mouillées et les flocons qui tombaient sur les genoux de son pantalon noir, si froid que la neige y restait sans fondre.

Il ne remarqua pas immédiatement qu'il avait commencé à pleurer. Aujourd'hui elle repartait. Chez elle. Elle avait dit qu'il avait de la chance d'avoir de si beaux porcs, elle s'en était rendu compte, les avait vus, compris une parcelle de sa vie, et puis elle repartait. Elle lui avait offert un cadeau aussi. Il ne se rappelait pas quand il avait reçu un cadeau pour la dernière fois. Sans compter qu'Arne était venu lui livrer les sacs d'aliments, bien sûr. Gratuitement. Cela n'était jamais arrivé avant, d'habitude il lui fallait une demi-journée pour aller les chercher avec le tracteur et les stocker, tout seul. Et là, non seulement Arne était venu, mais il l'avait aidé à les rentrer. Vraiment... il ne l'oublierait jamais. Mais elle n'aurait pas eu besoin de le remercier pour les dattes, il fallait bien qu'elle les ait, puisqu'elle était enfin venue à Neshov et n'avait rien mangé d'autre que des morceaux de sucre.

Et ils étaient là, posés au pied du siège passager, les sacs remplis de cadeaux. Une grande bouteille de whisky dans une poche rouge vif, et d'autres choses, emballées, qu'il regarderait dans la buanderie, une fois la nuit tombée. Il était ravi qu'il neige, et maintenant il n'avait plus qu'à se

La Terre des mensonges

concentrer là-dessus, d'abord déblayer longuement et à fond, et ensuite peut-être goûter le whisky, quoiqu'elle lui ait bien précisé que c'était un cadeau de Noël. Elle l'avait embrassé, elle sentait si bon et ressemblait terriblement à sa mère, même si elle était plus vieille que Cissi à l'époque. Était-ce pour cela qu'il s'était mis à pleurer ? Il chialait comme un gosse, et les essuie-glaces et le liquide lave-glace ne lui étaient d'aucun secours, il avait du mal à voir la route.

Le médecin avait dit qu'il y avait un petit risque pour qu'elle fasse une nouvelle attaque, comment pouvaient-ils le savoir ? Comme s'ils étaient sorciers. Ou bien ils s'imaginaient qu'ils l'étaient. Dorénavant c'était le cœur d'après eux, le cœur n'était plus bien solide. Quels crétins ! S'ils l'avaient vue, seulement quelques jours plus tôt, se démener dans la cuisine, fouetter la sauce blanche pour les boulettes de poisson et monter le son de la radio quand ils passaient « La lumière brille dans nos hameaux ».

Non, elle serait sûrement bientôt sur pied, fraîche et dispose. Et même si elle devait d'abord faire un petit tour dans une maison de soins pour se rétablir, tout serait différent désormais. Elle avait vu Torunn et tout serait différent. La prochaine fois, elles pourraient discuter tranquillement ensemble, toutes les deux, de ce dont une grand-mère et sa petite-fille ont l'habitude. Mais il lui faudrait la convaincre de ne pas mentionner cette histoire de pension alimentaire, il n'y avait pas si longtemps qu'elle avait remis ça sur le tapis, elle n'oublierait sans doute jamais l'argent que son service militaire leur avait coûté. Il fallait vraiment qu'il l'empêche d'en parler, ce n'était pas la faute de Torunn, elle était née, tout simplement, elle n'y pouvait rien, et portait

La Terre des mensonges

son nom, ce qui avait son importance, même si elle ne ressemblait pas aux Neshov. Il renifla un bon coup et se moucha du dos de la main. Cela aurait été amusant de la revoir, Cissi, qui sentait le sucre candi, les petits pains et la glace à l'italienne, et qui suçait une mèche de cheveux quand elle était embarrassée. Ils avaient été embarrassés tous les deux, et il n'avait jamais ressayé depuis, avec d'autres. Car si on faisait un bébé chaque fois qu'on tâtonnait de cette façon, c'était dangereux. Se vider fébrilement avant même d'être bien en train de faire ce à quoi on aspirait ardemment, et se retrouver avec un enfant. Au bout d'une seule fois. Incroyable. Mais il ne pourrait jamais raconter tout ça à sa mère, elle était absolument persuadée qu'ils s'étaient comportés comme des lapins pendant des mois, à chaque permission, sans penser aux conséquences.

Et aujourd'hui elle repartait. Et Erlend arrivait à la place. Margido avait dit à Torunn que son oncle venait, c'étaient ses propres termes, avait-elle déclaré. Il se doutait de ce que Margido pensait d'elle, il avait à peine eu l'occasion de voir Cissi à l'époque. Il était âgé de seize ans et en pleine puberté silencieuse, il était devenu tout cramoisi quand Cissi lui avait posé une question au cours du seul repas qu'elle avait vécu à Neshov. Margido était sans doute tombé aussi amoureux d'elle qu'il l'était lui-même, tout le monde adorait forcément Cissi. Tout le monde sauf leur mère. Une femme travailleuse et forte du nord de la Norvège n'était pas assez bien pour elle. Et si seulement elle ne s'était pas servie aussi librement à table, pensa-t-il, c'était ça qui avait tout déclenché. La mère avait fait du pâté de foie et mis le couvert pour le déjeuner, avec de la confiture, du fromage, du pain tout frais et donc ce pâté de foie. Cissi avait beurré

La Terre des mensonges

sa tartine et coupé ensuite une épaisse tranche de pâté qu'elle avait posée sur son pain. Jamais il n'oublierait l'expression sur le visage de sa mère. À Neshov, on enfonçait la pointe du couteau dans le pâté de foie, on en détachait un petit morceau et on étalait une fine couche de pâté sur le pain. La mère avait à la seconde même pris Tor entre quatre yeux, lui avait dit exactement ce que cette manière de gaspiller pouvait coûter à une ferme, ce que ça signifiait de ne pas avoir l'idée d'être économe pour les petites choses, et pas seulement pour les grandes. Cissi était sans doute comme le lièvre, avait-elle expliqué, elle ne pensait pas à l'hiver quand c'était l'été et qu'il faisait beau, elle croyait tout bonnement qu'il n'y avait qu'à mettre le grappin sur l'héritier d'une ferme. Il avait objecté qu'elle voulait peut-être simplement montrer qu'elle appréciait sa cuisine, qu'elle n'aimait peut-être même pas le pâté de foie, au fond, mais qu'elle s'était servie aussi généreusement par pure politesse. Mais sa mère n'avait eu cure de ses objections, Cissi lui était restée en travers de la gorge. Aussi lorsque, deux jours plus tard, il s'était armé de courage pour lui annoncer qu'elle était enceinte, sa mère, intraitable et furieuse, lui avait lancé l'épluche-légumes à la figure. Cissi attendait en ville, dans une pension de famille, et elle avait dû repartir vers le nord, avec son déshonneur. Si seulement le grand-père Tallak avait été présent le jour où Cissi était venue, s'il n'était pas parti en ville vendre du saumon. Si Tallak l'avait rencontrée et aimée, il aurait même osé défier sa mère et soulever le problème avec son grand-père.

Mais Cissi était repartie, avec Torunn dans son ventre. Et alors il n'y avait plus qu'une seule chose à faire : travailler. Travailler de très tôt le matin à très tard le soir,

La Terre des mensonges

avec les bêtes et aux champs, se dépenser sans compter jusqu'à en avoir la nausée, afin d'oublier l'odeur de ses cheveux, ses avant-bras doux et blancs comme craie, et le rêve de la voir s'affairer à Neshov, enceinte, et d'entendre son accent chantant du Nord.

Le père avait lui-même fait du feu dans le salon et s'y était installé. Il lisait *La Nation*. Il avait donc réussi à aller chercher seul le journal dans la boîte aux lettres, et même à allumer le feu ensuite. Il avait son horrible gilet de laine, sale, troué aux coudes, et une barbe de plusieurs jours. Il ne se rasait plus apparemment. Des poils drus, blancs, inégaux, poussaient sur ses mâchoires et jusqu'au-dessus de ses joues, des poils brun foncé et luisants lui sortaient du nez et des oreilles. Il réalisa tout à coup que son père était désormais à peu près aussi vieux que le grand-père Tallak à sa mort, néanmoins il se souvenait du grand-père comme extrêmement enjoué et jeune, en comparaison avec l'allure misérable du père. Si seulement le grand-père avait été là maintenant, avec sa voix claire, chacun de ses gestes affichant la détermination, il aurait su les tranquilliser. Il aurait dit ce que Tor pensait lui-même, qu'elle serait bientôt de nouveau sur pied, qu'elle était forte comme un cheval fjord.

Tallak... Il ressentit une soudaine pointe de nostalgie, mais il se reprit aussitôt. Pourquoi diable lui manquerait-il à ce moment précis, et après tant d'années ? Tallak, c'était le passé, la génération précédente. Pourtant il gardait un souvenir incroyablement vivace de son grand-père. Non seulement de l'homme lui-même, mais aussi de l'ambiance qu'il créait autour de lui, la témérité, l'optimisme, la foi en l'avenir, pourvu qu'on en veuille, de tout son cœur. Il se le

La Terre des mensonges

représenta, assis à la table de la cuisine, scrutant avec enthousiasme le ciel matinal tandis qu'un morceau de sucre se bonifiait dans un peu de café dans la soucoupe, les poils de ses sourcils frémissant au-dessus de son regard, et le lapement appuyé quand les arêtes du sucre se désagrégeaient et qu'il était « mûr », comme disait le grand-père.

Le thermomètre extérieur indiquait moins deux, la neige allait tenir, peut-être faudrait-il déblayer tous les jours pendant des semaines, il avait hâte d'entendre la météo. En garant la Volvo, il avait prévu de prendre un café pour commencer, puis de lire *La Nation*. C'était le seul luxe que lui avait concédé sa mère, ils n'étaient même pas abonnés au quotidien local, et ils n'achetaient rien d'autre, pas même des magazines. *Le Journal de l'agriculteur* leur arrivait une fois par semaine, mais c'était parce qu'ils étaient membres de l'Association des agriculteurs norvégiens. *La Nation* leur coûtait de l'argent, mais elle estimait qu'ils devaient se tenir au courant de la politique agricole, les circulaires envoyées par Norsvin ne suffisaient pas. Non, il fallait suivre les négociations de l'OMC, les débats concernant l'Union européenne et les prix de la viande. En outre, c'était amusant de lire les articles consacrés à des paysans qui avaient des exploitations différentes de la leur, avec d'autres animaux, qui expérimentaient l'élevage des autruches et des lamas, ou la production du lait de jument. Il alla dans le salon. Le père, immobile, le journal entre les mains, ne leva pas les yeux.

– C'est le mien, dit Tor en le lui arrachant.

Le père laissa ses mains retomber sur ses genoux et détourna le regard.

La Terre des mensonges

— Tu n'as rien à faire ? demanda Tor. On n'est pas dimanche.

Il avait réalisé pendant la nuit que, du fait que c'était la mère qui avait l'habitude de lui dire à quoi il devait s'occuper, il se croyait sans doute en vacances. Des vacances de Noël anticipées. Pas une seule fois depuis son hospitalisation il n'avait demandé comment elle allait.

Il referma la porte de la cuisine derrière lui. La cuisinière n'était pas allumée et la bassine à bûches était vide. Il rouvrit la porte.

— Il n'y a pas de bois ici.

Et il la claqua une nouvelle fois. Le vieux pouvait sortir par l'autre côté, il n'avait pas envie de le voir marcher à pas feutrés, le dos voûté, de l'entendre se racler la gorge et renifler, il avait toujours une goutte de liquide clair qui lui pendait au bout du nez. Comment ferait-il pour rester seul avec lui, si elle ne se remettait pas bientôt ? Il jeta le journal sur la table, alluma la radio, mit de l'eau à chauffer, se coupa deux tartines, évita de justesse de s'entailler l'index gauche, le couteau rencontra l'ongle, et son cœur battit si fort qu'il le ressentit jusque dans les dents. Si le père n'habitait pas là, s'il n'existait pas, il aurait pu poser le sac rouge vif sur le plan de travail, mettre la bouteille de whisky au frigo, placer les cadeaux sur un fauteuil dans le salon, être lui-même, se détendre, peut-être prendre un vrai bain, profiter au mieux de l'absence de sa mère. Il jura tout bas en coupant une fine tranche de fromage, il y avait du moisi dessus.

La mère avait coutume de dire que le moisi était bon pour la santé, elle le mettait presque au rang de la pénicilline, on gardait la forme en mangeant du fromage moisi.

La Terre des mensonges

Mais le plus écœurant, c'était qu'il devenait mou et pois-
seux en surface en moisissant. Cependant il n'allait pas la
défier en son absence. En tout cas pas maintenant. Erlend
allait la voir aujourd'hui. S'en rendrait-elle compte ? Serait-
elle contente sans pouvoir le montrer, exactement comme
avec Torunn ? Pas si mal, en définitive, que Torunn
reparte, cela lui éviterait de voir Erlend. Il ne lui avait rien
dit à propos d'Erlend, n'avait pas mentionné comment il
était. Comme elle ne le rencontrerait pas, lui-même éviterait de recevoir un nouveau savon de sa part, pour avoir
omis certaines choses, ne pas lui avoir appris toute la vérité.
Oui, au fond il était préférable qu'elle reparte. Il devait
loger au même hôtel qu'elle, mais même s'ils se croisaient
dans un couloir, lui en allant à sa chambre et elle en quit-
tant la sienne, ils ne sauraient ni l'un ni l'autre qui ils
étaient. De toute façon Torunn était sûrement habituée à
ce genre d'individus, elle vivait à Oslo et ils grouillaient
là-bas, car il regardait la télé, savait comment c'était à Oslo.
Là-bas ils s'en vantaient, ils n'avaient même pas honte, ils
se pomponnaient et flirtaient ensemble, faisaient semblant
d'être normaux. Que de moqueries il avait subies quand sa
mère attendait Erlend ! Elle venait tout juste d'avoir
quarante ans lorsque son ventre commença à grossir, une
aussi vieille bonne femme qu'elle ne devait pas être
enceinte, il fut la risée des autres à l'école. Chaque fois
qu'elle cambrait le dos et se tenait les reins d'une main, la
vue de son ventre protubérant lui donnait envie de vomir.
Il ne comprenait pas. Leur père qu'elle détestait, ce n'était
pas possible, et pourtant c'était un fait, que s'était-il passé
dans sa chambre à coucher ? Ils faisaient chambre à part,
était-il venu la voir la nuit, à pas de loup ? Le parquet du

La Terre des mensonges

couloir craquait, il aurait dû l'entendre, ou bien cela s'était passé de grand matin, quand il dormait du plus lourd et du plus profond sommeil, voilà comment il imaginait alors la façon dont c'était arrivé. Mais le père pieds nus, à pas de loup... il n'y avait pas moyen de se l'imaginer. Dire qu'elle n'avait pas fui à sa vue ! Au lieu de ça, elle l'avait accueilli.

Il ingurgita les tranches de pain en feuilletant *La Nation* sans en retenir un mot. Est-ce qu'Erlend viendrait ici ? Non, pour quoi faire, quel besoin aurait-il de venir ? Mais dire qu'il revenait ! Rien que ça. Et là, juste avant Noël.

La porte s'ouvrit. Le père entra péniblement, tenant de son bras gauche une grosse pile de bûches fendues. Il alla droit vers la bassine en zinc et y déposa sa charge. Deux bûches roulèrent par terre. Il les ramassa consciencieusement, regagna le salon et ferma sans bruit la porte derrière lui.

Il y avait de la neige partout. Les chasse-neige, en colonne, attendaient qu'on les envoie sur la piste avant le passage d'un avion. Heureusement qu'il avait pris ses boots au moment de partir, alors que ça lui paraissait absurde de les mettre à Copenhague sous une pluie battante.

La seule chose qu'il reconnut, ce fut la vue sur Tautra et les montagnes de Fosen au-delà du fjord. L'aéroport était nouveau, l'autoroute qui menait en ville était nouvelle et tracée beaucoup plus haut, et quand le bus approcha du centre, ils traversèrent un tout nouveau quartier. Sur le vaste secteur où étaient jadis implantés les Ateliers Mécaniques de Trondheim, se dressaient désormais des rangées d'immeubles chics, avec des bougies de Noël à toutes les fenêtres et des guirlandes électriques entortillées autour des balcons enneigés.

– Hôtel *Solsiden*, dit le chauffeur d'une voix monotone au micro.

Solsiden, côté ensoleillé. Les gens du Trøndelag ne changeraient jamais. Mais ça avait un caractère sympathique, une innocence qui prêtait à sourire. Ils n'avaient aucune retenue. S'ils trouvaient quelque chose attrayant, ils le

La Terre des mensonges

mettaient en valeur par son nom. Exactement comme avec le *Royal Garden*. Il était en construction à l'époque où il avait quitté la ville, et il y avait eu tout un débat à propos de ce nom. L'hôtel devait être un palais de verre et de lumière qui se réfléchirait dans la Nid, avec des espaces ouverts à l'intérieur, des jardins botaniques comme on n'en avait jamais vu auparavant à Trondheim, tout comme le nom de l'hôtel, aussi peu norvégien qu'on puisse imaginer. « Jardin royal ». En anglais, qui plus est.

Il avait la gueule de bois, le corps engourdi, la sensation d'avoir encore le visage bouffi après les pleurs de la nuit. Il aurait volontiers mis des lunettes de soleil, mais il faisait déjà trop sombre dehors et il n'aurait pas manqué d'attirer l'attention. Personne ne l'attendait à l'aéroport et Krumme lui manquait déjà, il regrettait de lui avoir interdit de l'accompagner. Krumme n'avait pas le temps non plus, c'était la pure folie à la rédaction du journal, impossible de se libérer sauf en cas de décès, or elle n'était sans doute pas encore morte. La ville était belle dans l'obscurité, rien dont on puisse avoir honte. Krumme aurait adoré. Qu'aurait-il fait sans cet homme-là ? Les invités avaient été effarés lorsqu'il s'était subitement mis à pleurer après le troisième cognac, il n'aurait pas dû boire autant, il était simplement soulagé que la soirée d'avant-Noël ait été un succès et que ses obligations d'hôte prennent fin, il ne restait plus qu'à boire, bavarder, rire et attendre Noël. La selle d'agneau de Krumme s'était avérée un petit miracle et les tartes aux pommes meringuées avaient le goût des nuages d'été. Et la table, pour ne mentionner qu'elle, était de celles qu'on ne voyait que dans les magazines de décoration et qu'on ne

La Terre des mensonges

croyait jamais pouvoir réaliser soi-même, et il y était parvenu.

C'était une sorte de décompression. Dîner réussi et l'idée que sa mère allait bientôt mourir. Ce n'était pas une bonne combinaison, mais il y avait le cognac. Et quand il s'était mis à sangloter, hoquetant et gémissant au point qu'il se rendait lui-même compte combien c'était idiot, Krumme l'avait heureusement emmené dans l'entrée. La crèche y était encore et ça n'avait pas arrangé les choses. Dire qu'il n'avait jamais appris qu'il ne fallait pas trop boire lorsqu'on broyait un peu de noir. Il fallait faire un tour, s'emplir les poumons d'air frais, mais ne pas sombrer dans une ivresse pathétique avec des gens qu'on aimait. Et c'était ça, Noël, aussi, tout ce bonheur. Cela pouvait être trop pour un seul homme d'être aussi comblé à la fois.

L'hôtel n'était pas aussi extraordinaire, même s'il comprenait bien qu'il avait dû faire fureur vingt ans plus tôt. Mais Krumme et lui étaient allés à Dubaï. Après l'hôtel *Burj Al Arab* de Dubaï, tout faisait pâle figure.

Le décor de la réception était bien trop chargé, ils n'avaient sans doute pas entendu parler du minimalisme dans la petite ville de Trondheim. Il n'avait pas non plus l'intention de le leur expliquer, il était là en tant que client et n'avait pas prévu de laisser des traces derrière lui. Lorsqu'il prit possession de sa chambre, on lui remit en même temps que la carte-clé magnétique un petit bout de papier plié avec un numéro de téléphone. Un numéro de portable. À peine entré dans sa chambre, il se précipita vers la salle de bains et le miroir. Il avait encore le visage bouffi, autour des yeux et les joues. Les commissures des lèvres

La Terre des mensonges

étaient un peu marquées aussi, quelle idée de pleurer au point d'avoir les coins de la bouche enflés. Il sortit la trousse de toilette de sa valise, versa de l'eau glacée sur la serviette et l'apposa à plusieurs reprises sur sa figure jusqu'à ce qu'il n'ait presque plus de souffle. Après quoi il se massa la peau avec une crème régénérante sans parfum, rafraîchit l'étroite ligne de kajal sous ses yeux, se remit du gel dans les cheveux et se les ébouriffa bien avant de les façonner sur le dessus et de ramener le toupet sur son front. Il téléphona à Krumme à son travail pour lui dire qu'il était bien arrivé.

– C'était bête de ma part de faire le voyage, je n'y étais pas obligé. Mais tu sais combien je peux être impulsif.

Krumme répondit en riant qu'il l'aimait et lui rappela que ce n'était pas un coup de tête, mais qu'il avait fait de nécessité vertu, et Erlend se sentit mal à l'aise à nouveau en pensant à tout ce qu'il avait révélé de son enfance pendant la nuit, blotti dans les bras de Krumme, à geindre et à pleurer. Krumme lui rappela qu'il avait un avion pour rentrer le lendemain, que tout reprendrait bientôt son cours normal et qu'il n'aurait pas ensuite à se reprocher de ne pas s'être rendu auprès de sa mère à l'article de la mort.

Krumme lui dit exactement ce qu'il fallait et, dès qu'il raccrocha, il alla droit au minibar, où il trouva une bouteille ridiculement petite de Freixenet qu'il but d'un trait. Le mousseux était glacé, et c'était le seul point positif, car il était bien trop doux. Il composa le numéro sur le bout de papier et s'attendit à entendre la voix de Margido. Il devait avoir un portable puisqu'il dirigeait une entreprise de pompes funèbres, c'était une activité qu'on pouvait vraiment qualifier d'itinérante. Mais ce fut une femme qui répondit, dès la première sonnerie.

La Terre des mensonges

– Bonjour, c'est Torunn, dit-elle.
– Mon Dieu, Torunn ! C'est toi ? Ça alors ! Où es-tu ?
Elle était au *Royal Garden.*
– Moi aussi !
Elle le savait, puisqu'il avait reçu son bout de papier. En fait elle aurait dû repartir aujourd'hui, mais comme elle n'avait pas pu avoir de vol avant demain. Alors elle s'était dit que peut-être...
– Moi aussi je repars demain. Ça tombe très bien ! Et dire que j'ignorais ton existence !
Elle se tut.
– J'ai dit quelque chose de mal ? Désolé, je ne voulais pas... Je devrais tourner ma langue sept fois dans ma bouche avant de parler. Mais je n'y peux rien, je suis comme ça.
Elle répondit que ça allait, qu'elle était seulement un peu étonnée. Elle ne dit pas ce qui l'étonnait, elle lui demanda à la place à quel moment il irait voir sa mère.
– Oh ça... n'importe quand. Plus vite ce sera fait, mieux ça vaudra.
Elle éclata de rire. Il l'aimait bien. Il savait d'instinct qu'il l'aimait bien, et pourtant il ignorait si elle était puritaine ou mère de dix enfants, avec une prédilection pour les cordons de sonnette brodés et les bâtonnets de poisson pané.
– Écoute ! reprit-il. Je prends tout de suite un taxi pour l'hôpital, et puis on se retrouvera au bar, disons à... sept heures et demie ? On pourra dîner ensemble ?
Il entendit qu'elle hésitait à répondre, avant qu'elle ne se propose plutôt d'aller acheter quelque chose pour eux deux au *Burger King* et de manger dans une de leurs chambres.

La Terre des mensonges

– De la junk food ? Mon Dieu, je n'en mange plus du
tout, c'est extrêmement malsain ! D'accord ! Le plus gros
cheeseburger qu'ils auront. Et plein de frites ! Je comman-
derai la boisson en room service ! C'est moi qui l'offre. Tu
n'auras qu'à venir ici. Chambre 413. Sept heures et demie ?

À l'hôpital aussi tout avait changé. Il devait s'agrandir,
d'après ce qu'il avait compris. C'était gigantesque. Il se
souvenait d'y être allé pour se faire enlever les amygdales,
six mois avant son service militaire. Ils l'avaient déclaré
inapte au combat, mais apte au travail, quand il s'était
présenté. Non pas parce qu'il n'avait plus d'amygdales, mais
parce qu'il était homo. Et lui qui s'était fait une joie des
douches en commun et des camarades du genre gros durs.
Au lieu de ça, il avait passé un an derrière un bureau au
camp militaire de Persaunet, à attacher des trombones
ensemble pour en faire des mètres de chaînes. Il se souvenait soudain d'un tas de choses. Avant que le taxi ne s'arrête
devant le bâtiment principal, il cracha sur son majeur et ôta
le kajal en frottant.

Margido était assis. Il ne le reconnut pas tout de suite.
Il avait beaucoup vieilli. Il était grisonnant à la façon dont
certains le devenaient pour se fondre dans la masse. Et il
avait beaucoup grossi. Il se leva et fit le tour du lit.
– Erlend, dit-il.
– Salut, toi !
Ils se serrèrent la main en tremblant un peu, Margido
retourna s'asseoir.
Elle était là, couchée. Une étrangère. Il ne l'aurait jamais
reconnue. Sans son foulard, en plus. Il s'approcha jusqu'à

234

La Terre des mensonges

son chevet, elle respirait la bouche ouverte. Elle avait le visage tordu. Elle dormait.

— Comment va-t-elle ? chuchota-t-il.

— Tu n'as pas besoin de chuchoter, on ne va pas la réveiller.

— Jamais ?

— Jamais plus, tu veux dire ?

— Oui.

— Non, je ne sais pas comment elle va, en fait. Si elle avait été jeune, les médecins lui auraient fait des centaines d'examens. Mais ils disent que son état est stationnaire, et apparemment c'est son cœur qui flanche maintenant, il n'est pas bien costaud.

— Usé, sans doute.

— Oui.

— Papa vit toujours ?

— Oui.

— Il habite encore à la ferme ?

— Oui. Avec Tor. Et maman, bien sûr. Jusqu'à ce qu'elle...

Erlend s'assit sur la chaise libre. Dehors il neigeait, ce dont normalement il se serait réjoui. Il regarda la main de sa mère et s'aperçut soudain qu'il la reconnaissait, bien qu'elle ait vingt ans de plus. Ses ongles, la manière dont ils étaient courbés au bout, leur éclat, même s'ils paraissaient plus bleus. Mais ils brillaient toujours, quoiqu'elle n'y fasse rien, ne les nettoie ni ne les vernisse. Il glissa le bout de ses doigts sous les siens, ils étaient glacés.

— Si on lui mettait les mains sous la couette ? suggéra-t-il.

— Pas les deux en tout cas, elle est accrochée par ici.

La Terre des mensonges

Un tuyau transparent partait du dos de sa main et montait vers une poche suspendue à une potence.

– Perfusion, dit Margido.

– On peut lui rentrer celle-ci quand même. Elle a froid.

Son bras était un poids mort, lourd. En soulevant la couette, il regretta son initiative, il n'avait aucun droit de la prendre. Si elle se réveillait, elle serait furieuse qu'il revienne vingt ans plus tard pour la commander.

– Et toi, alors ? demanda Margido.

– Moi ? Ça va très bien. Je suis décorateur de vitrines. Maintenant je ne fais plus que les plus chics, je suis bien connu sur la place.

Il éprouvait un réel besoin de se vanter. Il était peut-être, en définitive, celui qui avait le mieux réussi de tous. Et Margido aurait bien pu aller le chercher à l'aéroport.

– J'habite en plein centre de Copenhague. Dans un sublime appartement mansardé, ajouta-t-il.

– Tu es toujours le même.

– Vraiment ?

– Je suppose que tu n'es pas marié, avec des enfants ?

– Je n'ai pas d'enfants, mais je suis pratiquement marié.

– Bon sang ! Je n'aurais jamais cru que…

– Avec un homme. Rédacteur en chef d'un grand journal.

– C'est bien ce que je pensais.

– Et toi ?

– J'ai une entreprise de pompes funèbres.

– Pas marié sinon…

– Non.

– Et Tor ?

– Il a une fille.

La Terre des mensonges

— Et je suis devenu oncle ! Tu te rends compte ? Et toi aussi. Mais tu le sais sans doute depuis toujours. Moi je n'étais qu'un petit mioche dans ce temps-là. Tard venu. Elle habite où ?

— À Oslo.

— Elle vient souvent ici ?

— C'est la première fois, à ma connaissance.

— Oh, Seigneur ! C'est vrai ? Oups. Excuse-moi ! J'ai oublié qu'on ne doit pas prononcer le nom de Dieu... à tort et à travers, hein ?

— Ne t'en fais pas. Oui, je crois que c'est la première fois qu'elle vient.

— Alors Tor n'a pas vraiment été « papa », si je puis dire.

— Pas vraiment, non. Il s'occupe de la ferme et ne fait pas grand-chose d'autre, je pense. Des cochons maintenant. Les vaches, c'est fini. Pas rentable.

— Il a agrandi, alors ?

Il ne voulait rien savoir sur la ferme et fut soulagé quand Margido se contenta de répondre :

— J'en doute.

Il ne savait pas quoi lui dire d'autre, treize ans de différence d'âge venaient s'ajouter à vingt ans de séparation, mais il fallait bien dire quelque chose, et il lança sans même réfléchir :

— Tu es sûrement très pris ces temps-ci, à l'approche de Noël.

— Comment ça ?

— Les gens meurent, non... ? Ils ne meurent pas plus souvent au moment des fêtes ?

La Terre des mensonges

Il ignorait si Margido avait de l'affection pour elle, ou bien s'il se trouvait là par obligation. Mais Margido répondit :

– C'est vrai. Je ne sais pas ce qui fait ça. L'année dernière j'ai dû me déplacer à domicile le soir même de Noël. Un père de trois enfants d'à peine plus de quarante ans, tombé raide mort, alors qu'il était costumé en père Noël.

Il dut se retenir de rire. À la place, il essaya de lire ce qui était écrit sur la poche en plastique d'où s'écoulait le goutte-à-goutte, mais elle était accrochée trop haut.

– Il n'a même pas eu le temps de distribuer les cadeaux, reprit Margido. Avant de casser sa pipe.

Il s'efforça de ne pas se représenter un père Noël mort, la barbe de travers, enterré sous une montagne de cadeaux non ouverts, joliment enrubannés. Il ne devait absolument pas rire, il déclara :

– Sais-tu où on peut avoir quelque chose à boire par ici ?

– Il y a du jus de fruits sur un chariot dans le couloir. Tu parles différemment. Tu as presque perdu l'accent du Trøndelag. Pour ça tu n'es plus le même !

– C'est ce qui arrive, tu sais. Quand on n'habite plus dans sa région.

Une fois que Margido fut parti et qu'il crut que son départ le soulagerait mais rien n'y fit. Il eut des frissons à la pensée d'être seul avec elle. Il observa son visage, chaque ride, les poils qui dépassaient de son menton, ses cheveux gris et aplatis sur son crâne. Ses paupières frémirent, elles étaient quadrillées de petits vaisseaux. Il se prit à imaginer qu'elle faisait semblant. Jouait la comédie pour le visage

238

La Terre des mensonges

tordu, l'attaque cérébrale. Et si elle se levait soudain comme Glenn Close à la fin de *Liaison fatale*. Il en mourrait d'effroi sur-le-champ. Torunn aurait dû l'accompagner, pourquoi ne le lui avait-il pas proposé ? Ils auraient été deux. À venir pratiquement pour la première fois.

– Eh oui, maman, c'est comme ça. Je me suis dit que j'allais venir. J'ai pris l'avion à Copenhague cet après-midi. Il est arrivé à l'heure, mais il n'y avait pas un chat à m'attendre. Tu es réveillée ? Je dois te saluer de la part de Krumme. Tu l'aurais bien aimé, mais tu n'aurais jamais accepté de le rencontrer. Ça, c'est quand même dommage. Tu croyais simplement que je faisais des manières, hein ? Bien que je sois né comme ça. En fait c'est de ta faute. Une histoire de chromosomes, les tiens et ceux du demeuré. Tu aurais dû le savoir. Tu te rappelles Asgeir, à la coopérative ? Je l'ai sucé dans l'arrière-boutique quand j'avais seize ans, il avait quatre mômes et siégeait au conseil paroissial. Tu l'appréciais tellement, il mettait des produits périmés de côté pour toi. Et moi, accroupi, j'ai sucé sa maigre bite jusqu'à ce qu'il chancelle de bonheur. Je l'ai fait à Neshov aussi une fois, dans la grange, pendant que tu étais dans la cuisine à lui faire du café, il était venu acheter des fraises. Il a aspergé une botte de foin, il faut dire que je n'ai jamais avalé, même pas avec Krumme, il y en a qui aiment ça, d'autres pas, tu es réveillée ? Tu ne peux pas te réveiller pour que je donne d'autres détails croustillants ?

La porte s'ouvrit. Et avec l'homme arrivèrent les odeurs. C'était toute la ferme qui débarquait dans la chambre, même si l'odeur était un peu différente de celle qu'il avait connue. Des cochons maintenant, pas des vaches, avait

La Terre des mensonges

expliqué Margido. Une odeur plus aigre, mais qui ne laissait aucun doute.

– Tor ! s'écria-t-il.

– Tiens, te voilà ! Mais reste assis !

– Je... je croyais qu'elle allait se réveiller. Et puis...

– Je ne peux pas rester longtemps. Je voulais juste la voir.

– Et me voir aussi, peut-être ? Tu savais bien que je devais venir ?

– Oui, oui. Torunn me l'a dit.

Ils se serrèrent la main et il prit la place que Margido occupait avant. Il était sale et négligé, tombé plus bas que terre. Heureusement que Krumme n'assistait pas à ça ! Son grand frère. On aurait dit un mendiant et il puait l'ancien temps oublié.

– Je vais la rencontrer tout à l'heure.

– Torunn ? Tu vas rencontrer Torunn ? fit Tor en le perçant du regard.

– Oui. Qu'y a-t-il de si étrange à ça ?

– Mais elle devait repartir aujourd'hui !

Pour quelle raison s'énervait-il ? Il ouvrit brutalement son parka, faisant vibrer les boutons-pressions, et laissa apparaître un chandail tout taché. Le menton en l'air, il levait les sourcils jusqu'au sommet de son front.

– Elle n'a pas eu de place dans l'avion. À ce qu'elle m'a dit. Obligée d'attendre demain pour rentrer. Moi aussi je rentre demain, d'ailleurs.

Tor s'affaissa sur sa chaise.

– Elle a dû m'appeler pendant que j'étais à la porcherie, alors. Pour me le dire, murmura-t-il.

La Terre des mensonges

Il baissa la tête et regarda ses mains. En fait il ne s'était pas préoccupé de sa mère depuis qu'il était entré.

— Elle a l'air gravement atteinte.

— Mais non, rétorqua-t-il en lui lançant un bref regard avant de lever les yeux vers la poche sur sa potence.

— Pourtant Margido a dit que…

— Il était là quand tu es arrivé ?

— Oui. Et il a dit que…

— Margido voit toujours tout en noir, tu le sais bien.

Non, il ne le savait pas. Mais vu le métier qu'il exerçait, c'était sûrement vrai.

— C'est son cœur maintenant, d'après les médecins.

— Oui, oui, fit Tor. Ils font toute une histoire de son cœur. Mais sinon elle est en forme. Elle va se remettre. Si seulement elle pouvait se réveiller.

— Qu'est-ce qui s'est passé exactement ? Quand elle a été hospitalisée.

— Eh bien, elle… ne se sentait pas très bien. Elle a passé la journée au lit. Elle n'avait pas grand faim non plus. Elle avait froid. Et tout à coup elle a été incapable de parler. Elle disait seulement « ga, ga ».

— « Ga, ga » ?

— Oui, c'est ce que j'ai cru entendre. On aurait dit qu'elle essayait de dire quelque chose, mais qu'elle n'y arrivait pas. C'était…

Tor se tut, secoua la tête à plusieurs reprises, joignit les mains. Elles étaient sales, pourtant il venait sans doute de les laver.

— Tu t'es lancé dans les porcs, il paraît.

— C'est Margido qui t'a dit ça ? Il ne sait rien de mes bêtes.

La Terre des mensonges

– Mais il me l'a dit, en tout cas.

– Est-ce que Torunn a parlé de venir ici demain ? Je pense venir faire un tour dans la matinée.

– Je ne suis pas au courant de ce qu'elle compte faire, si ce n'est qu'elle reprend l'avion. En fait je ne la connais pas. Je l'ai seulement eue au téléphone, j'ignorais jusqu'à son existence ! Et ça, vraiment, c'est…

– Je vais l'appeler. Elle… elle m'a offert des cadeaux de Noël.

Ils regardèrent leur mère en silence. L'odeur de porcherie se répandit dans la chambre, l'emplit au maximum.

– Elle a bougé le bras ! s'écria Tor soudain, tout haut, en se levant à moitié de sa chaise. Et je ne l'ai même pas remarqué tout de suite !

– C'est moi qui l'ai glissé sous la couette, elle avait les doigts glacés.

Au moment de partir, Tor lui prit la main, lui souhaita un bon Noël et ajouta :

– Tu es sûr que tu ne veux pas rester plus longtemps ? Au cas où elle se réveille ?

– Je voulais seulement la voir. Je repasserai peut-être par ici demain, avant mon départ.

– Ici ?

– Où, sinon ?

Quand Tor fut parti, il alla droit à la fenêtre pour l'ouvrir, mais elle ne s'ouvrait pas. Au lieu de cela, il ouvrit en grand la porte de la petite salle d'eau, mais ne trouva nulle part de bouton pour mettre un ventilateur en marche. Il était presque sept heures.

La Terre des mensonges

– Bon, je crois qu'il va falloir que je me sauve, maman.
J'ai rendez-vous avec ta petite-fille, en fait. Et puis j'ai franchement la gueule de bois et j'envisage de prendre une
biture pour retarder le retour sur terre. Pour ça, j'attends
d'être rentré. Salut ! Trou du cul !

Il y avait une épaisse couche de neige sur le parapet du
pont Elgeseter. Il en fit tomber une bonne quantité dans
les eaux noires de la rivière, la neige s'y dissolvait aussitôt
et se fondait immédiatement au noir. Il eut l'onglée, il avait
oublié de prendre ses gants. Il s'accouda au parapet à
l'endroit où il avait dégagé la neige et suivit le cours de la
rivière des yeux. La côte qui montait à la forteresse de Kris-
tiansten scintillait de lumières sur fond blanc. Il ne neigeait
plus mais de gros nuages arrivaient du fjord, colorés en
jaune moutarde par les lumières de la ville, laissant entre-
voir par endroits des trouées de ciel noir étoilé. La circulation était dense sur le pont, les bus débordaient de
publicité. Il n'y en avait pas sur les bus quand il avait quitté
la ville, ils étaient rouge foncé à cette époque-là. Mais la
cathédrale n'avait pas changé, peut-être un peu plus éclairée
maintenant qu'avant. Une ambulance arriva toute sirène
hurlante en direction de l'hôpital, les voitures serrèrent à
droite pour la laisser passer, deux jeunes filles déambulèrent
derrière lui, bras dessus, bras dessous, en bavardant tout
bas. Il enfonça les mains dans les poches de son manteau, il
devait se dépêcher, il avait faim. Il se demanda soudain si
dans ce pays on servait de l'alcool dans les chambres.

En parlant avec lui au téléphone, elle avait cru que c'était l'accent de Copenhague qu'elle entendait dans sa voix, mais lorsqu'il ouvrit la porte, elle comprit tout de suite, quand il leva les bras en l'air de manière théâtrale en criant :

— Torunn !

Elle le laissa l'embrasser, en écartant les sacs du *Burger King*.

— Alors, que je te regarde bien ! poursuivit-il.

Il la prit par les épaules et la dévisagea les bras tendus.

— Mais tu ne ressembles à personne ! Tu es sûre que Tor...

— C'est ce qu'ils prétendent. Aussi bien ma mère que lui.

— Entre donc ! Ne reste pas plantée là ! Je vais bientôt mourir de faim. Aimes-tu le vin rouge ?

— Pas vraiment. Une bière plutôt.

— Parfait. Je n'ai fait monter que deux bouteilles et il y en a déjà une qui est à moitié vide. J'aurais pu en acheter en duty-free à l'aéroport de Kastrup, mais j'avais la tête complètement ailleurs, et en plus, j'avais une telle gueule de bois ce matin que je croyais ne jamais reboire une goutte d'alcool de ma vie. On peut se tromper, hein ? Mais tu

La Terre des mensonges

prendras un petit verre avec ta bière, non ? Aimes-tu le Gammel Dansk ?

– Mais oui.

– J'en demande une demi-bouteille alors. On peut avoir de l'alcool aussi, j'ai vérifié, au cas où j'aurais envie d'un cognac plus tard.

– Ça ne va pas coûter drôlement cher ?

– Il faut fêter ça !

– Vraiment ?

– Bien sûr !

Il lui était impossible d'imaginer cet homme-là à Neshov, dans la cuisine, petit garçon encore chancelant dans la cour de la ferme, de se le représenter à côté de Tor ou de Margido, ou bien comme adolescent dans une étable. Il avait les cheveux teints en noir, presque bleus, une pierre précieuse transparente à un lobe d'oreille, sûrement un diamant, car il portait apparemment des habits luxueux. Il lui trouva une pils.

Devant la fenêtre deux fauteuils à oreilles bleu roi étaient séparés par une petite table, ils ouvrirent les sacs du *Burger King* et y déposèrent le contenu, puis ils trinquèrent. Erlend gémit et ferma les yeux en plantant les dents dans le hamburger. Tout en mâchant encore, il déclara :

– Je ne me rappelle plus quand j'ai mangé ce genre de chose pour la dernière fois, c'est une idée géniale ! Mais il ne faut pas parler la bouche pleine !

– Moi, j'en mange beaucoup trop. Je me déplace beaucoup et comme je vis seule…

– Ça fait longtemps ?

La Terre des mensonges

— Six mois seulement. J'ai mis mon compagnon à la porte cet été, après qu'une fille m'a téléphoné pour me demander pourquoi je menaçais de me flinguer s'il me quittait.

— Un beau salaud, autrement dit. Depuis combien de temps est-ce qu'il fréquentait cette fille-là ?

— Presque un an.

— Et il se servait de toi comme excuse pour éviter de faire son choix. Les hommes... Il ne sait même pas que les femmes ne se flinguent jamais, mais qu'elles avalent des barbituriques.

— Exactement.

— D'ailleurs tu n'as pas l'air du genre à te suicider. Je suis fin psychologue. C'est le cas de presque tous les homos. On a une vision radioscopique de l'âme humaine. Sans doute parce qu'on est si sensible au langage du corps, qu'on comprend à demi-mot les sous-entendus.

— Moi, je ne suis pas comme ça. Pas avec les gens, en tout cas. Avec les chiens, par contre...

— Qu'est-ce que tu fais dans la vie ? Ton gagne-pain ? Eh oui, il faut bien qu'on commence quelque part si on veut faire connaissance ! Il faut qu'on se fasse un interrogatoire poussé. À ta santé, petite nièce ! Et bienvenue dans la famille !

Il posait les questions, elle répondait, il aimait bien parler, avec des grands gestes et des grands mots, elle se demandait si c'était naturel ou affecté, s'il était superficiel ou absolument sincère, voire si au fond c'était contradictoire. Elle sentait que le courant passait bien avec lui, par rapport à Margido, ou même à son père d'ailleurs. Et pas du tout avec la vieille sur son lit d'hôpital.

— Margido ne m'aime pas, dit-elle.

— Tu te fais sûrement des idées. Il est assez réservé, il a toujours été comme ça. Chrétien, tu sais. Et les chrétiens ont le monopole quand il s'agit de définir la réalité.

Il lui sourit. Ils étaient parents. Partageaient une bonne dose d'ADN. Le sang était plus épais que l'eau, ils étaient liés par les liens du sang. Il avait déjà bu la première bouteille de vin. Le snaps, qu'on avait livré à la porte, la réchauffait, l'amenait de plus en plus au bord des larmes, mais elle ne voulait pas pleurer, elle voulait fêter. Et puis il y avait tellement de choses qui l'intriguaient, et lui, il était en mesure de la renseigner. Or ils repartiraient chacun de leur côté dès le lendemain.

— Il a dit que la ferme n'a jamais été mise au nom de Tor, de mon père.

— Il aura trouvé que c'était le bon moment pour le dire. Puisque maman va mourir. Mais il a raison. Si la ferme avait été mise à son nom, même moi on m'aurait averti. On est deux de plus. Il y a des papiers à signer et tout ça.

— De quoi Margido et toi hériterez-vous alors ?

— Bah, qu'est-ce qu'il y a à hériter ? Dix hectares de terres cultivables il y a vingt ans de ça, je doute qu'il y en ait davantage aujourd'hui. Mais ça ne rapporte pas, donc si Margido et moi, ou simplement l'un de nous, exigeons une forme quelconque d'héritage, c'en est fini de la ferme. Tor ne peut pas se permettre de s'endetter, ça me paraît impossible, à moins qu'il ait gagné au Loto et caché le magot sous son matelas. Mais Tor ne m'a rien fait, je ne veux pas lui porter préjudice. Moi, j'ai assez d'argent. Laissons-le

La Terre des mensonges

s'occuper de ses cochons et garder la ferme encore quelques années, jusqu'à ce qu'il n'en puisse plus.

— Oui, mais Margido ? Si lui, il...

— Il a beau être chrétien, je ne crois pas qu'il mettrait Tor à la rue en le chassant de la ferme. Où est-ce qu'ils iraient... les deux, là ? Si la ferme n'a pas été mise à son nom, c'est maman qui est responsable plus que tout autre. Je refuse de croire que Margido exigera sa part une fois qu'il réalisera les conséquences. Il n'est pas dans le besoin. Ça rapporte, les morts.

Il ricana et ajouta :

— Mais il est peut-être temps de le lui faire remarquer, et à Tor aussi. Juste au cas où la vieille s'en irait. Pour qu'on soit d'accord. Peut-être que Tor ne dort pas la nuit, qu'il croit qu'il va devoir vivre en appartement à Spongdal.

— Je ne comprends pas vraiment que ce soit ta mère qui... que si elle vit ou elle meurt... C'est bien ton père qui possède la ferme ?

— Sur le papier, oui, ma chérie. Mais il ne comprend rien à rien. D'aussi loin que je me souvienne, il n'a jamais fait grand-chose, seulement les tâches qu'on lui demandait, sans protester.

Elle avala une bonne gorgée de snaps dans le verre à vin.

— Je ne l'ai pas du tout rencontré quand je suis allée là-bas, dit-elle. Il ne voulait pas de café non plus.

— Oublie-le pour l'instant ! On a quelque chose à fêter, Torunn !

— Ce n'est pas mes oignons, tout ça.

— Mais si, bien sûr. Car lorsque la ferme sera mise au nom de Tor, c'est toi qui en hériteras plus tard. Non ? Il me

249

La Terre des mensonges

semble bien. Je ne suis pas très fort en droit d'aînesse et d'héritage, etc., mais...

– Ça m'a l'air complètement insensé ! Si mon père meurt le lendemain de la mort de ta mère, alors tout serait à moi ? Non, ce n'est pas possible. Il faudra alors vendre la ferme et Margido et toi, vous vous partagerez la somme que vous en aurez obtenue.

– Le droit de propriété et de préemption héréditaire d'une ferme est une chose sérieuse, ma chérie. Mais il faut que tu fasses une formation. De fermière ! Bon, je ne sais pas. Tu as peut-être raison. Quoi qu'il en soit, il faut maintenant que la ferme soit mise au nom de Tor. Toute autre décision serait vachement injuste. Il a sué sang et eau dans cette ferme qu'il a exploitée toute sa vie !

– Je sais que maman n'était pas assez bien pour eux, mais pourquoi n'y en a-t-il pas eu d'autres qu'il aurait pu épouser ?

– J'ignore ce qui s'est passé au cours de ces vingt dernières années, mais... Maman voulait tout diriger elle-même. Quelle que soit l'impression que ta mère ait donnée, elle aurait dit non. Elle n'était pas du genre à faire des concessions. Elle voulait tout régir. Sauf du vivant du grand-père Tallak, toutefois. Elle écoutait toujours ce qu'il disait. Tout le monde l'écoutait. Il est mort quand j'avais dix-sept ans, et c'est exactement comme si... comme si...

Ses yeux s'embuèrent et il porta un doigt à l'un d'eux. Puis il se secoua le corps comme un chien et renifla longuement, d'un air tragique.

– Ah, il ne faut plus que je boive ! C'est ce vin ! Mais j'ai l'impression que toutes sortes de souvenirs me reviennent depuis que j'ai atterri à Vaernes. Et j'ai horreur de me

La Terre des mensonges

rappeler de choses que j'ai gentiment mises en boîte et rangées au grenier. Tu trouves que je suis un peu bête ? Pas comme tu imaginais l'oncle Erlend ? Krumme me manque. Pourquoi Krumme n'est-il pas venu ? C'est ma faute. Mais tu te rends compte, s'il avait vu... et senti Tor ! Bon sang, voilà que j'oublie que c'est ton père. Et je jacasse comme une pie. Allez, on boit !

– Parle-moi de Krumme, alors !

Elle pensa : Je n'ai jamais aimé personne aussi vite qu'Erlend. Elle profita de ce qu'il racontait pour rire, elle se sentait franchement ivre mais elle savait en même temps qu'elle en serait toujours persuadée le lendemain, une fois dessoûlée : jamais elle n'avait aimé quelqu'un aussi vite. C'était stupéfiant, il était presque comme un frère, ce frère qu'elle n'avait jamais eu. Il l'incluait, ne mettait pas un point d'interrogation à son existence ou à sa raison d'être. On pouvait lui faire confiance. Oui, c'était ça. Elle pouvait lui faire confiance. Même si jusqu'à présent elle avait eu peine à se situer, si elle avait cherché tant bien que mal à avancer droit, en fonction de la réalité des autres. Et voilà que soudain Erlend l'érigeait comme la fille de Tor, d'une manière dont son père lui-même n'avait pas réussi à le faire, bien qu'il l'ait emmenée dans sa porcherie et qu'il ait partagé ses joies avec elle.

Il était au milieu d'une longue histoire de manteau en cuir destiné à Krumme pour Noël, lorsqu'elle tendit la main par-dessus la table et la posa sur son bras. Il s'arrêta au beau milieu d'une phrase et lui lança un regard interrogateur.

– Merci infiniment ! dit-elle.

La Terre des mensonges

– Pourquoi ?

– Parce que… je ne sais pas exactement. Ah si ! Parce que tu as accepté de manger des hamburgers dans la chambre, sans protester. J'avais peur de te rencontrer, en fait, parmi des tas d'étrangers, peur de seulement… je ne sais pas. Il s'est passé tellement de choses.

Il vint s'accroupir devant elle et prit ses deux mains dans les siennes.

– Tu sais quoi ? murmura-t-il. À partir de maintenant… je suis ton oncle. Pour toujours ! Et Krumme est aussi devenu une sorte d'oncle, d'ailleurs. L'oncle Krumme. Tu viendras nous voir à Copenhague, tu n'imagines pas comment on fera la fête ! Une visite aux tontons ! Et puis on va te bichonner un peu, c'est moi qui m'en chargerai, Krumme n'est pas doué pour ça. On t'arrangera les cheveux, on t'achètera des vêtements… et personne n'ira baiser une autre nana pendant toute une année et prétendre qu'il ne peut pas te quitter parce que, sinon, tu avalerais une tonne de barbituriques.

Elle sentit les larmes lui couler sur les joues pendant qu'il parlait.

– Il a dit : se flinguer. Il ne savait même pas que…

– Se flinguer, avaler. On se fout des détails. Ce qui compte, c'est qu'on est tous les deux des gens normaux. Et Trondheim n'est pas l'endroit où… Oups ! J'ai oublié que tu habites à Oslo. Mais Oslo n'est pas non plus l'endroit, une sale petite bourgade. Copenhague, par contre…

– J'ai trouvé que c'était superbe à Bynes. Vraiment beau. La ferme a beau être délabrée…

– Ah bon ?

La Terre des mensonges

— Oui, c'est le moins qu'on puisse dire. Tout traîne partout. Et à l'intérieur... tu n'imagines pas comment c'est sale.

Il lui lâcha les mains, se leva et se mit à regarder par la fenêtre.

— Ça n'aurait rien changé si j'étais resté, dit-il. Ç'aurait probablement été encore pire. Ils ont terriblement honte de moi. La tapette.

— Ils t'appellent comme ça ?

— Oui, quelle horreur ! À Copenhague je suis le pédé, à Trondheim je suis la tante, à Bynes la tapette. Ce cher enfant a beaucoup de noms, hein ? Et lundi soir, quand elle a eu son attaque...

Il se précipita vers la salle de bains et en revint la main tendue à plat vers elle.

— Regarde !

C'était un minuscule bout de verre.

— Qu'est-ce que c'est ?

— Ma licorne a perdu sa corne. Elle est devenue un simple cheval. Là j'ai compris qu'il se passait quelque chose. Rien n'est dû au hasard. Je l'ai ressenti dans tout mon corps, je me suis levé en pleine nuit, et tout ! Et j'avais raison.

Elle hocha la tête. Elle ne pigeait rien du tout. Peut-être était-elle plus qu'un peu ivre, peut-être était-elle complètement givrée. Elle avait bu la moitié de la bouteille de Gammel Dansk, trois bières du minibar, et elle avait devant elle une quatrième bière et un autre verre de snaps. Est-ce qu'il disait bien que le morceau de verre provenait d'une licorne ?

— Drôle de mot. Licorne, dit-elle.

253

La Terre des mensonges

– Oui, hein ? En fait, c'est unicorne à l'origine, parce qu'elle n'a qu'une seule corne.

– Et la corne est tombée.

– Oui ! Je collectionne les figurines en verre, j'en ai cent trois, je les adore. J'en suis fou ! Jamais il ne m'arrive d'en casser une, je les traite de la même manière que les joyaux de la Couronne à la tour de Londres. Et la licorne est tombée par terre. Par terre ! J'ai cru que j'allais mourir de chagrin, et j'étais très angoissé après ça. C'était un signe, Torunn. Un signe.

Il hocha gravement la tête, à plusieurs reprises, en soutenant son regard.

– Moi, je crois qu'il faut que tu jettes cette corne par la fenêtre, dit-elle.

– Tu crois ?

Il contempla le petit bout de verre.

– Oui, je crois. Par la fenêtre. Peut-être que ta mère guérira alors. Presque comme le vaudou, mais à l'envers.

– Mon Dieu ! Non, je préfère encore la mettre dans un coffre-fort. Pour le bien de Tor !

Elle éclata de rire.

– Tu es fou ou quoi ?

– C'est Krumme qui me l'avait donnée ! La licorne. Mais je ne lui ai pas dit. Que la fichue corne est tombée…

Il eut un hoquet.

– Appelle-le maintenant ! Et dis-lui !

– Je n'ose pas ! C'était un gage d'amour ! Elle ne peut trouver le repos que sur les genoux d'une vierge.

– La licorne ?

– Oui ! C'était un cadeau symbolique !

La Terre des mensonges

— Appelle-le et dis-lui quand même ! Il t'en offrira une autre.

— Ça ne pousse pas comme ça dans les arbres, ma petite nièce !

— Mais des gens comme Krumme non plus !

— Non ! C'est sûr. Heureusement pour les arbres !

Il téléphona à Krumme en sanglotant au-dessus du bureau et du classeur de présentation de l'hôtel, avec sa couverture en skaï et ses lettres dorées. Il lui parla de la corne de la licorne et avoua qu'il avait bu deux bouteilles de vin, sinon il n'aurait jamais osé tout lui avouer, et il ajouta que c'était sa nièce qui l'avait persuadé de l'appeler. Elle ouvrit un grand Pepsi et découvrit que c'était bon avec le Gammel Dansk. La demi-bouteille était bientôt vide.

Lorsqu'il raccrocha, après avoir assuré à Krumme un nombre incalculable de fois combien il l'aimait et fait des bruits de bisous dans le combiné, Erlend se retourna vers elle en disant :

— De quoi ai-je l'air, maintenant ? Oh, Seigneur ! Ne me réponds pas ! Regarde un peu la télé pendant que je me passe de l'eau froide sur la figure ! Mais il n'y a plus de snaps ! J'en recommande.

— Café et cognac, ce ne serait pas mal non plus…

Un jeune homme portant l'uniforme de l'hôtel frappa à la porte alors qu'Erlend était encore dans la salle de bains. Il entra en poussant une table roulante. Il y avait là une cafetière et des tasses, de la crème et du sucre en morceaux, quatre verres de cognac, une bouteille de vin rouge, une demi-bouteille de Gammel Dansk, deux assiettes avec une

La Terre des mensonges

part de gâteau à la pâte d'amande, un vase avec une unique rose et un ramequin plein de cacahuètes. Le jeune homme expliqua qu'Erlend devait signer.

– Erlend ! cria-t-elle.

Il sortit en hâte de la salle de bains, le visage couvert d'une serviette blanche, et eut un petit rire étouffé quand le reçu fut trempé et tomba par terre avec le stylo.

– Bonne fin de soirée ! dit le jeune homme en refermant la porte derrière lui.

– Mais comment... ? fit-elle.

– Il y avait le téléphone dans la salle de bains.

Il ôta la serviette, respira par le nez en renversant la tête en arrière et en fermant les yeux.

– Je savais que tu aurais protesté si tu m'avais entendu commander autant.

– Tu es riche ?

– Oui, répondit-il. On a de l'argent. Pas toi ?

– Non.

– Mais tu vas hériter de toute une ferme, dis donc ! Et de quantité de cochons !

Ils approchèrent la table roulante des fauteuils. Elle ne se sentait plus ivre, elle se dégrisait en buvant. En portant le verre de cognac à ses lèvres, elle avait les yeux qui lui piquaient, le café était tout frais et à la bonne température. Elle prit la télécommande et éteignit la télé.

– Tu aimes bien Tor ? demanda-t-il. Tu as comme le sentiment que c'est ton père ?

– Non. J'ai surtout pitié de lui. Il est malheureux.

– Il est gentil. Il a le cœur sur la main. Moi aussi, je suis gentil, mais lui, c'est au point d'être bonne poire !

La Terre des mensonges

— Il y a beaucoup de choses que je ne comprends pas…
sur vous.

— *In vino veritas*, dit-il en versant du vin dans son verre.

— Qu'est-ce que tu bois !

— Oui, as-tu déjà vu quelqu'un boire autant ? Mais
rassure-toi, ma petite Torunn, je ne suis pas alcoolo ! J'ai
une plaquette de Valium aussi, mais je n'y ai pas touché.
Tiens, reprends un cognac ! Puisque tu as fini le premier.
Non, je déprime seulement un peu. Je préfère un bon
Bollinger pour tous les jours.

— Je n'ai jamais goûté. Je n'aime pas le vin rouge.

— C'est du champagne, ma chérie ! Et il va vraiment
falloir qu'on fasse quelque chose à tes cheveux. C'est quoi,
leur vraie couleur ? Si je puis me permettre.

— Très gris.

— Et voilà ! Bien sûr, c'est normal de choisir une colora-
tion acajou à l'âge adulte. Mais ils sont bien trop longs. Tu
ressembles à… Barbra Streisand. Ça pourrait être un
compliment, mais en fait ce n'en est pas un. Et tu as un
crâne à la Néfertiti ! Même si tu étais complètement rasée,
tu serais belle ! Pourquoi ne veux-tu pas être belle ? Alors
que tu l'es !

— Je n'ai pas l'habitude. Pas envie. Pas le temps. Mais
toi… Pourquoi étais-tu si triste en commençant à parler de
ton grand-père ?

— Grand-père Tallak… Non, il… Faut-il vraiment
que…

— Est-ce qu'on ne peut pas parler de quelque chose d'un
peu sérieux ? Demain, on repart chacun de notre côté.

Il croisa les jambes, avala une gorgée, alluma une cigarette et s'humecta les lèvres, les yeux baissés.

257

La Terre des mensonges

– Oublie ça ! dit-elle. On peut parler de la couleur de mes cheveux, si tu préfères.

Elle rit un peu pour lui faire croire qu'elle était sincère.

– J'avais dix-sept ans quand il est mort, mais il me semble que je te l'ai déjà dit. J'ai été choqué. Tout le monde a été choqué, et pourtant il avait quatre-vingts ans. Il débordait toujours d'énergie, n'avait jamais vieilli. Il s'activait du matin au soir. Il y avait les fraises, les poules, les peintures à refaire. Il était encore monté tout en haut de l'échelle pour peindre le faîte du toit de la grange quelques jours avant sa mort. Je ne crois pas que Tor fasse encore des fraises. C'est beaucoup de travail, les fraises.

– Il ne m'a pas parlé de fraises, non.

– Seulement du blé, sans doute, maintenant.

– Tu changes complètement de ton quand tu parles de la ferme. Et ta grand-mère alors ? Quel âge avais-tu quand elle est morte ?

– Elle est morte plusieurs années avant grand-père, mais elle a d'abord été alitée pendant trois ans.

– Alitée ?

– Oui, dans sa chambre. À l'étage. C'est maman qui s'occupait d'elle, elle ne voulait pas aller en maison de soins. Je me souviens des plateaux que maman préparait et lui montait, les aliments dans des tasses à café. De minuscules portions, comme pour un enfant en bas âge. Je ne suis jamais allé la voir. Elle était aigrie et coléreuse. Pas étonnant, à force de regarder le plafond pendant trois ans.

– Comment ton grand-père est-il mort ?

– Noyé. Il a eu une attaque alors qu'il était parti vérifier le filet externe. Bon sang, dire que je me souviens du nom ! L'entonnoir, le filet externe et le filet interne. Mais il s'est

258

La Terre des mensonges

noyé, il est tombé par-dessus bord et on l'a retrouvé à deux kilomètres du filet. Il y a un fort courant le long de la côte. Et puis... toute la ferme est morte. C'est vrai. C'était la mort de tout. Maman... s'est enfermée dans sa chambre pendant deux jours. Et moi... je n'avais personne d'autre que lui. On faisait des tas de choses ensemble. Maman se contentait de faire à manger et ne me parlait jamais, et papa... était là, ni plus ni moins. Margido et Tor étaient bien plus âgés que moi, tu sais.

— Mon pauvre...

— Personne ne me regardait plus, après sa mort. J'ai soudain eu l'impression d'être nu sur une immense plaine s'étendant à perte de vue dans toutes les directions. Tout seul. Entièrement seul. J'étais terrifié, Torunn.

Il alla chercher la serviette dans la salle de bains et l'appliqua sur sa bouche.

— Je n'ai plus envie de rire. Il faut que je me ressaisisse. J'ai soudain tellement de souvenirs. Et c'est plutôt bien aussi...

— Mais qu'est-ce que vous faisiez tous ? Vous travailliez à la ferme ?

— Oh oui. J'étais plutôt maladroit, j'avais une peur bleue des araignées et des guêpes, ça me rendait un petit peu hystérique. Grand-père en riait, il était la patience même. Quand je n'étais pas à l'école ou en train d'apprendre mes leçons, j'étais toujours sur ses talons. Je n'avais pas de copains, on ne se moquait pas de moi non plus, mais je ne me liais d'amitié avec personne. J'étais amoureux d'un ou deux garçons... J'en ai parlé à grand-père. Il n'a pas été scandalisé, il a simplement ricané en disant que je finirais par comprendre, le jour où je rencontrerais une gentille fille.

La Terre des mensonges

– Alors il ne s'est pas rendu compte qu'en réalité…
– Je ne sais pas. En tout cas il n'en a pas fait tout un plat. Il ne m'a pas enquiquiné avec ça.
– J'ai du mal à t'imaginer en train de ratisser entre les fraisiers.
– Je ne l'ai pas fait beaucoup, il y avait toujours plein de guêpes ! Mais la pêche au filet, c'était ce qu'il y avait de mieux. Presque plus personne ne la pratiquait, c'était déjà une antique façon de pêcher le saumon. On n'a pas de droit de pêche à Neshov, mais un voisin qui l'avait et lui y allaient ensemble. Et puis moi aussi. Et quand l'huîtrier-pie revenait et que le tussilage fleurissait, il était temps d'aller s'occuper du filet sur la grève. Oui, grand-père tressait pendant l'hiver. Les grandes mailles de chanvre, je l'aidais à… enfiler l'aiguille, comme on disait. Et puis, en bas, sur les galets de la plage. Devine si ça sentait bon quand on faisait bouillir du goudron dans le chaudron !
– Pour le rendre plus liquide ?
– Oui. Et on brayait le bateau et les tonneaux. On les utilisait avec des ancres qui se trouvaient dans le fond du bateau. Tout le filet était amarré, tu comprends ! À la terre ferme ! On le relevait tous les quinze jours, et ce n'était pas rien de le remettre en place, en général c'est moi qui ramais pendant que grand-père et… je ne me souviens plus de son nom, Oscar, je crois, disposaient le filet. Mais le mieux, c'était à terre, il fallait tout préparer d'abord. On faisait bouillir des écorces de bouleau dans un énorme chaudron, ça fumait ! On y ajoutait aussi un peu de goudron, on passait et on versait sur le filet qui était dans un tonneau. Et on posait des pierres par-dessus.
– C'était pour qu'il résiste à l'eau salée ?

La Terre des mensonges

– Ouais. Pour imprégner le chanvre du filet. Mais les odeurs, si tu savais ! Et les huîtriers-pies qui criaient, et le soleil, et la grève, et le fjord, et l'importance de ce qu'on faisait, on pêcherait de gros saumons qu'on pourrait vendre ! Tu n'imagines pas...

– Donc ce n'est qu'après la mort de ton grand-père que tu t'es mis à songer à partir.

– Oui. Moi, je croyais que j'allais toujours rester là. Avec lui. Ce que j'étais bête, hein ? Mais lui, il était comme ça. Tellement vivant, tellement présent, qu'il donnait l'impression... d'être immortel. Je vais faire une de ces déprimes quand je serai rentré. Avec Krumme, je ne parle pas de la Norvège. Je suis en quelque sorte... devenu moi-même au Danemark.

– Pas complètement. Ça aussi, ça compte.

– Ah oui ? Ma petite demoiselle psychologue ?

– À la tienne, oncle Erlend !

Erlend s'endormit dans le fauteuil, sa tête bascula soudain en arrière et, à la seconde même, il dormait. Elle mit le dessus-de-lit sur lui, éteignit la lumière et prit l'ascenseur jusqu'à sa propre chambre, au sixième. Elle alluma son portable et découvrit trois SMS de Margrete et un message sur le répondeur. C'était son père, il parlait lentement et distinctement comme dans un micro, il avait appris qu'elle ne repartait pas avant le lendemain et espérait qu'elle repasserait par l'hôpital dans la matinée. Il lui dit pour conclure que Siri avait tué deux de ses petits. Rien de plus, uniquement ces mots-là, Siri avait tué deux de ses petits.

C'était la première fois que ça arrivait. Elle ne s'était comportée de cette façon avec aucune de ses précédentes portées. Il l'avait prise pour la parfaite mère.

Il nettoya et remit de l'ordre autour d'elle, trouva de la paille fraîche, de la sciure et une litière de tourbe. Il avait tout simplement jeté les porcelets la veille au soir, derrière la grange, où se trouvaient les restes carbonisés du matelas. Il était allé chercher quelques planches, avait versé un peu de kérosène pour y mettre le feu.

– Tu es une brave bête. Tiens, c'est pour toi !

Il sortit une tranche de pain de sa poche, la gratta derrière l'oreille et se comporta exactement comme d'habitude. Il avait dégagé les petits de dessous ses cuisses sans qu'elle ne réagisse. Simplement évacués. Après tout, les porcs ne savaient pas compter.

Il ne se sentait pas très bien. Son corps lui pesait, il avait aussi la tête lourde. Et s'il allait tomber malade ? Mais c'était hors de question. Si seulement sa mère avait été dans la cuisine, à l'attendre pour déjeuner. Non pas qu'elle aurait pu prendre sa place à la porcherie s'il tombait malade, mais savoir qu'elle était là, qu'elle aurait su quelle décision

La Terre des mensonges

prendre. Ils n'employaient jamais personne pour le remplacer, il était toujours en pleine forme. Mais elle aurait réglé ça, s'il était malade, d'une façon ou d'une autre.

Il nettoya et remit consciencieusement de l'ordre, rangea dans la buanderie, arracha les factures d'aliments du clou où il avait l'habitude de les regrouper. Il faudrait qu'il s'occupe un peu des papiers à son retour de l'hôpital. Peut-être devrait-il rappeler Torunn, il n'était pas certain qu'elle ait entendu son message.

Le père était dans le salon. C'était apparemment devenu la routine de tous les jours. Un seau avec des copeaux et une cuiller avaient fait leur apparition près de la cuisinière dans la cuisine, et le feu était allumé là aussi. Il alla regarder le seau de plus près, sentit l'odeur de kérosène. Des copeaux et du kérosène. Il cria par la porte du salon :

— Tu ne sais plus allumer le feu correctement maintenant ? Ce n'est pas donné, le kérosène !

Il claqua la porte. Le facteur n'était pas encore passé, il n'y avait pas le journal du jour, il alla en chercher un vieux, mit la bouilloire à café à chauffer, coupa une tranche de pain. Il y avait de la confiture de fraises dans un bol au frigo, elle était toute desséchée, il versa un peu d'eau bouillante dessus et remua. La confiture fut comme fraîche. Personne ne pourrait dire qu'il ne savait pas se débrouiller. C'était bien rangé dans la cuisine, les assiettes et les tasses ne s'empilaient pas, il avait commencé à les laver, les mains propres. Le téléphone sonna. C'était sans doute Torunn, il serait à l'hôpital dans une heure, il s'en réjouissait, il avait cru ne plus la revoir.

La Terre des mensonges

C'était l'hôpital. Sa mère était plus mal et sous oxygène. De l'eau dans les poumons, expliqua le voix féminine, à cause du cœur. Ils pensaient à une pneumonie, elle avait de la fièvre.

Il hocha la tête, se racla la gorge.

– Ah bon.

Il fallait qu'il vienne. Il était son fils ?

– Oui.

Et son mari devait venir aussi.

– Il est malade. Il a la grippe.

– D'autres proches alors, dit la voix.

– Bon, fit-il en raccrochant.

Cela grésillait. Il entendait un grésillement. Le café. Qui passait par-dessus. Il se précipita et souleva la bouilloire. Prit un chiffon et essuya un peu autour de la plaque, mais il n'eut pas le courage de nettoyer à fond, pas maintenant, une autre fois, qu'est-ce que les poumons avaient à voir avec le cœur ? De l'eau dedans ? Il jeta un coup d'œil à la porte fermée du salon où était le père. Non. Pas question. Mais il fallait… il fallait qu'il appelle Torunn. Et Erlend ? Torunn le préviendrait. Et il fallait qu'il appelle Margido, à moins que l'hôpital ne l'ait déjà contacté ? Il téléphonerait pour plus de sûreté.

Elle ne répondit pas aussitôt. Elle avait la voix rauque, presque méconnaissable. Il eut peur.

– Tu es malade ? Tu es couchée ?

Elle toussa. Répondit oui, non, elle n'était pas malade mais elle était couchée, parce qu'elle dormait encore, c'était tout. Elle toussa de nouveau et déclara que c'était bien triste ce qui s'était passé avec Siri et les deux porcelets.

La Terre des mensonges

– C'est très courant. Qu'une truie tue ses petits. Ils font des recherches là-dessus, chez Norsvin. Ils inséminent des truies qui ne le font pas.

Elle dit que c'était intéressant, se remit à tousser.

– Maman va plus mal. Ta grand-mère.

Elle demanda des précisions.

– Une histoire d'eau dans les poumons. Et d'oxygène. Le cœur. N'importe quoi ! Mais ils ont téléphoné en tout cas. J'y vais maintenant. Tout de suite. Oui. Peux-tu... As-tu rencontré Erlend hier ?

– Effectivement. C'était sympa, dit-elle, un garçon vraiment charmant.

– Il a bientôt quarante ans, rétorqua-t-il.

Ce n'était pas exactement ce qu'elle avait voulu dire. Elle allait prévenir Erlend, ils viendraient sans doute ensemble à l'hôpital.

Il appela Margido.

– Ils prétendent qu'elle va plus mal. De l'eau dans les poumons. Sous oxygène.

Alors elle n'en avait plus pour bien longtemps, d'après Margido.

– Je veux d'abord le voir pour le croire. Mais j'ai la bouilloire sur le feu, je vais me prendre un petit café avant de partir. Alors à tout à l'heure, à l'hôpital !

Mais non, car Margido était en route pour une inhumation à l'église de Bakke, et les deux dames qui travaillaient pour lui avaient chacune leur enterrement. Ils en avaient trois en tout ce jour-là, le vendredi était la journée de prédilection pour les enterrements, il lui était absolument impossible de se libérer, il était déjà onze heures et il ne pourrait pas venir avant quatorze heures, au plus tôt. Mais il

La Terre des mensonges

viendrait dès qu'il pourrait, et il répéta que maintenant elle n'en avait plus pour bien longtemps.

Margido disait toujours les choses carrément quand ça allait mal, sinon jamais. Heureusement qu'il avait eu l'idée de parler du café, au lieu de se fâcher. En sept ans, Margido n'avait rien fait pour sa mère, il n'était pas venu la voir, ne lui avait pas envoyé une fleur ou une carte, comme quand on n'habite plus à la maison. Erlend pas davantage, évidemment, mais Erlend était un cas à part. La dernière fois que Margido était venu, ils s'étaient copieusement disputés, sa mère et lui, et lui-même s'était réfugié dans l'étable.

Auprès des vaches. Celles-ci lui manquaient, elles lui manquaient soudain terriblement. À cette heure-ci, justement, il aurait nettoyé leurs mamelles et senti la douce odeur du lait fraîchement trait, vu leurs derrières se balancer. Les bruits qu'elles faisaient exprimaient toujours la confiance, du matin au soir. Ce n'était jamais le cas avec les porcs, jamais il n'avait vu une vache tuer un veau. Il se versa une demi-tasse de café et mangea son pain tartiné de confiture tiède.

Elle avait le visage en feu, sans doute la fièvre. Il aurait tant voulu voir ses yeux, croiser son regard. Ces paupières closes, c'était à devenir fou, mais désormais, heureusement, le masque à oxygène dissimulait la plus grande partie de son visage tordu. La machine à laquelle il était relié bourdonnait. Deux infirmières étaient dans la chambre, elles sortirent quand il s'assit sur la chaise. L'une d'elles lui tapota l'épaule en s'en allant et lui adressa un petit sourire.

Il prit la main de la vieille, la main active qu'il connaissait bien, qui avait tellement travaillé, été partout, dans les

La Terre des mensonges

lessiveuses, autour des casseroles, sur les aiguilles à tricoter, dans les fraisiers derrière la grange. Il posa la joue contre sa main, sentit le froid. L'odeur de sa peau était un peu âcre, comme ça sentait sous un bracelet de montre en cuir.

Il leva brusquement la tête lorsque la porte s'ouvrit. Ils avaient le teint blafard tous les deux, donnaient presque l'impression d'être malades.

– On est venus aussi vite qu'on a pu, dit Erlend en s'affalant sur la chaise.

– Que disent les médecins ? demanda Torunn.

– Je n'ai pas parlé avec eux. Elle est comme ça pour l'instant. Sans doute quelque chose qui traîne. Un virus. Il y en a beaucoup en ce moment.

– Moi, je vais aux toilettes, déclara Erlend.

Il s'y enferma. Il ouvrit le robinet à fond mais, derrière le bruit de l'eau qui coulait, on entendit distinctement Erlend qui vomissait. Torunn sourit timidement et expliqua :

– On s'est couchés tard hier soir. Beaucoup de choses à se dire. Et pas mal de vin. Et de cognac...

– Vous êtes grands. Tu n'as pas besoin de t'excuser.

Ils avaient la gueule de bois. Trouvaient apparemment convenable de se soûler dans un hôtel de luxe pendant qu'elle était là, toute seule, à l'hôpital. Erlend était livide en ressortant de la salle de bains.

– Il faut que je boive un peu de jus de fruits, dit-il. Pour augmenter le taux de sucre dans le sang.

– Moi aussi, fit Torunn. Je sais où il y en a.

Ils disparurent tous les deux, il regarda la main de sa mère puis leva les yeux vers la machine où son cœur était une ligne verte avec des petits pics montagneux à chaque battement. C'est alors qu'elle s'arrêta, la ligne devint plate,

La Terre des mensonges

une lampe commença à clignoter et un signal sonore résonna. Il se leva, arracha le masque, lui pinça les joues.

– Maman ! Maman !

Une infirmière arriva en courant, souleva le poignet de la vieille, le serra entre deux doigts.

– La machine a un problème ? Son pouls bat encore ? s'écria-t-il.

L'infirmière reposa doucement la main de sa mère sur la couette.

– Vous venez malheureusement de la perdre, déclara-t-elle. J'en suis désolée. Elle était très malade, on ne pouvait guère s'attendre à autre chose. Et quand ça empire comme ça... Mais asseyez-vous ! Je vais chercher une bougie.

Il hocha la tête et se rassit. Le visage de sa mère était devenu plus lisse. Sa bouche était légèrement ouverte. Il tendit la main et souleva une de ses paupières. Il découvrit un globe jaunâtre et brillant, avec un regard en son milieu, un regard qu'il ne reconnaissait pas. Il retira sa main, et la paupière reprit sa place. L'infirmière apporta une bougie blanche dans un bougeoir qu'elle posa sur la table de chevet, puis débrancha tous les appareils avant de l'allumer.

– Ça va ? murmura-t-elle. Dites-vous qu'elle n'a pas souffert ! Elle s'est endormie tranquillement, sans aucune souffrance.

Il y eut des éclats de rire. C'était Erlend et Torunn qui rentraient, tenant chacun un verre de jus de fruits. Il entendit le tintement des glaçons. Ils s'arrêtèrent et restèrent plantés.

– Est-ce qu'elle est... ? demanda Torunn.

– Oui, répondit l'infirmière.

La Terre des mensonges

Erlend s'avança vers le lit, posa son verre sur la table de chevet et caressa la joue de sa mère.

– Elle est chaude, dit-il.

– Parce qu'elle a de la fièvre, fit Tor. Avait.

Non, ce n'était pas possible. Il n'arrivait pas à s'y faire.

TROISIÈME PARTIE

Son père tomba de la chaise et resta par terre sans bouger. L'infirmière se précipita dans la salle de bains pour aller chercher une serviette de toilette qu'elle humecta d'eau froide, puis elle s'accroupit auprès de lui en lui tamponnant le front.

— Il a habité toute sa vie avec elle, dit Erlend. Si elle avait été malade un peu plus longtemps, il aurait pu s'habituer à l'idée.

Il ouvrit les yeux. Il était allongé sur le côté, le parka ouvert. Sa fille vit que la chemise qu'il portait sous son chandail était d'un jaune graisseux à l'intérieur du col, et elle ressentit pour lui une pitié soudaine et tardive.

— Il revient à lui, déclara l'infirmière. Je vais vous chercher un peu de café et un morceau de gâteau. Il n'a peut-être rien mangé non plus.

Torunn se pencha vers son père.

— Est-ce que ça va ? Tu t'es évanoui.

— Évanoui ?

— Tombé de ta chaise. Mais je ne crois pas que tu te sois cogné la tête, tu es tombé pour ainsi dire… de biais. Ils apportent du café. Tu veux te relever ?

La Terre des mensonges

Avec l'aide d'Erlend, ils le remirent sur sa chaise. Et ce fut comme s'il découvrait à nouveau la vieille dans son lit. Il ferma les yeux et poussa une sorte de cri, les lèvres serrées. L'infirmière entra en portant un plateau avec trois gobelets en plastique et quelques parts de gâteau.

– Il prend du sucre aussi, dit Torunn.

L'infirmière hocha la tête et disparut à nouveau.

Son père, voûté, croisait les mains et les appuyait sur son ventre. Elle échangea un regard avec Erlend.

– Margido sait comment... déclara son père. Il viendra à deux heures. Il ne pouvait pas venir plus tôt. Il a un... un...

Elle entraîna Erlend dans le couloir.

– On ne peut pas le laisser, dit-elle. Il faut qu'on le ramène à la maison.

– Bon sang, Torunn !

– Tu l'as dit toi-même ! Il a vécu avec elle toute sa vie ! Il faut que quelqu'un...

– Je ne peux pas ! Lundi, c'est le soir de Noël ! Je veux rentrer chez moi, retrouver ma vie !

– Si, tu peux ! Pense à moi alors ! Est-ce que je vais... toute seule... ? C'est ton frère ! Et ton père est là-bas à la ferme et... et...

Elle éclata en sanglots, il passa les bras autour d'elle.

– Je vais essayer, murmura-t-il. J'ai apporté mon Valium. Tor pourra en prendre un, mais pour ça on devra passer par l'hôtel. Et il faut que j'appelle Krumme.

Elle ravala ses larmes, elle voulait penser logiquement. Elle s'arracha à l'étreinte d'Erlend.

– Je rends ma chambre au *Royal Garden*, dit-elle. Et je logerai à Neshov.

La Terre des mensonges

— Pas moi, en tout cas ! s'écria-t-il. Il y a des limites.

— S'il te plaît ! Je ne connais même pas la maison. Je ne sais pas où… Tu ne peux pas être mon oncle maintenant ? Avant toute chose ? Même si tu n'as pas…

Pendant quelques secondes il resta silencieux, les yeux baissés, puis il acquiesça d'un petit signe de tête.

Son père ne voulait pas attendre Margido, il se contenta de secouer la tête quand ils lui posèrent la question.

— À la maison, dit-il.

Torunn laissa à l'hôpital le soin de contacter Margido, Erlend leur donna son numéro de portable. Il neigeait lorsqu'ils ressortirent. Ils se mirent en marche. Tor, au milieu, ne se souvenait plus où il avait garé sa voiture, mais elle l'aperçut.

— Je vais conduire, dit-elle.

— Je n'ai pas le permis, de toute façon, commenta Erlend.

Il dut déplacer le bric-à-brac qui traînait sur la banquette arrière. Il portait un pantalon clair, il serait vite sale en s'asseyant là, pensa-t-elle. Il ne mentionna pas l'odeur. La voiture démarra au quart de tour, mais Torunn eut du mal avec les vitesses et elle peina pour enclencher la marche arrière. Elle n'embraya pas avant d'avoir relâché presque entièrement la pédale. Et il n'y avait pas de servofrein.

— Où sont les essuie-glaces ?

Son père ne répondit pas, il baissait la tête, les mains sur les genoux.

— Ah ça, je n'en sais rien ! lança Erlend.

Il se pencha entre les deux sièges pour étudier fébrilement les boutons du tableau de bord.

La Terre des mensonges

Elle finit par trouver en tâtonnant les commandes des essuie-glaces et du chauffage, tandis que de tout son être elle ressentait qu'elle ne voulait pas y aller. Elle ne voulait pas, mais elle le devait. Aller dans cette ferme délabrée, avec un père au bord de la dépression. Elle n'avait aucune expérience des personnes touchées par le deuil. Heureusement qu'Erlend avait du Valium. Réduire chimiquement les angoisses de son père, c'était ce qu'il y avait de mieux pour lui. Mais pour la porcherie ?

Ils quittèrent la zone de l'hôpital et prirent la direction de l'hôtel. Tor leva la tête quand la voiture s'arrêta devant l'entrée principale.

– À la maison, dit-il. Pas ici.

– On va seulement chercher nos affaires et rendre nos clés. Je laisse le moteur tourner pour garder la chaleur, d'accord ? Tu veux bien nous attendre ici ?

Il ne répondit pas.

Erlend régla pour eux deux, elle ne chercha pas à protester.

– Ce n'est qu'une carte en plastique, dit-il. Pas de l'argent véritable. Va rejoindre Tor, je finis de m'occuper de ça.

Il n'avait pas bougé. La voiture était chaude, les vitres désembuées. Elle ne réussit pas à ouvrir le haillon et dut se glisser sur la banquette arrière pour passer son sac par-dessus le dossier. Il y avait sur le siège un gros engin qui devait être un piège à renard.

– Tu as un piège à renard dans la voiture ? Tu ne l'as pas utilisé, hein ?

Il secoua la tête.

La Terre des mensonges

— Je l'ai trouvé. Dans le champ. J'ai pensé... le donner à quelqu'un.

Elle ne l'interrogea pas davantage, se remit au volant, alluma une cigarette et baissa un peu la vitre.

Erlend téléphona à Krumme depuis la voiture. Il s'exprima brièvement, avec calme. Sa mère était décédée, ils raccompagnaient Tor chez lui, il ne reprendrait pas l'avion aujourd'hui, il ne savait pas quand.

— Prends la direction de Flakk ! dit le père.

Ils traversèrent la ville décorée pour Noël. Les trottoirs étaient noirs de monde, toutes les vitrines brillaient, rivalisant les unes avec les autres.

— *Less is more*, déclara Erlend.

— Quoi ?

— Rien. Je parle tout seul.

Ils se turent, plus ou moins, jusqu'à l'arrivée à Flakk. Un mur de nuages se dressait derrière eux, ici le ciel était d'un bleu pâle, deux ferries se croisaient au milieu du fjord.

— C'est débile d'être ici, déclara Erlend.

Elle le regarda dans le rétroviseur.

— Je devais seulement lui dire adieu. Bien qu'elle, elle n'ait pas daigné me dire adieu.

— Arrête ! dit Tor.

Erlend lui indiqua où elle devait tourner, elle ne se souvenait plus du chemin, ne reconnut pas l'endroit avant d'arriver à l'imposante allée.

La Terre des mensonges

Son père descendit aussitôt qu'elle eut garé la voiture dans la cour et se dirigea vers la porcherie.

— Papa ! cria-t-elle.

C'était la première fois qu'elle l'appelait ainsi. Il ne s'arrêta pas.

— Mais il faut d'abord passer par la maison ! reprit-elle. Et annoncer la nouvelle !

Il referma la porte de la porcherie derrière lui.

— Ça promet, hein ? dit Erlend. On ne pourrait pas repartir tout de suite ? Faire du stop jusqu'en ville ? Ce n'est pas brillant ici, nom de Dieu ! Et encore, toute la merde est recouverte par cinquante centimètres de neige...

— Ça suffit ! Je ne l'ai même pas encore rencontré.

Le vieux était assis dans le salon. Son grand-père. Il leva la tête vers eux quand ils traversèrent la cuisine et entrèrent. Il n'avait l'air ni rasé ni lavé, ses vêtements étaient troués et pleins de taches de nourriture, ses épaules couvertes de pellicules. Il avait un gros livre sur les genoux et tenait une loupe de la main gauche. Il y avait des photos dans le livre, elle réussit à voir qu'il y en avait une de Hitler, même à l'envers elle avait reconnu Hitler. Les vieilles gens n'en finiront jamais avec la guerre, pensa-t-elle.

— Salut, dit Erlend en s'adossant au chambranle de la porte. Me voici !

Elle s'avança et tendit la main à son grand-père. Il la prit lentement, d'un air très étonné. Ses ongles étaient longs, jaune moutarde, et en deuil.

— Je suis Torunn, la fille de Tor.

— La fille ?

La Terre des mensonges

– Oui. Je suis venue mercredi, mais vous étiez sans doute occupé ailleurs.

– Mais je n'ai jamais...

– Elle est morte, interrompit Erlend.

Le vieux tourna les yeux vers lui, ne dit rien. Erlend enfonça les mains dans ses poches.

– À l'instant, ajouta-t-elle. Et mon père est très choqué, il s'est évanoui à l'hôpital et là il est parti tout droit à la porcherie. Il n'était pas en état de conduire, c'est pour ça qu'on l'a accompagné et qu'on va loger ici.

Erlend s'en retourna dans la cuisine.

– Anna est morte maintenant ? demanda le grand-père.

Il n'avait que les dents du haut, elle remarqua que sa lèvre inférieure collait à sa gencive édentée, d'où les tremblements brusques de son menton.

– Oui. Elle s'est éteinte tranquillement. C'était le cœur. Et elle avait de l'eau dans les poumons. Et de la fièvre. Sans doute un début de pneumonie. Il n'y avait plus rien à faire. Elle n'a pas souffert.

– Non ? Bon. Eh oui. Et toi... tu es Torunn. Ah ! Quand est-ce que...

– Ce matin. Tout juste.

– Non, je veux dire... que toi, que Tor...

– Ah, ça ? Il a fréquenté ma mère quand il faisait son service. Elle est venue ici aussi une fois. Elle a mangé du pâté de foie.

– C'est vrai. Je m'en souviens. Je m'en souviens bien. Mais qu'elle soit enceinte...

– C'était pourtant le cas. Mais rien n'y a fait. Bon, il faut que j'aille voir comment va mon père.

Dans la cuisine elle murmura à l'oreille d'Erlend :

La Terre des mensonges

— Il ignorait mon existence. Lui aussi. C'est complètement dingue.

Son père avait barré la porte de la porcherie. Elle ne
trouva pas de serrure.
— Il y a un verrou à l'intérieur, dit Erlend.
Il l'avait suivie, il alluma une cigarette.
— Bon Dieu, ce que c'était sale là-dedans ! J'ai failli
revomir.
— Il n'y a pas d'autre accès ?
— Par le grenier à foin, je vais te montrer. Mais tu iras
toute seule, je n'ai pas envie d'abîmer mes fringues. Ce tour
en voiture m'a suffi pour...
— C'est bon. J'y vais seule.

Il n'avait pas eu le temps de boire de whisky, sans doute
pas plus qu'il n'en avait besoin. Il était assis sur un sac de
jute dans la case de Siri, il avait eu la présence d'esprit
d'enfiler sa combinaison et ses bottes. Siri était couchée là,
et ses petits dormaient sous la lampe chauffante rouge. Les
porcelets sevrés, dans les autres cases, se mirent à hurler et
à geindre à sa vue, et les truies la regardaient de travers en
secouant les oreilles.
— Je veux qu'on me laisse en paix, dit Tor.
Il serra plus fort le goulot de la bouteille de whisky. Elle
avait été achetée dans l'exubérance de la joie de Noël, elle
trônait maintenant sur la paille et les copeaux et avait pour
but de le consoler d'un chagrin.
— Bien sûr. Je voulais seulement m'assurer que tu...
— Je ne me ferai rien. Ce n'est pas mon genre. Il faut que
je m'occupe des porcs.

280

La Terre des mensonges

— Je vais t'aider, on reste ici, Erlend et moi, et je t'aiderai
à la porcherie. Ensemble on va réussir. On va passer la nuit.
À chaque jour suffit sa peine.

Il hocha la tête.

— Je peux ouvrir la porte de l'intérieur ? Seulement par
sécurité ? Je te promets qu'on ne te dérangera pas.

Il hocha à nouveau la tête.

— Tu es bien gentille, dit-il.

Erlend était toujours dans la cour, il écrasa son mégot
dans la neige.

— J'ai réfléchi, déclara-t-il. Il faut qu'on prenne le
taureau par les cornes. Ça ne servira à rien de rester dans
la cuisine en attendant qu'il se passe quelque chose. Je
suggère qu'on agisse, ne serait-ce que pour survivre. Allez,
viens ! Tu es le chauffeur !

À la boutique de Spongdal ils remplirent un chariot à ras
bord. Erlend se procura deux seaux en plastique, des gants
de caoutchouc, un grand choix de serviettes, de savon de
Marseille, d'eau de Javel, de détergent, d'éponges abrasives,
de lessive, de papier essuie-tout, ainsi que du pain, de la
charcuterie, des boîtes de soupe de viande, du beurre, du
café et du chocolat, de la bière et de la limonade, des journaux et un rouleau de sacs-poubelle noirs. Il paya avec la
Visa, après s'être énervé parce qu'ils n'acceptaient pas la
Diners. Il défit les sacs-poubelle sur-le-champ et s'en servit
pour transporter les produits.

— On va bien les nouer, pour que rien ne prenne l'odeur
de la voiture. J'ai horreur de cette odeur. Je regroupe tous
les produits d'entretien dans un sac, et on laissera l'alimen-
tation dehors dans la cour, en attendant que tout soit à peu

281

La Terre des mensonges

près propre à l'intérieur. Enfin, je m'entends. On va d'abord se concentrer sur la cuisine. Et la salle de bains à l'étage. Il vaut mieux que j'avale un Valium avant de rentrer.

Dans un coffre du couloir, il trouva des tabliers pour chacun d'eux, ils étaient propres et repassés, avec les plis bien marqués.

— Ils sont sûrement là depuis des décennies, je m'en souviens, c'étaient les beaux tabliers de ma mère. Dans une ferme, on met en effet un beau tablier le dimanche et de vilains tabliers les autres jours. Tu veux celui à carreaux verts ou bien ce rouge-là, avec les fleurs tout autour ? Je crois bien que c'est le vert qui m'ira le mieux.

— Tu n'es pas triste, Erlend ?

— Parce qu'elle est morte ou parce que je suis arrivé ici ?

— Parce qu'elle est morte.

— Non. Mais ici c'est un peu le bordel. Et c'est ça qui m'attriste. Krumme me manque et j'essaie de ne pas penser à lui. Mais quand ça ne va pas, il faut que je m'affaire. Ça doit être le gène paysan du travail que j'ai en moi !

Le grand-père n'était plus dans le salon.

— Est-ce qu'il faut s'occuper de lui ?

— Il préfère être tranquille dans son coin. Il faut bien aussi qu'il digère les nouvelles. Et maintenant, ma petite nièce, on nettoie !

Ils mirent leur tablier, chacun avait des liens à nouer autour du cou et derrière les reins. Et avec chacun sa paire de gants en caoutchouc jaunes, ils se contemplèrent mutuellement en riant un peu. Il était difficile de savoir par où commencer. Erlend ouvrit un nouveau sac-poubelle,

La Terre des mensonges

dans lequel il fourra la lavette et les torchons, la brosse à vaisselle et plusieurs paires de maniques dont il était impossible de déterminer la couleur, ainsi que plusieurs tabliers sales qui étaient accrochés à un clou près de la porte. Il remplit une bassine d'eau, ajouta de la lessive, décrocha les rideaux et les mit à tremper. Elle commença à vider le réfrigérateur. C'était bien de travailler avec des gants et un tablier, elle se sentait protégée, mais ça ne l'empêchait pas d'avoir la nausée, il y avait de vieux aliments desséchés, des petites soucoupes garnies de restes qu'elle ne parvenait pas à identifier, sauf une avec du riz au lait tellement collé au fond qu'elle dut le détacher à l'aide d'un couteau. Elle remplit l'évier d'eau et y plongea les soucoupes l'une après l'autre.

— Jette tout ce qu'il y a dans ce frigo ! dit Erlend. Tout ! On pourra toujours refaire un tour à la boutique. Et débranche-le pour pouvoir le dégivrer !

— Je n'ai quand même pas besoin de jeter un carton de lait qui n'a pas été ouvert ?

— Si ! Du moment qu'il était dans ce frigo !

— En fait on a la gueule de bois. Je ne peux pas imaginer pire journée pour ça !

— Non, c'est un comble ! En tout cas j'ai réussi à dégobiller un peu. C'est sans doute le dernier bruit qu'elle a entendu. Son fils homosexuel renvoyant du vin rouge et du cognac.

Elle se mit à ricaner, tout était complètement surréaliste. Seulement quelques jours plus tôt elle était devant un pupitre à Asker et donnait une conférence sur la hiérarchie dans les troupeaux de type canin.

La Terre des mensonges

– Bon sang, on ira au ciel après ça ! s'écria Erlend. Tapis rouge et bar gratuit.
– Je suis vachement contente que tu sois venu, tonton !
– Oh, tu sais, au fond, je suis le fils prodigue. Peut-être que Tor tuera un cochon de lait pour moi ?

Le petit ballon de la cuisine ne tarda pas à être vide, ils mirent deux casseroles d'eau à chauffer. Ce n'était pas le genre de nettoyage où l'on remarquait à peine la différence, c'était celui qu'on voyait dans la pub à la télé, où le chiffon traçait des sillons blancs dans la crasse.
– Il y a aussi un ballon d'eau chaude dans la salle de bains, dit Erlend. Je monte en chercher un seau, je dois bien pouvoir y arriver sans Valium.
– Tu crois que ton père s'est couché ?
– C'est possible. Les personnes âgées se couchent quand ils n'aiment pas vivre assis.

Margido téléphona au moment où, armée d'un balai-brosse, elle lavait à l'eau de Javel le plafond au-dessus de la cuisinière électrique. Il n'y avait pas de hotte et le gras dégoulinait en coulées orange noirâtre. Elle décrocha sans ôter ses gants, les trous en bas du combiné étaient marron et presque velus. Erlend s'occupait des placards et remplissait le sac-poubelle de pots en plastique vides, de bouteilles et autres types d'emballage, ainsi que de quantité d'aliments secs et de sachets de farine entamés.
Margido appelait de l'hôpital, il s'inquiétait de savoir si Tor était bien rentré à Neshov.
– Oui, mais c'est Torunn à l'appareil.

284

La Terre des mensonges

Ah bon, elle était là. Il voulait seulement s'entendre avec Tor sur ce qu'ils allaient faire.

— Il est à la porcherie pour l'instant. Il ne va pas très bien. Je peux lui demander de te rappeler ?

Ce n'était pas urgent. Il était évidemment impossible d'organiser un enterrement avant Noël, il misait sur jeudi prochain, le surlendemain de Noël, et cela ne coûterait rien, elle devait le dire à Tor, car Tor avait peur de dépenser de l'argent, or l'aide aux funérailles avait été supprimée et il ne le savait certainement pas. Margido couvrirait tous les faux frais et il se chargerait aussi de l'avis de décès, qui paraîtrait dès demain, il connaissait quelqu'un au journal. Pensait-elle que Tor ou Erlend avaient des préférences ?

— Comment ça ?

Pour l'avis. Poème et ce genre de choses.

— Je suis absolument sûre qu'ils te font confiance pour ça.

— Mais pour un dernier hommage dans la chapelle de l'hôpital ce soir, est-ce que Tor est d'accord ?

— Je vais lui demander de rappeler.

Le gant en caoutchouc collé à l'oreille, elle pensa à ce qu'il avait dit, qu'elle ne se plairait pas dans cette famille. Au lieu de conclure, elle reprit :

— On est en train de nettoyer, Erlend et moi.

Erlend était là aussi ?

— C'est le bazar ici, dit-elle. Il faut bien que quelqu'un…

Il l'interrompit pour demander combien de temps ils allaient rester.

— Comment le saurais-je ? cria-t-elle. Tout est tellement… Elle vient tout juste de mourir ! Tu avais peut-être l'intention de venir ?

285

La Terre des mensonges

Non. Pas aujourd'hui. Mais ils devraient bien sûr se réunir un de ces jours, pour préparer la cérémonie proprement dite.

— Tu n'avais pas l'intention de venir. Ta mère est décédée, et ton frère… Quand les gens… qui font partie de la famille sont dans le pétrin, il me semble qu'on a le devoir de…

Il fallait qu'elle se calme. Elle ne savait rien. Et il n'avait plus le temps de discuter.

— Moi non plus ! déclara-t-elle en raccrochant.

Erlend était à genoux devant le frigo et riait.

— Ce téléphone est dégueulasse, dit-elle. Il faut le démonter et l'astiquer.

Le pire, ce n'était pas qu'elle soit partie, c'était qu'elle ne l'y avait nullement préparé. Ne lui avait pas dit qu'elle se sentait vieille et fragile. La ferme n'était pas à lui. Qu'allait-il advenir de tout ça ? Faudrait-il envoyer tous les porcs chez Eidsmo juste après le Nouvel An ? Vendre ? Où allait-il s'installer ? Et voilà que Torunn voulait loger ici, et que ça ne lui faisait plus plaisir. Qu'est-ce qu'elle pensait de tout ça ? Et Erlend ? Que venait-il faire ici ?

Il n'eut plus envie de boire. Il devait parler avec Margido. Il garda sa combinaison et ses bottes pour traverser la cour et aller téléphoner.

Il resta figé à la porte de la cuisine et n'en crut pas ses yeux. Ils étaient en plein nettoyage et avaient mis les beaux tabliers de sa mère. Il y avait deux grands sacs-poubelle pleins au milieu de la pièce, dans l'un il aperçut des sachets de farine et des pots en plastique sur le dessus, les rideaux avaient disparu, la buée ruisselait sur les carreaux.

— Mais qu'est-ce que vous faites ? Il ne faut pas que vous jetiez ce que maman…

La Terre des mensonges

— Si, rétorqua Erlend, il le faut. C'est le foutoir, ici. Un vrai taudis.

— On a tout bien entretenu ici ! Moi aussi, après que maman est partie à l'hôpital !

— Alors tu as besoin de lunettes, dit Erlend.

— Mais elle est... tout juste morte !

— Mais on va rester ici, ajouta Torunn. Et il faut quand même que...

— Personne ne vous oblige à rester.

Il alla dans son bureau, Torunn le suivit, il s'assit pesamment sur sa chaise, elle se tint debout devant lui, avec un chiffon qui gouttait.

— Margido a téléphoné.

Elle lui dit ce qu'il avait déclaré, qu'il paierait tous les frais et qu'il se demandait s'ils voulaient lui rendre un dernier hommage dans la chapelle de l'hôpital.

— Non, on l'a tous vue maintenant. Je l'appelle pour le lui dire.

— Ton père, lui, ne l'a pas vue.

— Il n'a pas besoin de la voir.

— Mais tu ne lui poses pas la question ? Pour qu'il décide lui-même ? insista-t-elle.

— Non. Il ne supportera pas. Ça sera trop pour lui.

Il comprit qu'elle avait admis le mensonge lorsqu'elle déclara :

— Dis... Ça va être bien ici. On ne jette rien d'important, seulement des vieilles choses. On en achètera des neuves, et Erlend dit qu'il y a plein de torchons propres, de maniques et autres, dans un placard qu'il connaît. On reste ici pour t'aider.

La Terre des mensonges

— Mais vous n'avez pas besoin de tout changer. Et les rideaux, ils... On les a toujours eus là. Elle vient tout juste de...

— Je les ai mis à tremper. On va les raccrocher après. Les repasser et les raccrocher. Tout va être pareil, mais propre. Et on a acheté de quoi manger.

— Ah bon. Et les rideaux, vous n'allez pas les...

— Mais non. On va les remettre. Tout beaux, tout propres.

Elle s'entendit parler, s'adresser à lui comme à un enfant, et c'était elle l'adulte, qui répétait et rassurait.

— Mais pourquoi est-ce que tu t'en inquiètes tant que ça ? demanda-t-elle.

— Bah, c'est seulement que...

Comment lui expliquer que c'était devant ces rideaux qu'ils s'asseyaient toujours, sa mère et lui, qu'ils parlaient de la pluie et du beau temps, qu'ils soulevaient le voile de tulle de temps en temps, pour regarder le thermomètre ou la cour, la neige ou la pluie qui tombait, l'ombre du soir qui gagnait devant l'arbre tandis qu'ils prenaient le café en grignotant une sucrerie. Voir la fenêtre comme ça maintenant, nue, carrée... Ils avaient toujours été accrochés là.

— On s'asseyait là tellement souvent. Maman et moi, dit-il.

— À la table devant la fenêtre ?

— Oui.

— À bavarder tranquillement ?

Le ton condescendant de sa voix l'agaça subitement, une envie révoltante de lui faire quitter son rôle s'empara de lui, l'envie de reprendre le dessus. C'était son chagrin à lui.

La Terre des mensonges

— On discutait d'un peu de tout. Maman n'en finissait jamais de parler de la guerre, répondit-il.

— Oui, c'est souvent le cas quand on l'a vécue. Ça se comprend.

Il l'aima à nouveau, elle aurait pu dire par exemple que « les vieux » ne se lassaient jamais de la guerre, mais non.

— Elle en savait des choses, elle était bien au courant. Hitler voulait construire une grande ville ici. Plus de cinquante mille habitations et la plus grande base de marine militaire du monde, à ce qu'il disait.

— Ici ? Tu plaisantes ou quoi ?

— Pas du tout. Ils ont planté des arbres aussi, les Allemands. Des peupliers de Berlin, qu'ils ont apportés de là-bas. Pour ne pas avoir le mal du pays. Ils les ont bien plantés, profondément. Ça n'a servi à rien.

— Ils ont crevé ?

— Non. Ils sont énormes maintenant. Il a fait tellement chaud quand les Allemands sont repartis.

— Et vous discutiez de ça, dit-elle.

— Oui. Elle disait… elle disait toujours que ce qui réussit à pousser, c'est pour longtemps. Elle songeait beaucoup à ces arbres-là…

Il se tut, regarda le tapis. Il était difficile à dire de quelles couleurs on l'avait tissé à l'origine. Elle aurait pu dire quelque chose alors, qu'il divaguait et qu'il avait sans doute bu trop de whisky, puisqu'il était là à radoter comme un idiot sur les rideaux, les bases militaires et les arbres allemands, mais au lieu de ça elle se contenta de hocher plusieurs fois la tête comme si elle comprenait ce qu'il voulait dire, puis elle repartit dans la cuisine. Elle laissa la

La Terre des mensonges

porte ouverte derrière elle. À la radio, ils passaient des
chants de Noël étrangers.

Il contempla son bureau, fouilla un peu dans ses papiers,
le tas des factures d'aliments, il faudrait bientôt faire le
bilan de l'année, le boulot le plus difficile, mais qu'il était
obligé de faire tout seul. Sa mère l'entendait se plaindre et
elle avait l'habitude de l'arracher à sa paperasserie au pire
moment, en lui proposant du café et peut-être quelque
chose de tout juste sorti du four. Ils avaient acheté de quoi
manger, Torunn et Erlend. Mais les congélateurs étaient
pleins. Beaucoup de baies qui étaient là depuis de
nombreuses années, mais sûrement un peu de viande aussi,
et du poisson. Il avait du mal à avoir les idées claires, le
whisky ne faisait guère d'effet, si ce n'était lui brûler et lui
faire mal au ventre. Heureusement il n'avait pas beaucoup
bu. Il n'aurait pas dû lui raconter l'histoire des Allemands et
des arbres, c'était une histoire entre sa mère et lui.

— Alors je commence à l'étage, entendit-il Erlend
déclarer. Croise les doigts pour moi, j'y vais !

— Non !

Il bondit de sa chaise et s'encadra dans le couloir.

— Non, répéta-t-il.

Erlend tenait un seau fumant à la main, un sac en plastique encore fermé ainsi qu'un chiffon et un flacon de
produit à récurer.

— Tu n'iras pas… dit-il. Je te l'interdis !

— Interdis quoi ? demanda Erlend.

— D'entrer dans sa chambre.

— Je ne vais pas toucher à sa chambre, je vais nettoyer
la salle de bains. Je crois me rappeler que la baignoire était

La Terre des mensonges

bleu clair autrefois. Et je voudrais vérifier que je ne me trompe pas.

— La maison est en deuil. Et vous... et vous...

— Écoute ! Tu n'as plus besoin de penser à tout. Concentre-toi sur ce qui est important ! Tes porcs ne se doutent pas que maman est morte. Pour eux, c'est un jour comme les autres.

Erlend insinuait-il qu'il ne prenait pas soin de ses bêtes ?

— Ils vont très bien !

— Ce n'est pas ce que je voulais dire, reprit Erlend. Je comprends bien que c'est terrible pour toi. On essaie seulement de t'aider. Et tu as vu comment c'est dans la cuisine avec tes bottes ? Et entrer ici en combinaison, maman n'aurait sûrement pas aimé ça. Elle n'appréciait pas plus que moi cette odeur-là dans la maison.

Ces paroles l'apaisèrent, elles avaient un écho de normalité. La mère n'aurait vraiment pas aimé, Erlend avait raison.

— Il n'y a plus de bois dans la cuisine, au fait, tu peux peut-être aller en chercher un peu.

Erlend monta l'escalier. Pantalon noir, pull noir, et deux nœuds verts, un derrière la nuque et un au-dessus des fesses. Jamais il n'aurait imaginé le revoir dans cette maison, et voilà qu'il grimpait l'escalier avec un seau en plastique débordant de mousse. Tablier et boucle d'oreille, homme mûr.

Il prit la bassine en zinc dans la cuisine.

— Ça va mieux ? demanda Torunn.

Elle était devant la cuisinière, le couvercle était relevé, elle grattait avec une cuiller à soupe, le marc avait donc

La Terre des mensonges

attaché tant que ça ce matin quand la bouilloire avait débordé ?

— Je vais chercher du bois, dit-il.

— Tu commences quand à la porcherie ?

— Il n'y a ni fin ni commencement, là-bas.

Il trouva lui-même qu'il avait bien répondu. Qu'est-ce qu'ils en savaient, ces deux-là ?

Il ne voulait pas coucher dans son ancienne chambre, Torunn pouvait volontiers la prendre.

Elle rigola bien en voyant que les trois posters sur les murs montraient David Bowie dans sa période hermaphrodite, extrêmement maquillé et les cheveux hérissés.

La longère avait toute une série de chambres à l'étage, huit en tout. Ils les parcoururent à la recherche de couettes, d'oreillers et de draps. Il sentait ses vêtements mouillés de sueur contre son corps et le nettoyage de la salle de bains lui avait donné la nausée. Il ouvrait et refermait les portes, parlait avec Torunn tout en pensant à Krumme et en se disant qu'il allait passer la nuit ici, à Neshov, au lieu de dormir chez lui. Ils avaient acheté de la bière, il avait apporté son Valium, il y arriverait bien. Ils ne trouvèrent aucune couette convenable, seulement de lourdes couvertures matelassées qu'ils descendirent dans la cuisine et étendirent entre les chaises pour les faire sécher, elles étaient humides et glacées. Il avait décidé d'occuper la chambre du grand-père Tallak, elle monta avec une bassine d'eau pour enlever les toiles d'araignées des tables de nuit, des rebords de fenêtre et des radiateurs dans les deux chambres. Quand

La Terre des mensonges

il lui avait rappelé qu'il avait horreur des araignées et qu'il fallait qu'elle fasse très attention au-dessus de son lit, elle avait prétendu qu'il n'y en avait pas en plein hiver, que c'était l'époque où elles hibernaient. Mais une araignée particulièrement résistante pouvait fort bien se réveiller et venir lui flanquer une peur bleue.

Cela sentait bon dans la cuisine. Deux nouvelles casseroles étaient chaudes, il prépara encore un seau d'eau savonneuse qu'il emporta au salon. Il jeta toutes les plantes, sauf une qui n'était pas morte. Des boîtes de conserve entourées de papier alu fixé par des bouts de laine, Krumme ne le croirait pas s'il lui racontait ça. Les rebords de fenêtre étaient complètement dégagés, Tor se fâcherait sûrement en les voyant, mais tant pis ! Il lava la table, les accoudoirs des fauteuils, prit les coussins et alla les lancer dehors dans la neige, où ils rejoignirent les tapis tissés. Il aurait préféré s'en débarrasser, mais il ne pouvait pas mettre toute la ferme dans un sac-poubelle.

Il n'osait pas téléphoner à Krumme. Il craquerait en entendant sa voix, s'il n'avait pas une date de retour à lui annoncer. Mais si Tor arrivait à se débrouiller et s'ils lui achetaient des tas de provisions, lui et le vieux pourraient très bien fêter Noël tout seuls. Il avait oublié d'appeler la compagnie d'aviation, et il lui semblait bien que Torunn ne l'avait pas fait non plus. Il mit la bouilloire à café à chauffer. Elle était récurée à la laine d'acier, à l'intérieur comme à l'extérieur. La boîte à café était propre. Il alla chercher le sac plein de nourriture et rangea tout dans le frigo. Il restait une tache brune sur le bouton de la poignée, il prit un chiffon et frotta. À la radio, ils débattaient du Moyen-Orient et des attentats suicides.

296

La Terre des mensonges

Torunn descendit l'escalier.

— Ton père, il va rester couché ?

— Oh, oui. Allez, on boit un café et on refait un tour à la boutique. Tor est à la porcherie ?

— Où sinon ? Je peux monter une tasse de café à ton père.

— Café au lit ? Je ne crois pas qu'on lui en ait déjà servi.

— Bien sûr que si. Tout le monde connaît.

Ils coupèrent quelques tranches de pain sur une planche avec un cochon gravé dessus, qu'ils avaient d'abord frottée à l'eau bouillante. Ils avaient acheté du beurre de cacahuètes, du fromage et du jambon saumuré. Torunn monta une tasse de café, des morceaux de sucre et deux tartines. Elle ne tarda pas à redescendre.

— Il était content ?

— Drôlement surpris, dit-elle. Mais quel bazar dans sa chambre ! Ça doit faire un bout de temps qu'il a les mêmes draps. Et qu'est-ce que ça sent mauvais ! Il était en train de lire. Bizarre, alors que sa femme vient juste de mourir.

Ils mangeaient debout devant le plan de travail, les chaises étaient occupées par les couvertures.

— Et je trouve ça quand même plutôt curieux que Margido ne vienne pas ici aujourd'hui, reprit-elle. Pour être avec toi et mon père. Vous êtes frères et vous avez perdu votre mère. On n'a pas vraiment l'impression que quelqu'un est mort. Il devrait y avoir des fleurs, des parents et...

— Et un chœur de pleureuses ? Mais personne n'est au courant. Si les voisins le savaient, ils seraient probablement venus avec des fleurs. Par pure politesse, même s'ils

La Terre des mensonges

n'étaient pas amis avec maman. Après la mort du grand-père Tallak, on n'a plus du tout fréquenté les voisins. Fini, du jour au lendemain. Terminé. Mais on va aller acheter des fleurs, en tout cas des plantes, je les ai toutes jetées sauf une. Et il faut réfléchir à ce dont on a encore besoin.

— Du pain azyme pour accompagner la soupe de viande. Et un bout de saucisse supplémentaire pour mettre dedans, on n'a que des espèces de boulettes de viande dans les congélateurs. Et du lait. Qu'est-ce qu'on va faire des ordures ?

— Les brûler. On a l'habitude de faire ça derrière la grange. On verse un peu de kérosène dessus.

À la boutique, il embarqua six plantes vertes, en évitant les poinsettias et les décors de Noël. Ils n'avaient que d'horribles cache-pots en plastique, mais il en prit quand même six. Torunn voulut acheter des bougies. Pour créer une bonne ambiance, dit-elle. Lui-même songeait à son père et à la manière d'obtenir qu'il fasse sa toilette. En mettant des chaussettes et des boxers dans le panier, parce qu'il n'avait pas apporté grand-chose pour se changer, il en prit un lot supplémentaire pour son père. Mais il devait absolument passer à la salle de bains avant lui, pendant que la baignoire était encore propre. Et pourquoi n'avait-il pas de dentier inférieur ? Il devait avoir du mal à mâcher. À ingérer ses aliments.

À leur retour, il emporta les tapis et les coussins jusqu'au coin de la maison et se donna le temps de s'en occuper. Il envoya de la neige sur les tapis, battit et secoua les coussins tout en admirant la vue. La nuit commençait à tomber, le

298

La Terre des mensonges

ciel était dégagé, le fjord noir et sans la moindre ride. C'est vrai que c'était beau ici, comme l'avait dit Torunn. Il avait bien des fois pensé à ce panorama à Copenhague, sa pureté, son ouverture, son étendue. On respirait un air tellement pur, c'était autre chose que l'air de chez lui, pollué par les gaz d'échappement. Les bouquets d'arbres étaient plus hauts et plus larges que la dernière fois. Un siècle auparavant il n'y avait pas d'arbres à cet endroit-là, lui avait raconté le grand-père Tallak. Et le glissement de terrain en vingt-huit avait emporté huit hectares de terres cultivées, il ne restait que l'argile bleue. C'étaient des coteaux exposés, des coteaux qui donnaient sur le fjord, presque pas de terrains plats, tout descendait vers l'eau. Il sentit soudain combien son grand-père lui manquait, énormément. Et quel deuil, à l'époque ! Le vrai deuil à la ferme, les salons étaient pleins de gens le soir où c'est arrivé, tout le monde avait apporté différentes choses à manger, davantage de nourriture que de fleurs. Au fond, Torunn et lui faisaient ce qu'il fallait, ils avaient apporté des provisions, garni le frigo, et ils allaient bientôt faire chauffer la soupe. Torunn devrait d'abord laver toutes les assiettes creuses et les couverts.

Il remit les coussins et les tapis à leur place, Torunn s'occupa des plantes. Il prit une douche, l'eau était devenue tiède, il enfila des vêtements propres et frappa à la porte de son père. Il eut un grognement pour toute réponse, il ouvrit, respira par la bouche et se boucha le nez.

— Il faut que tu te laves, dit-il. Voici des chaussettes et des caleçons neufs. Tu as sûrement le reste de propre dans une armoire. Une chemise, un pantalon, une autre veste en laine. L'eau n'est pas encore tout à fait chaude, mais j'ai mis le ballon sur trois. Tu pourras te couper les ongles aussi, j'ai posé les ciseaux à ongles sur le bord du lavabo.

Le père le regarda d'un air effaré.

— Il y a des gens qui viennent ?

— Non. Seulement nous, mais tu sens mauvais. Torunn n'est pas habituée à ça. Et où est ton dentier du bas ?

— Je l'ai perdu.

— On va bientôt manger de la soupe de viande.

Tor était revenu dans le salon. La télé n'était pas allumée. Il était recroquevillé dans un fauteuil, le regard fixe, portant de simples vêtements d'intérieur et des chaussettes de laine dans ses sabots.

La casserole de soupe était sur le feu.

— As-tu appelé la compagnie d'aviation ? demanda Erlend à Torunn.

— J'ai oublié. Il va falloir que j'achète un nouveau billet. Je vais être ruinée.

— Moi aussi, j'ai oublié. Mais ne pense pas à l'argent ! Je m'en charge. Un prêt à long terme. Très long terme.

Il alla chercher trois bières dans le frigo et les ouvrit, en donna une à Torunn, alla dans le salon offrir la deuxième à Tor. Il dut lui tapoter l'épaule pour qu'il s'en rende compte. Tor sursauta et prit la bouteille d'un air indifférent, sans remercier.

— C'est plus agréable ici maintenant.

— Maman s'était donné beaucoup de mal pour les boîtes, dit Tor. Je les trouvais belles.

— Elles étaient rouillées. Et les plantes étaient crevées. D'ailleurs il en reste une.

La Terre des mensonges

— Est-ce qu'on peut la mettre là, celle-là ?
— Bien sûr.

Ils entreposèrent les couvertures dans le salon pendant le
dîner. Il n'y avait que trois chaises, Tor alla chercher un
tabouret dans le couloir. Le père empestait, c'était difficile
de manger. Il vit que Torunn était gênée mais qu'elle ne
voulait pas le montrer, la table était petite, ils étaient serrés.

Il ressentit un soupçon de pitié céder la place à son
ancien dégoût, bien que son père lui ait été complètement
indifférent et qu'il n'ait pas eu pour lui une seule pensée
en vingt ans. Tor avait la démarche d'un robot quand il
était venu s'asseoir. Maintenant il avait les yeux rivés sur
son assiette et le coude gauche sur le coin de la table.

Personne ne disait mot. La soupe n'était pas mauvaise,
Torunn avait rajouté du sel, mais on avait oublié les bougies
pour l'ambiance. Chacun évitait le regard de l'autre, se
concentrait sur sa cuiller, son assiette et le pain azyme. Il
observa le motif de la table en formica, il se rappelait quand
ils l'avaient achetée et combien ils avaient eu de mal à la
monter. C'était un achat du grand-père Tallak, il était
rentré triomphant avec l'énorme boîte un jour où il était allé
en ville, c'était le dernier cri, il affirmait que ça ressemblait à
du marbre. Maintenant c'était revenu à la mode. Les murs
de la salle de bains étaient recouverts de vinyle, la rénova-
tion avait coûté une petite fortune, il y avait trente ans de
ça. La cuvette des WC avec chasse d'eau, la baignoire et le
mélangeur au-dessus du lavabo. Neshov prospérait dans ce
temps-là. Des parterres de rosiers le long des murs, des
fraises, un poulailler, et un feu de la Saint-Jean sur les galets
de la plage. Et l'ambiance de Noël. Une gerbe de blé

La Terre des mensonges

accrochée à l'arbre dans la cour et le riz au lait pour le lutin dans la grange, il allait le porter avec le grand-père qui avait toujours gardé son âme d'enfant et croyait encore au lutin de la ferme. Il disait que le lutin avait une vareuse grise et un bonnet rouge et qu'il habitait sous l'arbre de la cour. Si on le traitait mal, ça n'allait pas bien à la ferme.

À son avis, personne n'était allé porter le riz au lait de Noël dans la grange ces vingt dernières années.

Torunn accompagna son père à la porcherie. Ils disparurent pendant près de deux heures. Il aurait dû appeler Krumme, mais rechignait. Son téléphone portable était éteint, dans la poche de sa veste. Il mit de l'ordre dans la cuisine, fit la vaisselle et s'assit devant la télé. Le vieux remuait là-haut dans la salle de bains, cela faisait quelle impression de ne plus avoir sa dentition du bas, se demanda-t-il. Pour un idiot.

Lorsque Torunn revint, après avoir pris une douche, elle déclara :

— Je ne me rappelle pas depuis quand j'ai été aussi crevée ! Les couvertures sont sûrement sèches maintenant, il faut que j'aille me coucher.

— Je vais te faire ton lit. Ça s'est bien passé à la porcherie ?

— J'étais tellement fatiguée que je n'ai pas pu m'empêcher d'avoir peur d'eux.

— Peur ? Tu n'as quand même pas peur des cochons ?

— Quand ils pèsent deux cent cinquante kilos, si ! Mais il n'aurait pas réussi à faire tout le travail, il allait de-ci, de-là, mais ne finissait rien. Et il ne parle pas. Il a toujours aimé

La Terre des mensonges

parler de ses porcs. Une des truies a tué deux de ses petits hier, sa cochette préférée ! Ça l'a aussi sûrement beaucoup marqué. En plus de tout le reste, quoi.

Une heure plus tard, il se faufila sous sa propre couverture, sur un drap bouchonné de travers entre le matelas et le cadre du lit. Il se coucha en chien de fusil, les mains autour des genoux, pour éviter de se geler les orteils. Il reconnut l'odeur de la literie, c'était l'odeur de cette maison, la vieille odeur dont il avait le souvenir. Il ne bougea plus, respira, attendit que le cachet fasse son effet. Son grand-père couchait là autrefois, dans toute sa splendeur, ce qu'il était, ce qu'il savait, ce qu'il pensait. L'odeur des draps suscita en lui un flot d'images, le grand-père dans les prés, en chemise verte, tenant une faux qu'il maniait avec tant de légèreté et de précision qu'on aurait cru qu'il balançait un bout de corde, sans efforts, d'un côté et de l'autre, il criait quelque chose, peut-être qu'il commençait à avoir faim, est-ce qu'Anna n'apportait pas bientôt de quoi manger, et ses pas à travers les sillons, ses longues enjambées en bottes, il ne se reposait jamais, cet homme-là, le moindre de ses gestes révélait son énergie, même le simple fait d'essuyer la sueur de son front, les autres avaient l'air de limaces sous la pluie à côté de lui, sauf peut-être la mère, ils riaient souvent ensemble, elle le comprenait à demi-mot et souriait en le regardant manger, il dévorait avec plaisir et avidité, et elle en était manifestement ravie. Il se souvint qu'un jour le grand-père Tallak l'avait projetée en l'air, lui était tout petit et ils ne savaient pas que quelqu'un les regardait. Personne ne faisait ça au milieu d'une journée de labeur, s'amuser à lancer les gens en l'air. Mais il les avait

La Terre des mensonges

vus par une fente du mur en planches des cabinets dehors, le grand-père l'avait prise et soulevée à bout de bras, elle avait hurlé. Un fois retombée, elle avait fait semblant de rire en le regardant. Il se recroquevilla davantage sous la couverture et songea précisément à cette image, sa mère en robe jaune et tablier blanc avec des taches de fraise, son grand-père grand et fort devant elle. Jaloux, il avait bondi hors du cabinet sans s'essuyer les fesses correctement et exigé du grand-père qu'il fasse exactement la même chose avec lui. Lance-moi, grand-père, lance-moi aussi ! Sa mère avait dit qu'il devait arrêter ces bêtises, et les abandonna tous les deux.

Maintenant il ressentait l'effet du cachet, la corde lisse qui s'enroulait à n'en plus finir autour de son corps, il n'était pas question d'avoir froid au sein d'un tel bien-être, il s'étendit de tout son long et, des pieds et des mains, il chercha à colmater toutes les ouvertures par lesquelles l'air froid pouvait passer.

Les rideaux étaient transparents, la fenêtre n'était pas hermétique. Tout était si calme. À Copenhague il y avait toujours du bruit, même en pleine nuit. Il entendit quelqu'un tirer la chasse d'eau, un bruit innocent qui le soulagea un peu. Lundi ce serait Noël. Demain matin il téléphonerait à Krumme, en espérant qu'il saurait quoi dire.

Elle utilisa son portable en guise de réveil. Ils devaient aller à la porcherie à sept heures, elle mit le portable à sonner à sept heures moins le quart. Quand il clignota en vert et piailla dans la chambre complètement noire, elle ne comprit pas où elle était. Elle ne trouva pas l'interrupteur de la lampe de chevet et tâtonna un moment le long de la tête du lit avant de réussir à allumer la lumière dans la pièce et se retrouver face à David Bowie en Aladdin Sane, avec l'éclair rouge et bleu peint en travers du visage.

Les porcs. Son père.

Le plancher était glacé, elle prit ses vêtements et sa trousse de toilette, et se précipita dans la salle de bains. La maison était silencieuse. Elle savait où était la chambre de son père désormais, et celle de son grand-père. Les portes étaient fermées, son père était sûrement réveillé, les paysans se réveillaient toujours aux aurores. Il n'était pas question de téléphoner à la porcherie pour dire qu'on s'était libéré quelques heures pour profiter d'un sommeil réparateur. Pas d'horaires flexibles possibles.

La Terre des mensonges

Il était déjà assis dans la cuisine, ça sentait le café, le bec de la bouilloire fumait, mais il n'avait pas de tasse devant lui. Il avait les traits tirés, la bouche entrouverte, les yeux écarquillés, il la regarda à peine lorsqu'elle referma la porte derrière elle. Le bougeoir de l'avent sur le rebord de la fenêtre était éteint, elle vit qu'il était branché et elle commença à visser les ampoules. En tournant celle du milieu, la plus haute, elles s'allumèrent toutes les sept. La nuit noire collait aux carreaux et en faisait des miroirs. Le thermomètre extérieur indiquait moins sept.

— Tu n'as peut-être pas dormi ?

Il secoua doucement la tête.

— J'ai comme l'impression qu'elle est encore à l'hôpital. Que je vais bientôt y aller. La voir. Voir si elle s'est réveillée, si elle a récupéré.

Il avait la voix un peu cassée, mais l'éclaircit au prix d'un long raclement de gorge.

Elle posa la main sur son épaule, appuya.

— Pauvre papa ! Ça doit être terrible de perdre sa mère.

Elle aperçut son propre visage au-dessus du rideau, pâle, encadré de cheveux noirs, qui se réfléchissait dans la brillante obscurité de décembre.

— Tu ne l'as pas connue. C'est dommage.

— Oui, c'est dommage, dit-elle.

— C'est tout beau ici maintenant, Torunn. Les plantes sont belles aussi. Mais la présence d'Erlend n'est pas nécessaire. Est-ce que ça ne suffit pas si toi, tu...

Elle sentit une petite poussée d'indignation, son père ne se doutait pas de ce qu'il en coûtait à Erlend, elle non plus d'ailleurs, au bout du compte. Mais elle dit doucement, sans lâcher son épaule :

La Terre des mensonges

— Non. Peut-être pas. Mais quand une chose comme ça arrive… Et n'oublie pas qu'il est venu aussitôt, de Copenhague, quand elle est tombée malade. Ça veut bien dire quelque chose.

— Mais il n'est pas affligé.

— Chacun est triste à sa façon, dit-elle.

Elle ôta la main de son épaule et s'assit.

— Il est triste ?

Il leva vers elle son visage mince, un visage dans lequel elle ne se reconnaissait pas, mais où elle savait pourtant qu'elle était.

Elle hocha la tête, détourna son regard, fit semblant d'être désolée à cette pensée.

Elle entra dans la porcherie avec plaisir. La saleté de sa combinaison ne la gênait plus, elle ne prêtait plus attention à l'odeur âcre des porcs. Elle avait hâte de revoir les petits, elle ne s'en lassait jamais, même pas dans ces circonstances. Les porcs poussèrent des cris stridents et des grognements, remuèrent avec excitation quand les néons du plafond s'allumèrent. Il fallait d'abord ôter le fumier, il y en avait sans doute moins le matin, pensait-elle, les porcs dormaient la nuit, ne faisaient alors pas tant leurs besoins.

C'est elle qui découvrit le porcelet mort. Pas un de ceux de Siri, mais de Sara cette fois-ci. Il gisait seul, au milieu de la case, tandis que les quatre autres dormaient sous la lampe chauffante. Sara était levée, impassible, reniflant dans sa direction entre les barreaux, la partie large et aplatie de son groin bougeait comme un radar.

— Regarde ! dit-elle en montrant du doigt. Il y a un petit qui est resté couché là.

La Terre des mensonges

Il la rejoignit en quelques pas et resta figé, les bras ballants, les yeux rivés sur le porcelet. Puis il pénétra dans la case et le souleva par la peau du cou, qui se froissa comme une mince étoffe entre ses doigts.

— Il est mort ? demanda-t-elle.

Il ne répondit pas, ressortit en emmenant le porcelet jusqu'à la buanderie. Elle entendit le bruit du petit corps heurter le sol en béton. Puis plus rien. Debout devant Sara, elle la dévisagea.

— Qu'est-ce que tu as fait ? murmura-t-elle. Et aujourd'hui !

Le regard de Sara ne fléchit pas. Il était affamé, ardent, insouciant, elle en avait encore quatre, c'était sa première portée, comment saurait-elle être une bonne mère ?

— On fait des expériences sur des cas comme toi, dit-elle. Et tu seras condamnée.

Elle donna un bon coup du plat de la main sur le groin de Sara. Celle-ci recula péniblement de cinquante centimètres, tomba assise sur le derrière, le regard troublé, vacillant. Le père ne revenait pas de la buanderie, elle n'entendait aucun bruit, elle s'y rendit.

Il était accroupi devant le porcelet, les deux mains autour de la tête. Des touffes de cheveux dépassaient de ses doigts, il lui tournait le dos, le petit corps formait un angle droit contre le mur, il était plus bleu clair que rose.

— Papa !

Elle entendit que cela ne sonnait toujours pas très naturel.

— Je n'en peux plus, dit-il d'une voix caverneuse.

— Tu as dit que c'était habituel.

— Pas maintenant. Pas maintenant.

La Terre des mensonges

Il se mit à bouger le bout des pieds.

— Je comprends ce que tu veux dire.

Il ne répondit pas. Il bougea plus vite les pieds et, quelques secondes plus tard, s'affaissa sur le côté, toujours les mains prises dans les cheveux, les genoux remontés vers la poitrine. Des hurlements commencèrent à s'élever dans la porcherie, d'abord deux ou trois porcs, puis davantage, comme une meute de loups. Ils avaient faim, voulaient manger, cela tardait. Elle se pencha sur lui, essaya de lui tirer la main des cheveux, en vain. Il pleurait, les larmes lui coulaient sur le nez et gouttaient par terre. Elle sentait qu'il faisait terriblement froid, l'eau n'allait-elle pas geler aux robinets ? Les porcs criaient, les truies d'un ton grave, guttural, les porcelets sevrés d'une voix aiguë de fausset. Les bruits se plaquaient à son dos, à sa nuque, à ses tympans, c'étaient des êtres vivants, qui dépendaient de leur routine.

— Il faut que je... Je m'en charge. Ça ira. Ça ira. Tu n'as qu'à... Après on rentrera déjeuner.

Elle le laissa et s'efforça de se souvenir des quantités qu'ils avaient distribuées dans les différentes cases. Elle les débarrasserait du fumier plus tard dans la journée, ce n'était pas important, il s'agissait maintenant de calmer les bêtes, d'assouvir leurs besoins.

Après bien des tâtonnements, elle trouva l'interrupteur de la pièce de stockage. Le silo était comme une énorme masse qui descendait du plafond. Elle mit le seau dessous et tira le mécanisme d'ouverture. Les granulés se déversèrent dans un nuage de poussière, elle repoussa la trappe, celle-ci résista, elle dut appuyer dessus, et le seau déborda largement sur le sol. Erlend avait du Valium. Si son père n'en voulait pas, elle en

La Terre des mensonges

écraserait un cachet et le mettrait dans sa nourriture. S'il acceptait de manger, bien sûr. Sinon, peut-être dans son café.

Elle aurait aimé avoir elle-même la responsabilité de la porcherie, si son père n'avait pas été affalé dans l'autre pièce. Elle s'en rendit soudain compte, tout en se hâtant de case en case, elle n'y était encore jamais restée seule, elle était venue uniquement en observatrice, mais là elle allait chercher les aliments pour en faire la distribution à ces bêtes voraces et se rendait indispensable. Personne d'autre ne le ferait si son père gisait dans la buanderie. Elle pensa aux reportages dans les journaux, des associations pour la défense des animaux qui découvraient des conditions terribles, des bêtes qui pataugeaient jusqu'aux genoux dans le lisier et qui s'entre-dévoraient. Était-ce ainsi que ça commençait ? Ce n'était pas impossible. Une personne importante qui mourait à la ferme, des truies qui décevaient, et c'en était fini du plaisir de travailler, tout devenait muettes accusations et défaite.

Il n'avait pas bougé.
— On rentre maintenant, dit-elle. Viens !
Il avait l'air de dormir. Devrait-elle appeler un médecin ? Elle réalisa qu'ils auraient dû parler avec un médecin à l'hôpital avant de partir, mais de quoi ? Comment gérer le chagrin et le choc ? Elle avait cru simplement qu'en venant à Neshov avec Erlend, tout se serait arrangé. Le porcelet pouvait rester là. Même les femmes pouvaient tuer leurs propres enfants si elles donnaient le sein la nuit et s'endormaient, elle avait lu ça et s'en était révoltée rien que d'y penser, l'associant à l'absence d'instinct maternel, car même endormie, une mère devait sûrement protéger sa progéniture.

La Terre des mensonges

— Allez, viens !

Il ouvrit les yeux, les leva lentement dans sa direction.

— Je me suis évanoui ?

— Je ne sais pas. C'est affreux pour ce porcelet. Mais il faut que tu...

— Je me suis évanoui ?

— Oui. Tu t'es évanoui. Viens !

Il commença à appeler Krumme vers neuf heures, sans obtenir de réponse. Après avoir appelé sept fois et laissé trois messages qui à son avis devaient paraître complètement hystériques, il téléphona au journal. Ils ne savaient pas où était Krumme, il était d'astreinte ce soir. Il tenta à nouveau le portable. Personne ne répondit. Seule la voix de Krumme le priait, avec une monotonie de gestionnaire, de laisser un message.

C'était le châtiment. Krumme ne voulait plus avoir affaire à lui. Il savait bien, en son for intérieur, qu'il s'était montré bien trop distant et un peu sec envers lui lors du coup de fil qu'il avait passé la veille au soir pour lui dire qu'il ne rentrerait pas. Mais comment aurait-il pu faire autrement, alors que Tor et Torunn entendaient tout ce qu'ils disaient ? Il avait chassé Krumme de sa vie avec cette conversation, et tout avait commencé avec la licorne, le mensonge, il avait fait semblant de dormir quand Krumme avait pris soin de lui. Que n'avait-il parlé à ce moment-là ! Il avait avoué trois jours plus tard, en état d'ébriété dans la chambre d'hôtel, maintenant c'était fait. Krumme avait

La Terre des mensonges

rompu, à tous les coups, et il faisait figure de drama queen et de menteur, ni plus ni moins.

Il s'assit à la fenêtre de la cuisine, laissa passer le temps. Une volée de moineaux et de mésanges se battait sur la mangeoire pour des miettes de pain et une boule indéfinissable suspendue à une ficelle. Il repensa au lutin de la ferme, qui était vraisemblablement raide mort sous l'arbre de la cour. Il but du café tiède, essaya de se concentrer sur les oiseaux de la mangeoire, leur côté affairé de tous les jours. Tor dormait à l'étage, après que Torunn lui eut administré un Valium en début de matinée. C'est elle qui l'avait réveillé, et il avait réalisé avec horreur où il se trouvait et à qui il devait bientôt téléphoner. Il avait attendu une heure avant d'appeler la première fois, effrayé de ce qu'il devait dire, puisque Tor avait, semblait-il, véritablement craqué, et que Torunn était toute bouleversée. Il devait rester ici, il n'avait pas le choix, bien qu'il ne comprenne pas vraiment en quoi il pouvait aider, si ce n'est par sa présence, celle de l'oncle, il ne savait pas ce que c'était d'être oncle, mais il allait manifestement l'apprendre. Il les avait entendus dans la salle de bains, Torunn avait dû pratiquement le forcer à prendre le cachet, elle l'avait supplié en pleurant avant qu'il ne l'avale. Dire qu'il avait tant de chagrin pour la perte de cette mère, mais elle avait toujours eu des rapports différents avec Tor qu'avec Margido ou lui-même. Elle voyait Tor, s'était située par rapport à lui.

Torunn était repartie à la porcherie. Le père venait de descendre se couper une tartine de pain et l'avait emportée

La Terre des mensonges

en haut. Ils n'avaient pas échangé un seul mot. Il était bientôt onze heures et demie, le soleil hivernal était bas et couleur miel, le ciel était mauve, il y avait des fleurs de givre aux coins des carreaux de la cuisine, il avait soulevé le rideau plusieurs fois pour les voir, mais pas tout à fait réalisé vraiment combien elles étaient belles, le propre design Swarovski de la nature, il n'y avait jamais de fleurs de givre aux fenêtres chez lui. Chez lui... Ici, là-bas, chez lui.

Il fumait cigarette sur cigarette, se servant d'une soucoupe comme cendrier, et il s'était rongé plusieurs ongles en moins de temps qu'il n'en faut pour le dire, il y avait pourtant longtemps qu'il ne le faisait plus. Quand il voulut ajouter du bois, il vit qu'il en restait très peu dans la bassine. Allait-il réellement devoir aller dans la remise ? Il alluma une nouvelle cigarette et regarda dans la bouilloire à café, il n'y avait plus que du marc mouillé. On toucherait bientôt le fond pour tout, assurément.

Il prit son manteau de fourrure accroché au clou dans le couloir, il était glacé, il n'y avait pas de chauffage, ses boots étaient toutes froides. La bassine en zinc dans les mains, il traversa la cour jusqu'à la remise, la température était sûrement très basse, mais ça faisait du bien aussi d'inspirer l'air pur et froid de l'hiver.

Le bois se trouvait dans une énorme caisse, les plus grosses bûches à gauche, un peu de bois fendu à droite. La hache était posée en travers du billot. Les vieux copeaux et la sciure avaient rendu le sol moelleux, ça sentait bon et fort à l'intérieur. Il évalua la taille de la porte du foyer de la cuisinière et remplit la bassine de bois tout prêt coupé, tout en pensant à la cheminée à gaz de chez lui et à l'enregistrement vidéo d'un feu dans l'âtre de trois heures, auprès

La Terre des mensonges

duquel il se chauffait quand il était jeune à Copenhague. Pour le salon, il prit deux ou trois plus grosses bûches, on n'y avait pas encore allumé de feu.

Quelque chose brillait au fond de la caisse, dans un coin, il parvint à s'en saisir, c'était un dentier qu'il fourra dans sa poche. Il aurait volontiers éclaté de rire après cette trouvaille, mais il n'osa pas. Peut-être qu'il pourrait en rire quand il le montrerait à Torunn, elle allait bientôt revenir de la porcherie.

En rentrant dans la cuisine, il laissa tomber le dentier dans un grand verre qu'il remplit d'eau et posa sur le plan de travail. Des copeaux montèrent à la surface. Il fit du feu dans le salon, rinça la bouilloire et remit de l'eau à chauffer pour le café. Il entendit Torunn à la porte d'entrée, il allait mettre le couvert pour le déjeuner, trouver les bougies qu'ils avaient oubliées la veille, il n'avait pas faim, il faisait ça pour elle. Il sortit le pain qui était dans la huche en plastique jaune clair, et le couteau. Au même moment le vrombissement d'un moteur retentit dans la cour. Il aperçut par la fenêtre une Golf blanche qui s'arrêta avec un petit soubresaut près de l'arbre. Sur le côté de la voiture il était écrit « Europcar, véhicules de location ».

Il resta cloué sur place, cramponné à la table en formica, il avait immédiatement reconnu qui c'était. Torunn ressortit, alla tranquillement à la rencontre de Krumme, lui tendit la main, il la prit, l'impensable était devenu réalité, il voulut se cacher, au fond d'une petite penderie, rendre l'âme, mourir de honte. Mais ce fut le soulagement qui l'emporta, il n'était pas abandonné, au contraire on venait le voir, après un long voyage, et Krumme qui était un piètre

316

La Terre des mensonges

conducteur, ils n'allaient jamais nulle part en voiture, et sur des routes enneigées, mais il avait un bon sens de l'orientation, savait demander son chemin, écouter et noter, utiliser une carte, il devait en avoir une. Mais il était d'astreinte ce soir ! Et ce furent ses premiers mots lorsque Krumme, quelques secondes plus tard, fit une entrée précipitée dans la cuisine où il le trouva devant la fenêtre :

— Mais tu es d'astreinte ce soir !

— Erlend ! Te voilà !

Quel bonheur de sentir son parfum, de le tenir dans ses bras, de poser la joue sur son front ! Mais son regard tomba sur le dentier dans le grand verre, le calendrier de la coopérative, les rideaux, les odeurs et la décrépitude malgré le grand nettoyage.

— On s'en va tout de suite, Krumme. C'est bien que tu aies loué une voiture.

— Mais on ne peut pas. Sinon tu serais déjà reparti.

Un inconnu était assis dans la cuisine, il resta dans l'embrasure de la porte en se tenant au chambranle et à la poignée.

— Entre ! dit Torunn, ça fait un courant d'air.

Il lui obéit. Il pensa : la porcherie. Et il dit :

— La porcherie.

— Tout va bien là-bas, ils ont des granulés, de l'eau, des sols propres. Et de la paille et de la litière de tourbe. Viens t'asseoir ! Tu as dormi très longtemps, tu dois avoir faim.

Il était bien forcé de la croire, il avait la tête penchée et l'impression que son cou était fixé à ses épaules par un élastique. Alors il pensa à une chose. Il oublia aussi vite, mais ça lui revint tout d'un coup.

— La lumière, dit-il. Il faut laisser allumé.

— Chez les porcs, en plein jour ?

— Oui. Noir seulement la nuit. Il leur faut... un rythme quotidien.

— Je ne savais pas. Je file tout de suite allumer.

Il dévisagea à nouveau l'étranger. Il avait beau être assis sur une chaise de cuisine, il voyait qu'il était petit et gros. Il

La Terre des mensonges

ressemblait à « Karlsson sur le toit ». Torunn se faufila devant lui et sortit. L'homme avait la même boucle d'oreille qu'Erlend. La main d'Erlend reposait sur ses genoux. Il y avait une nappe sur la table, et de quoi manger. Des tranches de pain coupées en deux, de la charcuterie et du beurre. Et une grande bouteille marron foncé, à l'étiquette jaune et rouge. C'étaient les belles tasses à café, celles dont la mère ne se servait jamais.

— Vous avez pris les belles tasses de maman ? demanda-t-il.

— Bien obligé, dit Erlend. Il n'y avait pas une seule tasse ou une seule soucoupe qui allaient ensemble dans le placard.

— Allaient ensemble ?

— Oui. Allaient ensemble. Je te présente Krumme.

— Krumme ?

— Mon compagnon, à Copenhague. Il vient juste d'arriver.

— Ici ?

— Il est assis là, tu vois bien !

Erlend se tourna vers lui et chuchota quelque chose, il saisit le mot Valium.

— Je ne voulais pas, dit-il. C'était Torunn.

— Assieds-toi, Tor, tu vas prendre du café. Ce cachet va agir encore pendant des heures, c'est pour ça que tu te sens un peu bizarre.

Erlend lâcha le genou de l'homme, après une dernière pression et de rapides caresses.

— Non, dit-il.

— Non à quoi ? Au café ou au fait de te sentir un peu bizarre ?

La Terre des mensonges

— Non.

— Tu ne veux pas saluer Krumme, alors ?

— Non. Tu n'as jamais rien fait d'autre que du mal à maman. Si elle avait vu ça... Heureusement qu'elle est morte !

— De quoi est-ce que tu parles, bon Dieu ? hurla Erlend.

Sa voix était grêle et trop forte pour trouver toute sa place dans la cuisine, il y avait des fleurs de givre sur la fenêtre.

— Salaud ! dit-il. Venir ici et... peloter. Tu peux te tirer maintenant.

Erlend lui fit face, il sentait le parfum pour hommes et les cacahuètes.

— Tu vas fermer ta gueule ! dit-il. Ce n'est pas pour toi que je suis là, c'est pour Torunn !

— Arrête de crier ! Tu n'as jamais rien fait d'autre que du mal.

Il sentit une douleur cuisante à la joue, s'écroula sur le plan de travail, tendit les bras de chaque côté pour se retenir, sa joue brûlante reposait contre la paillasse froide, il essaya de relever la tête mais elle ne voulut pas lui obéir. Alors la porte s'ouvrit et la voix de Torunn était là, ses mains autour de ses épaules, il avait mal à l'oreille aussi, remarqua-t-il. Torunn le redressa.

— Qu'est-ce que vous fabriquez ? cria-t-elle.

Allait-elle se mettre à crier, elle aussi ? Ils parlèrent dans son dos, il ne se retourna pas. Il les entendit répéter tout ce qu'il avait dit et ce qu'Erlend avait dit, sauf le fait que c'était pour Torunn qu'il était là, pas pour lui. Elle le poussa vers la porte.

La Terre des mensonges

— Je crois qu'il faut que tu t'allonges encore un peu, dit-elle. Je vais t'aider à monter et après je t'apporterai du café et un peu à manger.

Le lit était encore chaud, il était couché tout habillé. Les poutres du plafond étaient les mêmes. Tout était différent, mais les poutres du plafond étaient les mêmes. Il en éprouvait de la gratitude, il décida de les étudier longuement, à fond. Également quand la porte s'ouvrit et que, du coin de l'œil, il entrevit Torunn avec quelque chose dans les mains qu'elle déposa sur la table de nuit.

— Ils sont amoureux l'un de l'autre, dit-elle. Ils sont ensemble depuis douze ans.

— Maman aurait...

— Ta mère est morte. Et elle aurait été contente de savoir qu'Erlend était bien tombé, sur un homme sympathique.

— Non.

— Oublie alors !

Elle claqua la porte derrière elle en repartant.

Oublie quoi alors ? Il regarda la tasse, c'était heureusement une des vieilles. Elle avait oublié le sucre. Il renversa un peu de café quand il se souleva sur un coude pour rapprocher la tasse. Deux tartines de fromage et une avec... il mordit dedans, c'était du jambon saumuré. Il n'en avait pas mangé depuis des années, ils achetaient du mouton fumé ou du salami. Mais il n'aimait pas tellement le salami, c'étaient les bonnes vieilles truies porteuses usées qu'on transformait en salami.

C'était du pain fait par sa mère, le Danois en bas mangeait du pain fait par une morte qui l'aurait détesté. Sa

La Terre des mensonges

joue lui brûlait, il reposa la tête sur l'oreiller pendant qu'il mâchait et porta la main à sa joue. C'était à vif sous ses doigts, la peau battait au rythme de son pouls. Venir ici le frapper. Se faire des mamours sous la table de la cuisine et puis frapper. Il valait mieux envoyer tous les porcs chez Eidsmo, et se flinguer après.

Il fallait qu'il arrive en même temps que le pasteur, cela donnait un caractère professionnel à sa venue, il n'avait pas mis les pieds là-bas depuis sept ans. Là, c'était dans le cadre de ses fonctions. Un enterrement à préparer, des détails à mettre au point. Il contacta le pasteur Fosse et convint de le prendre au passage, si bien qu'il n'aurait pas besoin de rester longtemps, il serait obligé de le reconduire.

L'après-midi était sombre quand ils remontèrent l'allée. Une voiture inconnue était garée dans la cour, une voiture de location. Il gara la Citroën juste derrière. Il laissa son téléphone portable sur le siège, il était content de s'en séparer, Selma Vanvik l'appelait comme une forcenée, elle lui avait même envoyé une carte de Noël, à son adresse personnelle. Et il ne pouvait pas non plus rester injoignable au téléphone, les gens ne mouraient pas strictement pendant les heures de bureau.

Dans la pénombre, la cour ressemblait à ce qu'elle avait toujours été. Les fenêtres de la cuisine étaient éclairées, innocemment, elles étaient couvertes de buée à l'intérieur.

La Terre des mensonges

— Bon, voyons comment ça va se passer ! déclara le pasteur Fosse qui l'attendait sous l'appentis afin de le laisser entrer le premier. On entendait de la musique.

Un étranger en pull à col roulé noir et tablier vert se tenait devant la cuisinière, surveillant une poêle, on sentait une odeur intense d'épices et de viande fricassée. Il était petit et corpulent, et il bougeait au rythme de la musique à la radio, une chanson pop. Deux casseroles étaient en ébullition sur les plaques du fond, la vapeur couvrait toutes les fenêtres, celle au bougeoir de l'avent était entrouverte, sans que ça ne serve à grand-chose. Torunn et Erlend étaient assis à la table de la cuisine et tenaient chacun une bière, ils devaient boire directement à la bouteille, il ne voyait aucun verre. Plusieurs sacs de City Sud étaient posés par terre, et les provisions pas encore déballées. Sur la table, le journal était ouvert à la page des avis de décès. Il devina également les genoux du père par l'entrebâillement de la porte du salon. Erlend et Torunn se levèrent en apercevant l'homme qui le suivait et le col blanc qui apparaissait sous son manteau. Torunn se précipita vers la radio et l'éteignit, le petit homme devant la cuisinière se retourna. Un grand silence régna dans la cuisine, mais on entendait dans le salon la voix d'un commentateur sportif qui s'excitait.

— C'est toi ? dit Erlend. Vous ?

Le pasteur Fosse lui tendit la main.

— Vous êtes Erlend, sans doute ? demanda-t-il.

— Oui.

— Toutes mes condoléances. Je suis Per Fosse. Le pasteur d'ici.

— Merci, répondit Erlend.

La Terre des mensonges

Il prit la main tendue, l'air décontenancé, jeta un coup d'œil aux bières sur la table.

— On a le droit d'être tous agréablement réunis quand la maison est en deuil, déclara le pasteur en souriant.

— Je vous présente... Carl, dit Erlend. Carl, voici Margido, mon frère.

Ils serrèrent la main du pasteur, Torunn et ce Carl également. L'homme était danois.

— Il est arrivé aujourd'hui, ajouta Erlend.

Le pasteur Fosse passa dans le salon.

— Asseyez-vous, dit Torunn. Erlend et... Carl reviennent tout juste de faire les courses. Ils ont acheté le journal aussi. L'avis est très bien. Et on a reçu deux grandes compositions florales des fermes voisines, elles sont dans le grand salon.

— Où est Tor ?

— Il a fait une sorte de dépression aujourd'hui, on lui a donné un cachet, répondit Erlend. Il est couché. Mais assieds-toi ! Tu ne veux sans doute pas de bière, si tu conduis. Mais il n'y a pas vraiment assez de place pour une bouilloire à café sur la cuisinière pour l'instant. De la limonade ?

Il hocha la tête.

— Ce ne sera pas bien long. Mais Tor doit aussi...

— Tu pourrais peut-être monter le voir ? s'empressa de dire Erlend. Moi, je n'ai pas besoin de décider quoi que ce soit.

— On doit choisir les psaumes et la musique, et la présentation du livret de chants.

— À vous de décider ! insista Erlend.

La Terre des mensonges

Tor était couché, les yeux fermés, mais il se racla la gorge. On ne se racle pas la gorge quand on dort, pensa Margido. Il était tout habillé, la lampe de chevet était allumée.

– C'est ta chambre ici ?

– Ils m'ont forcé à prendre un cachet, dit Tor en ouvrant les yeux. Sache que je n'en voulais pas !

– Tu en avais sûrement besoin. Ça doit être dur pour toi.

– Le Danois à Erlend est arrivé, je ne peux pas descendre. Et il faut bientôt que j'aille à la porcherie. Torunn a fait tout le travail aujourd'hui, mais je veux quand même vérifier.

– Je l'ai rencontré. Il est en train de faire la cuisine.

– Vraiment ?

– Oui.

– C'est insupportable... rien que d'y penser. Erlend a pris la chambre de grand-père. C'est sûrement là qu'ils vont... coucher ensemble.

Il s'assit sur un tabouret tout près de la porte. Il tenait à la main un livre de psaumes, un bloc-notes et un stylo. Il était là pour préparer un enterrement.

– Mais enfin, Tor, il faut que tu...

– Que quoi ?

– Que tu descendes. Que tu sois présent. Tu ne peux quand même pas rester couché et...

Tor posa le bras sur ses yeux, ne répondit pas aussitôt, renifla un bon coup.

– Ils se pelotaient. Sous la table, murmura-t-il.

– Se pelotaient ? Comment ça ?

– Se caressaient. La cuisse.

La Terre des mensonges

— Je vais parler à Erlend.

— Qu'est-ce que tu vas lui dire ?

— Je vais lui parler, Tor. Mais l'enterrement... Le surlendemain de Noël, à une heure. As-tu vu l'avis ?

— Non. Je n'ai pas envie d'y penser.

— On doit choisir les psaumes et la musique. J'ai songé que peut-être...

— À toi de décider ! C'est ton boulot. Tu sais ce qu'il y a de mieux.

— Le pasteur est ici. Tu veux parler avec lui ? Tu veux que je lui demande de monter ? Le pasteur Fosse est gentil et intelligent, il...

— Mon Dieu ! Il a rencontré le Danois ? s'écria Tor en se soulevant sur un coude.

— Oui, bien sûr. Mais les pasteurs ont l'habitude de voir tellement de choses. Calme-toi ! Tu veux que je te l'envoie ?

— Non. J'ai honte ! Les pasteurs n'aiment pas ce genre de chose ! dit Tor en se laissant retomber sur le dos.

— Ça dépend, tu sais. Il n'est d'ailleurs pas certain qu'il ait réalisé...

— Ça se voit de loin, pour Erlend. Et ils ont les mêmes boucles d'oreilles.

— Mais il va quand même bien falloir que tu descendes, que tu fasses comme si de rien n'était.

— Je n'y arriverai pas.

— Fais-le pour maman ! Tu dois t'occuper de la ferme. C'est ton travail, la ferme, tu en es responsable.

Lorsque Margido redescendit, il prit Erlend à part dans le couloir.

— Tor n'y arrivera pas, chuchota-t-il sans introduction.

329

La Terre des mensonges

– À choisir des psaumes ? Mais tu peux toi-même...

– À supporter vos... attouchements.

Erlend pivota sur lui-même pour rentrer, saisit la poignée de la porte, Margido le prit par le bras et siffla :

– Erlend ! Écoute-moi !

Erlend lui tournait le dos, il continua :

– Il y va de la ferme et des bêtes. Torunn n'aura pas la force de... Il faut que Tor soit opérationnel, tu comprends ? Si vous voulez rester ici, vous pouvez bien éviter pendant quelques jours de... de...

– De nous aimer ?

– Non. Mais sans que Tor le voie.

– Nous devrons donc nous haïr en présence de Tor ?

– Tu cherches à me provoquer, mais c'est de Tor qu'il s'agit. Il doit pouvoir aller et venir dans la maison sans...

– Je comprends ce que tu veux dire. C'est d'accord. J'expliquerai à Krumme qu'il est arrivé dans un autre siècle.

– Krumme ?

– Je l'appelle comme ça. Un petit nom. Est-ce que j'ai le droit de l'utiliser ?

– Mais Erlend, il ne faut pas que tu croies que moi, je... C'est seulement le fait que Tor...

Erlend ouvrit la porte de la cuisine, il entra à sa suite.

Torunn avait rempli deux verres de limonade, un pour lui et un pour le pasteur Fosse. Celui-ci était déjà installé avec le sien et sourit à Margido.

– C'était rapide.

– On devra choisir les psaumes et la musique, vous et moi. Ils me donnent carte blanche.

Il avait envie de partir et vida le verre de limonade.

La Terre des mensonges

— On a discuté d'une chose, déclara Torunn. Le soir de Noël. On restera tous les trois pour l'inhumation.

— Ah bon !

— On en parlait juste avant que vous n'arriviez, en fait. Erlend m'a montré le grand salon à côté, avec la cheminée, il est magnifique. Ce serait bien si tu venais, toi aussi. Il n'y aura pas de cadeaux et ce genre de choses.

— Venir ici le soir de Noël ? C'est ça que tu veux dire ?

— Il n'y aura pas de cadeaux ? dit Erlend. Mais c'est inouï.

— Non, rétorqua Torunn. On ne va pas s'embarrasser de cadeaux. Mais pour ton frère, Margido. Puisque ce sera le soir de Noël. On peut bien être ensemble.

— Alors ce n'est sûrement pas de moi que tu parles, dit Erlend. Que Margido doive venir pour moi…

— Non, c'est de Tor que je parle ! Toi, Erlend, tu n'es pas au bord d'une dépression…

— Je cache bien mon jeu.

Fêter Noël à Neshov. Il se souvenait à peine de l'intérieur du grand salon. C'était une mascarade, mais que devait-il répondre ?

— Tu m'as dit que je ne pourrais jamais me plaire dans cette famille, alors je suppose que ceci n'est pas de ton goût, déclara-t-elle.

Et elle disait ça en présence du pasteur. Qu'allait-il en penser ?

— Mais puisque c'est Noël, ajouta-t-elle.

— Ça ferait mauvais effet de fêter Noël en grande pompe juste après la mort de maman. Je ne trouve pas ça convenable, dit-il.

331

La Terre des mensonges

— Ce ne sera pas en grande pompe, ce sera un simple repas, reprit Torunn. On n'a pas prévu de mettre des torches et des lutins dans l'allée, si c'est ça que tu crois.

— Je trouve que c'est une excellente idée, Margido, renchérit le pasteur Fosse. Manger ensemble, être ensemble à la fois pour le deuil et la célébration.

Selma Vanvik avait téléphoné pendant qu'il était dans la maison. Le message sur le répondeur indiquait qu'elle n'avait pas renoncé, elle voulait qu'il vienne chez elle le soir de Noël, et, s'il pouvait acheter du snaps, ce serait parfait. Il n'avait pas à se soucier du reste. Il la rappela aussitôt après avoir déposé le pasteur Fosse devant son entrée.

— Ma mère est morte hier, dit-il. Je ne peux pas venir.

Elle éclata en sanglots, mais parvint à bredouiller que désormais ils portaient le deuil tous les deux et savaient ce que l'autre ressentait.

— Peut-être, dit-il.

Qu'entendait-il par là ?

— Je veux simplement dire que... En tout cas je ne peux pas venir.

Et la veille du Jour de l'an, c'était aussi une bonne soirée pour qu'ils fassent quelque chose ensemble ?

— On verra.

Margido inspira profondément, ouvrit la vitre et laissa le froid envahir l'habitacle. Pourquoi ne parvenait-il pas à se débarrasser d'elle, lui qui n'était pas intéressé ? Mais d'un autre côté, il ne savait rien de ce qu'il ratait. Peut-être qu'il aimerait ça, qu'il aimerait être l'homme de quelqu'un. Ou bien était-il comme Erlend ? Incapable de rechercher la

La Terre des mensonges

compagnie d'une femme. Il ressentit soudain l'irrésistible envie d'être seul dans une salle de bains, de fermer les yeux pour laisser couler la sueur salée, de se réchauffer jusqu'à la moelle des os, d'emplir ses poumons d'air brûlant, de ne pas penser, ne pas prendre position.

Transpirer puis dormir, c'était tout ce à quoi il aspirait, transpirer afin de se vider, puis dormir.

Ils commençèrent à apprêter le grand salon dimanche après le petit déjeuner, Erlend et elle. Krumme était parti faire des achats, toutes les boutiques de Trondheim étaient ouvertes ce dimanche-là.

C'était une grande pièce imposante, avec une longue table au milieu et huit chaises autour, dossiers hauts et sièges en cuir. Les murs étaient faits de rondins bruts peints en vert, le sol de larges planches à l'état naturel. Plusieurs tapisseries à motifs géométriques décoraient les murs, et dans la grande cheminée ouverte, une marmite en fonte noire était suspendue à une grosse chaîne. Les rideaux des deux hautes fenêtres du bout de la pièce étaient également tissés, en portières qui tombaient jusqu'au niveau du plancher. Le contraste avec les meubles usés des années soixante du petit salon était énorme. Cette pièce était restée sous le signe de la prospérité et de la tradition.

Il y faisait un froid glacial. Erlend fit du feu dans la cheminée. C'était la seule source de chaleur, il ne servirait à rien d'ouvrir les portes entre les deux salons tant que celui-ci n'aurait pas gagné quelques degrés. Il y avait des toiles d'araignées partout, sous le plafond, sur les rebords de

La Terre des mensonges

fenêtre, le long du plancher. Ils allèrent chercher de l'eau et commencèrent à nettoyer pour se réchauffer.

— Il doit y avoir des décorations de Noël quelque part, dans un coffre, dit-il. Mais il ne faudra pas exagérer.

Il évoqua la soirée d'avant-Noël que Krumme et lui venaient de donner, à Copenhague, décrivit la table et ce qu'ils avaient servi. Erlend était allègre et bien dans sa peau, il sautillait, le chiffon à la main, et n'était même pas hystérique face aux toiles d'araignées, elles étaient trop vieilles pour représenter une menace. Elle espérait sincèrement que le dîner de Noël se déroulerait agréablement. Pourvu que son père ne se rebiffe pas une fois de plus ! La veille au soir, après qu'elle l'eut aidé à la porcherie, il était allé tout droit s'installer dans son bureau.

— On va dîner, avait-elle dit. Du ragoût.

— Ce n'est plus l'heure, avait-il répondu. Il est trop tard.

— Mais il faut que tu manges.

— Je n'ai pas faim.

— Tu ne trouves pas que ça sent bon ?

— J'ai beaucoup de travail de bureau en retard, c'est bientôt l'exercice de fin d'année.

Il s'était mis à fouiller dans un tas de papiers sales, percés au milieu.

— Un samedi soir, avait-elle fait remarquer. Mais bon, fais comme tu veux !

Il n'avait pas réagi quand elle lui avait dit que Margido viendrait le soir de Noël. Mais ce dimanche matin, quand il avait dit qu'il acceptait de déjeuner dans la cuisine, en revenant de la porcherie, Erlend avait murmuré à Torunn dans le couloir :

La Terre des mensonges

— Il ose venir maintenant. J'ai promis à Tor que Krumme et moi, on ne se ferait pas de mamours en sa présence. Margido m'a supplié à genoux de lui promettre. Alors Tor n'a pas à s'inquiéter.

— Mais Krumme, qu'est-ce qu'il a dit ? Il doit penser que…

— C'est Krumme qui m'a persuadé, quand je lui en ai parlé. Moi, j'aurais de loin préféré faire mon show devant le pasteur !

— Un peu enfantin, non ?

— Enfantin, mais libérateur. Mais je ne crois pas que ce pasteur aurait réagi violemment, il a l'air honnête, alors ce genre d'exercice tomberait à plat malheureusement.

Un long buffet, dans le grand salon, contenait un service de vaisselle et de verres. C'était là qu'ils avaient pris les tasses à café quand Krumme était arrivé.

— Mais c'est bien ? demanda-t-elle en soulevant une pile d'assiettes avec un petit liseré doré. Que Krumme soit venu. Même si vous ne pouvez pas vous tripoter au grand jour.

— Effrayant et splendide ! Mais il trouve ça dur de me voir ici. De me voir comme fils de paysan. Maintenant il m'imagine en salopette, pieds nus, en train de mâcher un brin de paille. Je lui ai promis de faire un petit tour dans la grange, mais il y fait un froid de canard. Exactement comme ici. Dis donc, si on faisait une pause ! On va chercher des nappes.

On aurait dit que tout se cachait derrière une façade de décrépitude, et pas seulement le grand salon. Les armoires à l'étage étaient garnies de nappes et de rideaux bien pliés, de dessus-de-lit et de couvertures de laine. Tout ce qu'ils

La Terre des mensonges

trouvèrent était plus propre et plus beau que ce qui servait. Ils découvrirent aussi un placard rempli de tapis tissés, tout neufs. Erlend en prit plein les bras, tandis qu'elle apportait les nappes qu'ils allaient essayer pour voir si elles allaient en longueur. Ils jetèrent les vieux tapis et en mirent des neufs dans toutes les pièces, et ils trouvèrent une nappe en damas ivoire qui convenait pour la table. La nappe éclaircissait la pièce, toute brillante, aux plis bien marqués. À une époque, cette Anna avait dû mener un certain train de vie.

— Demain j'irai acheter de jolies serviettes et des bougies, on ne peut pas laisser Krumme s'en charger, il ne s'y connaît qu'en cuisine, lui.

Ils s'étaient mis d'accord sur le menu : rôti de porc, accompagné de chou rouge, choux de Bruxelles et pruneaux.

Erlend retrouva le coffre des décorations de Noël, il était dans une des chambres que personne n'utilisait.

— C'est ici que grand-mère est restée alitée des années durant, dit-il.

Elle contempla le vieux lit bateau, essaya d'imaginer une vieille femme allongée là pendant trois ans, qui se nourrissait dans des tasses à café.

— Il n'y a pas de photos ? demanda-t-elle.

— On n'en prenait jamais. Alors quand les gens mouraient dans la famille, ils disparaissaient vraiment pour toujours. Regarde !

Il souleva un gros lutin qui tenait un casse-noix.

— Je me souviens bien de celui-là. Et voici le bougeoir qu'on mettait sur la table.

La Terre des mensonges

Il était fait de boules peintes en rouge, du genre dont elle se rappelait de sa propre enfance.

— Et il faut qu'on trouve des rameaux de genévrier pour mettre dans la marmite. Ça sent tellement bon quand on fait du feu en dessous. À propos de feu, il faut aussi qu'on brûle les tapis et les ordures derrière la grange, avant que Tor ne les découvre et fasse une crise de ras-le-bol.

Erlend trouva un bidon de kérosène du côté du tracteur. Le temps s'était couvert et de rares petits flocons voletaient çà et là, de la neige en perspective. Le père de Torunn était dans la porcherie, il y était retourné après le déjeuner.

Ils traînèrent les sacs d'ordures et les tapis. Elle avait mis le porcelet mort dans un sac de supermarché qu'elle avait dissimulé derrière du bric-à-brac sous le pont qui menait à l'entrée de la grange. Elle alla le chercher aussi.

— On brûle toujours les choses au même endroit ici, dit Erlend. Entre des gros blocs de pierre.

Il y avait d'anciennes traces de pas, à moitié recouvertes de neige fraîche. Elle s'enfonçait dans la neige et en eut dans ses bottines, mais les sacs-poubelle glissaient sans peine à la surface.

Le rectangle de pierres formait un trou noir de suie au milieu de toute cette blancheur, comme un énorme creuset.

— Il y a des trucs en spirale par là, murmura Erlend en montrant du doigt.

— Un matelas, probablement. Ces spirales sont les ressorts d'un matelas.

— Brûlé récemment. Sans doute celui de votre mère, dit-il.

— Mais pourquoi l'a-t-il brûlé ?

La Terre des mensonges

— Peut-être pour que personne d'autre ne couche dessus.
— Et il y a des ossements.
— Des ossements ? Tu crois ? s'écria Erlend en lui agrippant le bras.
— Pas de panique ! Les petits de Siri. Sa truie préférée.
— Pauvre Tor. C'est un vrai cimetière. Pour tellement de choses.
Ils mirent le feu aux sacs-poubelle, aux tapis et au sac de supermarché avec le petit cochon, restèrent côte à côte à regarder les flammes, à sentir la chaleur sur leur visage.
— Il faut que ce soit superbe demain soir, déclara-t-elle.

Margido voulait aller à l'église de Bynes avant le dîner et téléphona le matin pour les prévenir. C'est Torunn qui décrocha. Erlend était en train d'observer Krumme, il avait encore du mal à réaliser qu'il était là, dans cette horrible cuisine, sans que ça ne lui fasse ni chaud ni froid.

– On ne peut pas manger avant d'avoir fini à la porcherie de toute façon, dit-elle dans le combiné. J'aiderai mon père pour que ça aille un peu plus vite. Si on disait sept heures ?

Ils étaient assis à la table, avec café et Gammel Dansk. Krumme avait déjà commencé à préparer le chou rouge, le parfum de Noël emplissait la cuisine, toutes les stations de radio diffusaient des airs de Noël. Les portes entre les deux salons étaient ouvertes, il y avait du feu dans la cheminée, ils veillaient constamment à ajouter de nouvelles bûches. La table était mise, ils avaient relavé les assiettes et les verres, mais n'avaient pas trouvé les couverts en argent dont Erlend gardait le souvenir. Il avait posé la question à Tor, qui avait expliqué qu'ils avaient été vendus longtemps auparavant à quelqu'un qui achetait et vendait ce genre de choses, en ville. Les serviettes étaient rouges et or, et les bougies

La Terre des mensonges

rouges. Les compositions florales envoyées par les voisins étaient chacune à un bout de la table, elles étaient dans les tons blanc, vert et argent, magnifiques. C'était une table fort simple, qui aurait pris une tout autre allure si le contexte avait été différent et s'il avait pu montrer tout ce qu'il savait faire. Deux des chaises étaient reléguées contre le mur, ils auraient ainsi plus de place et de confort. Personne ne devait s'asseoir en bout de table, Torunn se doutait pourquoi, mais il ne le lui expliqua pas vraiment. Le paysan et sa femme qui prenaient place chacun à un bout, les vieilles traditions, mais ce n'était pas le cas ici. Des personnes manquaient, les rôles n'étaient pas clairs. Ils seraient tous assis sur la longueur.

Ce soir il dirait franchement que la ferme devait être mise au nom de Tor. Il n'imaginait pas que Margido veuille s'y opposer, lui aussi devait bien comprendre qu'ils ne pouvaient guère hériter en l'état actuel des choses, mais qu'il fallait quand même régler l'affaire. Il était grand temps que Tor devienne juridiquement le fermier de Neshov.

Il avait hâte de l'annoncer, de faire preuve de générosité envers Tor, de prendre l'initiative d'aborder le sujet et d'en finir une fois pour toutes. Cela permettrait à Tor de se redresser, d'aller de l'avant. Ce serait d'une certaine manière son cadeau de Noël, à lui, à eux tous. Et à la coopérative il avait acheté une part de riz au lait tout prêt en sachet, il irait rapidement le porter dans la grange pendant que Tor et Torunn seraient à la porcherie. Il n'avait pas besoin de le réchauffer. Le riz au lait était son cadeau de Noël au grand-père Tallak, et il avait déjà prévu qu'il se mettrait à pleurer en ouvrant l'emballage, s'autoriserait à être

La Terre des mensonges

profondément sentimental et déposerait la petite corne de la licorne à côté.

Tor était en train de dégager la cour et l'allée. Il était sur pied mais parlait peu. La veille au soir, en rentrant de la porcherie, il sentait l'alcool. Il se mettait à boire dans la porcherie, ce n'était pas réjouissant. Il savait qu'il y avait une bouteille de whisky là-bas, celle que Torunn lui avait offerte. Mais il était impensable qu'il soit un habitué des *Vins et Spiritueux*, comment en aurait-il les moyens ? Peut-être qu'ils devraient lui donner un peu d'argent, Krumme et lui, si jamais il acceptait. Mais pas sûr du tout qu'il accepte de l'argent liquide. Il vaudrait peut-être mieux qu'ils achètent cent ou deux cents litres de peinture rouge et blanche, et qu'ils lui en fassent cadeau avant de partir.

Krumme avait promis qu'ils se feraient une seconde veillée de Noël en rentrant chez eux. Cela lui paraissait si lointain. Le plateau d'échecs qu'il désirait, l'appartement, l'arbre de Noël surmonté de l'étoile de Georg Jensen, avec de la neige artificielle dans les paniers. Chez eux le sapin était abandonné et aujourd'hui c'était vraiment la veille de Noël à Copenhague. Toute la ville resplendirait, scintillerait et fêterait Noël, mais s'il coupait la radio maintenant, le tracteur de Tor serait probablement tout ce qu'il entendrait. Et il ne pouvait pas non plus s'habiller pour l'occasion, il n'avait pas apporté de costume. Krumme en avait un noir, pour l'enterrement, il y avait pensé avant de partir. Mais il ne pourrait pas le mettre ce soir, ça ferait bizarre, presque macabre.

La Terre des mensonges

— Moi, je m'achèterai un costume noir après Noël, j'irai en ville le matin, dit-il.

— On repartira le lendemain de l'inhumation, hein ? demanda Krumme.

— Oui, bien obligés.

— Je ne peux pas emménager ici non plus, fit Torunn. Pourvu que mon père ait surmonté le pire, c'est...

— Et maintenant rien n'est plus comme avant. On va se revoir, rester en contact, tu vas nous rendre visite à Copenhague.

— J'y compte bien, insista Krumme en lui caressant la joue.

— C'est drôle, dit Torunn. Si quelqu'un m'avait dit, il y a une semaine, que...

— Je crois qu'on a tous le même sentiment, dit Krumme.

Le père était dans le petit salon et regardait des dessins animés. Erlend s'encadra dans la porte, s'adossa au chambranle, observa le vieux.

— Tu ne te rases pas ?

Le père leva la tête.

— Maintenant que tu as toutes tes dents. Tu dois avoir l'air présentable, penser que c'est l'anniversaire de Jésus.

Le père regarda de nouveau l'écran et répondit :

— Oui, je pourrais peut-être... Mais j'ai du mal. Les caleçons que j'ai eus sont très bien.

— Elle te manque ?

Il ne réagit pas.

— Elle n'était pas particulièrement gentille avec toi. Te donnait des ordres du matin au soir.

La Terre des mensonges

C'est un homme invisible, pensa-t-il, un homme invisible qui a passé quatre-vingts ans sur terre. Il a des nouveaux caleçons à quarante-huit couronnes et il essaie de me remercier.

Bambi tournoyait sur la glace, ils allaient bientôt chanter « When you wish upon a star ». Il devait à tout prix éviter d'entendre ça aujourd'hui, sinon il allait pleurer à chaudes larmes, comme toujours, et flanquer la trouille à son père.

– Je peux t'aider, papa. T'aider à te raser. Viens, on monte à la salle de bains !

Il le fit asseoir sur un tabouret devant le lavabo et lui passa une serviette autour du cou, comme un bavoir, et l'attacha par-derrière avec une pince à linge.

Il savait, grâce au grand nettoyage, qu'il y avait un paquet de lames de rasoir neuves dans le placard. Il jeta la vieille et en mit une nouvelle dans le rasoir mécanique. Il ne trouva pas de mousse à raser.

– Tu utilises du savon ordinaire ?

Le père acquiesça sérieusement en se regardant dans la glace.

– Attends un peu !

Il alla chercher sa propre trousse de toilette et le stick Chanel, se servit d'un gant de toilette pour lui mouiller le visage, puis passa le stick sur les poils de barbe jusqu'à obtenir une mousse blanche et épaisse. Il s'efforça de ne pas trop penser à ce qu'il faisait. Son père fermait les yeux, la nuque raide, l'air grave.

Il fit lentement glisser le rasoir, avec soin, sur son vieux visage, dessinant des bandes de couleur chair dans la

La Terre des mensonges

mousse blanche. Pour finir, il ôta la serviette et lui sécha la peau.

— Te voilà tout beau ! Comme il convient pour Noël.

— Merci beaucoup !

— Et quand minuit sonnera, je t'offrirai un snaps. Ce sera parfait.

Le père hocha plusieurs fois la tête et passa un doigt sur sa joue.

C'est alors que Tor monta l'escalier et entra droit dans la salle de bains.

— Qu'est-ce que…

— J'ai rasé papa. Il n'est pas beau comme ça ?

— Merde alors, c'est le monde à l'envers ! s'écria Tor.

Il fit demi-tour et redescendit.

— Et un peu de crème hydratante, pour que la peau ne se dessèche pas.

Le père posa les mains sur ses genoux et le laissa appliquer la crème en fermant les yeux.

Margido avait raison, il fallait qu'il se ressaisisse, qu'il pense à la ferme, à ses bêtes. Avoir de la visite à la porcherie et montrer les porcs à sa fille était une chose, être si perdu qu'il ne s'en sortait pas dans la porcherie et ne pouvait jamais y être seul en était une autre. Mais elle était capable, maintenant elle portait la paille et l'étalait dans les cases, allait et venait auprès des truies comme si de rien n'était, elles la connaissaient désormais. Et les porcelets sevrés l'adoraient, ils grouillaient à ses pieds quand elle était dans la loge.

Quand ils eurent terminés et furent sur le point de rentrer pour le repas de Noël, elle déclara :

— Tu n'as qu'à les ouvrir maintenant. On n'a pas prévu de cadeaux, alors ce serait un peu injuste si tu déballais les tiens là-bas. J'ai vu qu'ils sont dans la buanderie.

Elle les avait donc vus. Et sans doute aussi les bouteilles dans le placard, l'aquavit et le xérès. Ça ferait bizarre s'il n'apportait pas l'aquavit. Erlend s'était plaint tout haut aujourd'hui que les *Vins et Spiritueux* étaient fermés, et que tout ce qu'ils avaient, c'étaient des bières, une bouteille de vin rouge et un peu de snaps danois. Cela lui paraissait

La Terre des mensonges

énorme, il y avait deux caisses de bières sous l'appentis, mais Erlend avait dit qu'il n'y avait pas de Noël sans aquavit.

C'étaient des sous-vêtements ultra-chics. Il replia soigneusement le papier de Noël, tout en regardant l'image du jeune homme sportif sur la boîte.

– Ah ça… ils sont superbes. Tu n'aurais pas dû… Et puis les autres.

Le café et le sucre candi sur des bâtonnets, une grande tasse en forme de cochon. L'anse, c'était la queue. Il souleva la tasse, la porta à sa bouche, fit semblant de boire, Torunn souriait à n'en plus finir, il pouvait bien l'embrasser maintenant, pensa-t-il, puisqu'ils avaient les mêmes combinaisons marquées « Trønderkorn ».

– Merci. Mais je n'ai rien pour toi.

Il lui donna un rapide baiser. Elle sentait le savon derrière l'odeur de porcs.

– Ne t'en fais pas ! Tu me feras un beau cadeau en me laissant passer la première à la salle de bains !

Cela lui laissa quelques minutes pour se reprendre. Il alla chercher la bouteille d'aquavit et la posa sur la paillasse, ouvrit une des bouteilles de xérès et but quelques gorgées. Il n'y avait plus de whisky, il ne pouvait pas continuer comme ça. À partir du moment où elle serait en terre et que l'inhumation serait bel et bien terminée, tout redeviendrait comme avant. Alors autant boire pendant qu'il avait de quoi !

Le xérès le réchauffa, lui laissa comme une braise dans la poitrine, il pensa au dîner dans le grand salon, au père rasé par Erlend avec un bavoir autour du cou. Un Danois avec

La Terre des mensonges

une boucle d'oreille aux fourneaux, si sa mère avait vu ça. Et puis dans le grand salon. Les couverts en argent, ils avaient dû les vendre pour pouvoir payer pour Torunn.

La Citroën de Margido était dans la cour. Il le rencontra dans le couloir, Margido ôtait son manteau, il venait juste d'arriver. Une bonne odeur s'échappait de la cuisine. Les portes étaient ouvertes, ce soir il faisait bon même dans l'entrée.

— Elle est dans la petite chapelle, dit Margido.

— Déjà ?

— Je l'y ai conduite aujourd'hui, c'est plein à l'hôpital. C'est seulement à quelques centaines de mètres d'ici. Quand les cloches de l'église ont sonné pour la messe ce matin, elles ont aussi sonné pour elle.

Il essaya de se l'imaginer. En blanc, elle était sans doute en blanc, comme tout le monde, les mains croisées. Il décida qu'il irait la voir dans la chapelle avant l'inhumation, et cette pensée l'apaisa soudain.

Il alla chercher des vêtements propres et se lava des pieds à la tête. C'était une sorte de purification. Savoir qu'elle n'était pas loin et qu'il irait la voir. Et c'était ici qu'elle reposerait ! Pour toujours ! Pas dans cet horrible hôpital, voilà ce qui lui avait fait le plus mal, penser qu'elle était là-bas. Elle serait chez elle ici, presque à Neshov. Et chaque fois que les cloches sonneraient… Il sentit les larmes couler mais ne les sécha pas, c'étaient de bonnes larmes, elles se mélangeaient à l'eau de la douche.

La chemise n'était pas repassée, mais propre. Ça ferait l'affaire.

La Terre des mensonges

En descendant les marches, il entendit la voix du père dans la cuisine. Il s'arrêta au milieu de l'escalier pour écouter. Ils étaient en train de discuter avec lui, Erlend, Torunn et le Danois. Il n'entendait pas la voix de Margido. Ils avaient dû faire boire au vieux quelque chose de fort, lui qui ne prenait jamais une goutte, ça allait lui monter droit à la tête.

– Mais une ville entière ! Moi qui croyais presque que mon père me faisait marcher, s'écria Torunn.

– Plus de cinquante mille logements, dit le père.

– Il ne serait pas resté grand place pour les fermes ici, fit Erlend.

– Neu-Drontheim, reprit le père.

– La ville devait s'appeler comme ça ? demanda le Danois.

Le père ne répondit pas aussitôt, sans doute hochait-il la tête. Mais il continua :

– Albert Speer a fait une maquette. De vingt-cinq mètres carrés. En plâtre. De tout.

– Vous en savez, des choses ! s'étonna le Danois.

– Oh, je lis un peu.

– Et où est cette maquette maintenant ? s'enquit Torunn.

– Elle était à Berlin. Elle a été réduite en miettes sous les bombes, comme tout le reste.

– Mais les arbres existent encore, renchérit Erlend. Je m'en souviens bien. Grand-père Tallak me les a montrés quand j'étais petit. Ils ont l'air tout à fait à leur place, comme s'ils étaient chez eux ici.

– Ils le sont maintenant, dit le père. Au bout de soixante ans.

La Terre des mensonges

— On ne peut pas non plus simplement les arracher et les renvoyer en Allemagne ! fit Erlend en ricanant. Du genre : Salut ! Vous avez oublié quelques petits trucs ! Ils s'étiole-raient déjà avant d'arriver à Støren.

Il se dépêcha de descendre et entra dans la cuisine. Le père était effectivement assis devant un verre de snaps vide, la bouteille brune trônait sur la table, ils avaient tous leur petit verre, sauf Margido, debout, les bras croisés, appuyé contre le plan de travail.

— Un Gammel Dansk, Tor ? proposa Erlend en lui tendant un verre.

La bouteille brune, c'était donc ça. Il avait entendu parler de ce snaps, mais n'en avait jamais goûté. Il s'attendait à quelque chose de doux, mais c'était amer, un goût étrange.

— Alors on peut passer à table, dit Torunn.

Il y avait des photophores aux deux fenêtres et une flambée dans la cheminée. De grandes bougies rouges et les compositions florales qui venaient de Hovstad et de Snarli, où la mère avait de la famille, décoraient la table. Tor s'arrêta, stupéfait, à peine la porte franchie. C'était comme une autre époque. Le Danois allait et venait avec les assiettes.

— Quelle chance que tu aies de l'aquavit de derrière les fagots, dit Erlend. En voilà une surprise !

Le père avait l'air brillant, tout brillait chez lui, sa peau, ses yeux, ses cheveux qu'il avait lissés en arrière. Il se demanda combien de snaps ils lui avaient servi, sans penser qu'il ne buvait jamais.

Il s'assit de l'autre côté, à l'autre bout, le plus loin possible. Torunn versa de la bière dans tous les verres, sauf

351

La Terre des mensonges

celui de Margido, et passa ensuite avec la bouteille d'aquavit. Tout était silencieux, la radio éteinte, l'écran de la télé noir. Le Danois apporta la sauce, dans une saucière elle aussi d'un autre temps, il s'en souvenait bien, la mère était douée pour les sauces, et il n'y avait rien de tel qu'une bonne sauce.

— On a de l'eau gazeuse ou de la limonade, dit Torunn à Margido.

— Je veux bien de l'eau gazeuse, dit Margido.

Il n'avait pas fait un si bon repas depuis longtemps, il se servit trois fois. La couenne était croustillante et la sauce tellement bonne qu'il ne put s'empêcher d'écraser ses pommes de terre dedans. Il aperçut le lutin au casse-noix sur le buffet. Il y avait aussi une coupe pleine de noix, un paquet de figues et des boules de pâte d'amande vertes et roses. La bière, l'aquavit, les bougies et la bonne chère le remplirent de reconnaissance et d'indulgence. Personne n'avait encore trinqué, il allait oser le faire. Il leva son verre de snaps.

— À... maman !

Il n'entendit pas qui trinqua avec lui, il dut fermer les yeux, déglutir et se concentrer avant de boire une gorgée. Personne ne dit quoi que ce soit, ils baissèrent tous la tête sur leur assiette et leurs couverts. C'était dit, il l'avait dit, il ignorait pourquoi ces mots étaient importants, mais ils l'étaient. Il y réfléchirait davantage dans la porcherie, un jour où il serait seul avec ses bêtes.

— Et à notre cuisinier ! dit Erlend en brisant le silence.

Il leva son verre avec aisance en direction du Danois. Celui-ci avait sans doute de bons côtés, puisqu'il était

La Terre des mensonges

capable de cuisiner aussi bien. Douze ans, pensa-t-il, c'est long, douze ans.

— Santé ! dit-il.

Et il sentit le regard de Margido posé sur lui.

Torunn avait fait la crème de mûres arctiques avec celles qu'elle avait trouvées dans le congélateur.

— C'est toi qui les as cueillies, peut-être ? lui demanda-t-elle.

Il fit oui la tête. Cela faisait pas mal d'années, mais il n'était pas obligé de le crier sur les toits. Les mûres arctiques congelées se conservaient longtemps. Et la mère tenait toujours à économiser les bonnes choses. Le Danois apporta la bouilloire à café et la posa sur le bord de l'âtre. Torunn mit les belles tasses. Elle les déposait avec précaution sur les soucoupes, ce qu'il appréciait beaucoup.

— Et avec le café, rien de tel qu'un Gammel Dansk ! dit Erlend en servant à la ronde.

Il lança un regard furtif au père, le dos voûté, le regard vide, fixé sur sa tasse et le petit verre au contenu sombre. On avait presque l'impression qu'il s'était endormi.

— Il y a une chose que je voudrais dire, déclara Erlend, puisque nous sommes tous réunis.

Qu'est-ce que ça pouvait bien être ? Il avait trinqué avec son amoureux, Erlend devait comprendre qu'ils y avaient mis du leur, que trinquer avec lui en coûtait à plusieurs autour de cette table, qui jamais de la vie n'étaient en mesure d'imaginer que deux hommes puissent...

— Il faut mettre la ferme au nom de Tor. Car ça n'a jamais été fait, reprit Erlend.

353

La Terre des mensonges

Ses oreilles commencèrent à siffler, il saisit sa tasse, la souleva à peine puis lâcha prise, elle tinta en retombant. Ils ne se rendaient pas compte des difficultés de l'exploitation, et il serait désormais privé aussi de la pension de sa mère. Il était forcé de vendre, il n'avait pas les moyens de racheter la part d'Erlend et de Margido. Et c'était justement le moment où, en fait, il...

— Non, dit-il.

— Mais tu veux tout de même bien qu'on le fasse ? demanda Erlend, l'air surpris.

— Non, répéta-t-il. La ferme, c'est fini. C'est à peine s'il y a encore de quoi la faire tourner.

— Mais on n'a besoin de rien, nous. Hein, Margido ? On a ce qu'il nous faut.

— C'est un peu précipité, dit Margido.

— Précipité ? Tu as dit précipité ? Tor a cinquante-six ans ! s'écria Erlend.

— Mais Erlend, tu ne crois pas que... Ce soir... balbutia Torunn.

— C'est important, reprit Erlend. Et comme nous sommes tous réunis. Je croyais que ça vous ferait plaisir.

— Et Torunn alors ? demanda Margido.

— Hein ? Torunn ? répondit Erlend. Si Tor vient à mourir subitement, elle hérite de tout, non ? Ce qui compte, c'est d'avoir ça par écrit, qu'on prenne notre part seulement à ce moment-là, et puis Torunn avisera de ce qu'elle fera, elle. Ce n'est pas plus compliqué que ça !

— Ce n'est pas exactement ce que je voulais dire, reprit Margido, lentement. La ferme est malgré tout... Et je voudrais aussi que...

La Terre des mensonges

— Tu n'as pas vraiment multiplié les visites ici, toi non plus, rétorqua Erlend.

— Ça suffit maintenant, dit Torunn.

— Mais si on met ça par écrit comme tu dis, ajouta Margido avec calme. Qu'on prendra notre part à ce moment-là. Si c'est possible. Et s'il reste quelque chose. Si on en a besoin.

— Mais c'est à toi et à moi d'en décider, Margido, coupa Erlend. De simplement renoncer à l'héritage, de laisser Tor continuer de faire ce qu'il fait depuis toutes ces années, sans avoir au fond rien possédé ! C'est absolument incroyable. Moi non plus je ne suis pas venu ici, et...

— Si c'est aussi simple que ça, dit Margido.

— On peut décider n'importe quoi du moment qu'on est d'accord tous les trois et qu'on signe. Pour les témoins, le notaire et tout le tralala, je ne sais pas exactement mais, même si le Danemark est différent de la Norvège, Krumme en tout cas est d'avis qu'on peut conclure notre propre accord. Krumme connaît tout ça, lui.

— Alors on s'arrange comme ça. C'est ce qu'on va faire, Tor, dit Margido. On va demander à un notaire comment s'y prendre, et tout se passera dans les règles.

Il réussit à porter la tasse jusqu'à ses lèvres, mais ce fut tout juste. Était-ce si simple, ce sur quoi il avait médité pendant des années, qu'ils renoncent à l'héritage jusqu'à nouvel ordre ?

— Qu'en dis-tu, Tor ? Ça ne sera pas bien de cette façon ? demanda Erlend.

— Mais moi, alors ? dit Torunn. Vous comptez simplement que je... Je tombe des nues !

La Terre des mensonges

— C'est une ferme de famille, expliqua Margido. Et après Tor, tu seras la seule qui puisse la reprendre. Et si tu ne veux pas, elle sera vendue.

— Tu pourras en vendre une partie, par exemple, ajouta Erlend. Et faire autre chose qu'élever des porcs. Ou bien investir et agrandir ! Tu gagnes déjà ta vie avec les animaux. Les chiens de Trondheim se comportent sûrement aussi mal que ceux d'Oslo. Ou bien tu pourras faire tout autre chose. Louer les champs et monter une laiterie ! Tu auras le choix ! Tu as dit que tu trouvais le coin très beau ! À partir du moment où Tor reprend la ferme, c'est toi qui en deviens l'héritière ! Ce n'est pas formidable de se dire ça ?

— Erlend ! Laisse-lui un peu le temps de digérer ça ! lança le Danois.

— Je crois bien, dit Torunn tout bas. Je n'ai vraiment pas du tout pensé à ce genre de chose. Tout est allé si vite.

— Ne t'en fais pas ! Pour l'instant ce n'est pas de toi qu'il s'agit surtout, c'est de Tor, dit Erlend. Il faut qu'on remette de l'ordre là-dedans. Que Margido et moi, on renonce à un héritage que Tor n'a pas les moyens de nous offrir. Présentement. Pour ma part, j'aimerais bien ces vieux lits bateaux, et j'en serais satisfait, n'est-ce pas, Krumme, qu'ils sont beaux ? Bon, alors on est d'accord ?

— Eh bien, oui, dit Margido.

Il but une nouvelle gorgée de café, essaya de respirer calmement, la ferme serait-elle enfin à lui, à lui seul, deviendrait-il le fermier de Neshov, véritablement, sans plus avoir besoin de la signature en forme de pattes de mouche de son père sur tous les formulaires officiels ? Il jeta un coup d'œil

La Terre des mensonges

dans sa direction. Le père avait soudain quitté sa position à moitié endormie, il les regardait tous en redressant la tête, les yeux brillants, il n'était plus le même. Il leva le petit verre d'une main tremblante et fit cul sec, ravala plusieurs fois sa salive et dit :

— Non.

— Non, quoi ? demanda Erlend.

— On n'est pas d'accord. Je veux aussi…

— Toi ? s'écria Erlend. Tu n'as pas à prendre position là-dessus. Rien ne change pour toi. Tor n'a pas l'intention de chasser son père de la ferme. Bon, juridiquement parlant, Tor reprend la ferme après toi. Mais tu n'auras qu'à signer et après tu seras tranquille.

— Je ne suis pas son père.

Il resta les yeux rivés sur sa tasse. Qu'est-ce que le vieux avait dit ? Qu'est-ce que le père avait dit ?

Le père le regarda sans sourciller.

— Je ne suis pas ton père, reprit-il. Je suis ton frère.

— Demi-frère, corrigea Margido.

— De vous trois, dit le père. Demi-frère.

— Je sais, fit Margido. Mais tu n'as pas besoin d'en dire plus, elle vient de mourir.

Il y eut un grand silence, il entendit une des bûches s'écrouler dans la cheminée, mais ne se retourna pas pour voir si des étincelles avaient volé sur le plancher. Qu'est-ce qui se passait ? Il leva les yeux vers Margido, qu'est-ce que c'était cette histoire de demi-frère ?

— Je n'ai jamais couché avec Anna, continua le père d'une voix inhabituellement forte en levant le menton. Jamais couché avec ta mère ! Je l'ai seulement épousée.

357

La Terre des mensonges

Il s'affaissa de nouveau, les mâchoires pendantes, ses rides ressemblaient à des cordelettes noires.

— Comment as-tu pu ? murmura Margido. Savoir ça ? Je ne comprends pas.

— Pas besoin d'en dire plus, tu as dit.

— Mais te marier avec elle ?

— Pas besoin d'en dire plus.

— Mais tu as dû être un... fit Margido.

— Un quoi ? demanda le père.

Il redressa la tête mais garda les yeux fermés, comme pour écouter attentivement, il avait posé les mains à plat sur la nappe devant lui.

— Un fils extrêmement obéissant, dit Margido tout bas. Bien trop obéissant.

— Oui. Mais ça n'avait aucune importance.

— Te marier avec elle, ça n'avait pas d'importance ?

— Non. Parce que je ne courais pas après.

— Après quoi ?

— Les filles.

Le père jeta au même moment un regard oblique vers Erlend.

— Tu es soûl.

— Oui, dit-il en ricanant. Je suis soûl.

Erlend se cacha le visage dans ses mains, s'affala sur la table. Un des verres devant lui se renversa.

Il réussit à regagner la porcherie, tira le verrou à l'intérieur, trouva la bouteille de xérès, il faisait un froid glacial, il était en simple chemise, il arracha le bouchon et le renfonça, sans boire, son père n'avait jamais couché avec sa mère, ça ne tenait pas debout, il était sûrement devenu fou,

La Terre des mensonges

et cette histoire de filles, ça n'avait aucun sens, un vieux de quatre-vingts ans, il n'avait sans doute jamais...

Il s'en fut auprès des porcs, n'alluma pas les néons du plafond, la lumière qui venait de la porte ouverte derrière lui dessinait comme un étroit lit blanc sur le sol en béton, quelques fétus de paille jetaient de grandes ombres, les bêtes dormaient, ne remarquaient pas la petite tache de lumière, pour elles c'était la nuit, elles étaient couchées corps à corps, respiraient, se reposaient, rassasiées, dans l'attente d'une nouvelle journée, sans même savoir que c'était Noël, les lampes chauffantes étaient comme des points rouges dans le noir. Dehors on frappa à la porte, il entendit Margido crier son nom plusieurs fois en lui demandant d'ouvrir, puis la voix de Torunn aussi, qui hurlait. Il aurait tant voulu s'allonger avec les porcs, ne rien savoir, n'être qu'un animal qui n'avait à se soucier que de nourriture, de chaleur et de repos, avoir la paix. Mais soudain le lit de lumière blanche fut dérangé, se mit à bouger, et ils étaient là tous les deux, juste derrière lui. Torunn pleurait, entendit-il. Il s'éloigna d'eux, s'enfonça dans l'obscurité, en direction des points rouges et des mottes de vie endormie.

— Je n'aurais jamais cru qu'il le dirait lui-même, chuchota Margido. Et maman n'avait sans doute jamais eu l'intention de nous l'apprendre.

Quelques porcs se mirent à grogner faiblement, des grognements légers et endormis, il les connaissait, en connaissait chaque nuance. Le père n'était jamais venu ici depuis qu'il avait opté pour l'élevage des porcs, Margido non plus.

— Je ne comprends pas. Qu'est-ce qui se passe ? murmura-t-il.

La Terre des mensonges

Il sentit qu'il bavait, qu'il aurait voulu vomir. Il distinguait le contour des porcs qui devraient bientôt être en rut, des montagnes gris foncé sur fond noir comme poix.

— Il ne boit jamais, dit Margido. Il voulait seulement attirer un peu l'attention, participer. D'ailleurs il figure comme notre père sur les registres de l'Église et de l'état civil. Mais il ne fera rien de plus. Quand il aura dessoûlé, il se contentera de… Allez, reviens avec nous, Tor ! Il est sûrement au lit déjà.

— Mais s'il n'a jamais couché avec elle, comment… on est là, nous trois ?

Margido se racla violemment la gorge avant de déclarer :

— Je les ai vus ensemble. J'étais rentré plus tôt de l'école parce que j'avais été malade.

— Grand-père Tallak ? murmura-t-il.

Il avait l'impression de parler au milieu d'un rêve, un rêve sombre avec des voix derrière lui, irréelles. Le grand-père Tallak. À sa mort, la mère s'était enfermée dans sa chambre pendant deux jours. Son beau-père.

— Oui, grand-père Tallak, répondit Margido. Mais ils ne m'ont pas vu. Tu te rappelles que je me suis disputé avec maman ? La dernière fois que je suis venu ? Je trouvais que vous étiez ignobles avec papa. J'avais dit à maman qu'il y avait quand même des limites.

— Mais c'est… c'est un pauvre idiot.

— Et pourquoi ça, Tor ?

— Parce que… parce qu'il n'a jamais… Je ne sais pas. Il a toujours été comme ça. Il a dit lui-même que ça n'avait aucune importance.

— En fait maman l'avait plus qu'en horreur, c'est peut-être justement pour ça. Qu'il ne protestait jamais. Je crois

La Terre des mensonges

que ça s'est vraiment aggravé après la mort de grand-mère. Là il ne restait plus que papa, entre eux. Et elle a continué de le détester après la mort de grand-père. Peut-être encore davantage après la mort de grand-père.

— Mais grand-mère…

— Je ne crois pas qu'elle ait pu être au courant. Sinon peut-être sur la fin. Quand elle est restée alitée pendant des années et a obligé maman à s'occuper d'elle, refusant d'aller en maison de soins. C'était peut-être une espèce de vengeance, ça aussi. Mais je… Même moi, je ne savais pas que papa n'avait jamais couché avec maman. Elle ne l'a dit qu'il y a sept ans.

Il s'appuya contre une loge et tomba à genoux, par terre, et soudain la lumière s'alluma. Torunn vint s'accroupir devant lui, ils étaient à côté de la loge de Sara, celle-ci ne se leva pas, elle se contenta de plisser les yeux dans leur direction, des yeux presque aveugles, elle était dérangée dans sa routine, les porcelets étaient couchés derrière elle, le peu qui lui restait.

— Quand lui as-tu dit qu'il y avait des limites ? murmura-t-il.

— Elle a répondu que je ne savais pas de quoi je parlais. Alors j'ai dit que je les avais vus. En pleine action, à l'étage. « Je n'ai pas honte, a-t-elle déclaré, c'était Tallak et moi du début à la fin. » C'est comme ça, Tor. Et quand papa aura dessoûlé…

— Mais ce n'est plus notre père ! C'est… c'est lui l'héritier de la ferme ! Le fils aîné de Tallak ! Nous autres, on est seulement… des petits frères. Des petits demi-frères… Non, ça. Ça, je n'arriverai jamais à…

La Terre des mensonges

Sara se leva, s'en vint péniblement vers lui, passa le groin à travers les barreaux et dans ses cheveux, il la laissa faire.

— Ressaisis-toi, Tor ! Sur le papier, c'est notre père ! On fera simplement comme si tout ça n'avait jamais eu lieu. Comme si on n'en avait jamais parlé. La ferme sera mise à ton nom.

Margido parlait d'une voix ferme, comme un maître d'école.

— Mais il va vivre ici. Avec moi ! Toi tu peux rentrer chez toi après ça !

— Peut-être que ce sera plus facile. Pour toi.

Margido se plaça devant lui. Il ne supportait pas qu'ils soient aussi collants. Margido en chaussons et costume brun foncé, il serait forcé de tout jeter, ne se débarrasserait jamais de l'odeur.

— Mais toi, tu n'avais pas pensé à me le dire, hein ?

— Si, Tor. J'allais le faire. Quand tu... quand tu n'aurais plus imaginé que je te racontais ça pour noircir maman. J'avais bien pensé à te le dire. Pour que tu commences à avoir pitié de papa, au lieu qu'il ne t'agace.

— Vraiment ?

— Oui. Parce que c'est triste pour lui. Tu imagines, toutes les années qu'il a passées ici. Et après la mort de grand-père, seul avec elle, qu'il avait en principe épousée.

— Votre mère était une vraie garce, lança Torunn en se levant.

— Absolument pas ! s'écria-t-il.

Il repoussa le groin de Sara derrière les barreaux, elle essaya de le mordre, mais ses dents claquèrent dans le vide.

362

La Terre des mensonges

— Non, dit Margido. Mais elle nous a fait beaucoup de mal, Tor. C'est certain. Tu te rappelles quand tu as téléphoné de l'hôpital, le soir où elle a été hospitalisée ?

— Tu ne voulais pas venir parce qu'il était là. Je croyais que tu... pensais la même chose que moi. De lui.

— Je ne supportais pas l'idée de les voir... ensemble. Je ne voulais jamais plus les revoir ensemble, je me l'étais juré il y a sept ans. Le voir assis à son chevet et savoir ce qu'il a enduré de sa part. Je ne pouvais rien faire.

— Mais qu'est-ce que je vais faire, moi ? Je n'ai plus qu'à abattre tous les porcs et...

— Ah non ! rétorqua Torunn. Tu ne vas pas faire ça. Regarde autour de toi ! Pas ça ! Tu n'as pas le droit. Je te l'interdis.

— Tu dois parler avec lui, Margido. D'homme à homme. Ça te fera du bien. Et il fera bon vivre à la ferme à nouveau. Pour moi aussi. En fait je pourrais venir ici et... Ils sont beaux, tes porcs, Tor.

— J'avais pris son parti à elle. C'était nous deux contre lui.

— Je sais. Mais maintenant c'est fini.

— Mais elle est encore tout près d'ici ! Oh, maman...

Il se mit à sangloter. Margido se pencha sur lui et posa une main sur son épaule.

— Viens avec nous, Tor !

Erlend était assis à table et tenait la main du Danois. Il renifla en les apercevant, le visage bouffi de larmes. Le Danois lui caressa la main.

— Mon Dieu, comme vous apportez des relents de porcherie ! dit Erlend.

La Terre des mensonges

Il sourit timidement, s'essuya les joues.

Le père était au bout de la table, la tête enfouie dans ses mains, un vieillard de quatre-vingts ans, le menton et les joues rasés de près, la bouche garnie d'un dentier retrouvé.

— Bon, je crois qu'on va pouvoir reprendre du café et du snaps, déclara le Danois.

Tor s'assit. Le café fumait dans sa tasse, le Danois avait rempli le petit verre, il fallait qu'il dise quelque chose.

— Papa ?

Le vieillard leva la tête vers eux, son regard vague ne fixait aucun d'entre eux en particulier.

— Non merci, je n'en veux plus. Je vais aller me coucher, moi, maintenant.

Personne ne dit mot quand il se remit péniblement sur ses pieds et quitta lentement le salon en se tenant au mur d'une main. Ce n'est que lorsqu'il franchit le seuil en bois de la porte que Torunn lui demanda :

— Besoin d'aide pour monter l'escalier ?

— Non, non, répondit-il. Ça ira. Bonne nuit ! C'était un bon repas. Merci bien !

Il devait travailler seul aux maisons allemandes, c'était son tour. Au début, tout le monde, aussi bien à Leinstrand, Øystrand et Bynes, voulait les abattre. Elles étaient déshonorantes, la preuve de l'extrême volonté des Allemands de s'enraciner en pays étranger, d'y construire et d'y vivre, de s'imaginer qu'ils étaient chez eux. Ces logements étaient destinés aux officiers de marine allemands en dehors de leur service. C'étaient de bonnes petites maisons, et certains, comme Tallak, estimaient qu'il serait dommage de les démolir malgré tout. Il valait mieux les remettre en état et leur trouver un usage à l'avenir. Peut-être en faire un lieu de réunion, ou des locaux pour les jeunes.

Les gens des fermes se relayaient pour y travailler. En fin de semaine, ils s'y retrouvaient souvent à plusieurs, et c'était de plus en plus animé au fur et à mesure que les femmes apportaient à boire et à manger, quand le soleil se levait.

Elle travaillait dans le champ de pommes de terre depuis plusieurs heures déjà, la chaleur faisait pousser les mauvaises herbes plus vite que les jeunes pieds et il fallait sarcler pour que l'eau s'infiltre quand il pleuvrait. Mais il fallait bien que

La Terre des mensonges

Tallak mange un peu, tout le monde le comprenait et ne voyait aucun mal à ce qu'elle se charge d'y aller.

Il y avait une bonne trotte jusque là-bas, or cela ne la gênait pas. Le ciel était couvert, mais ce n'étaient pas des nuages porteurs de pluie. Elle devait suivre la route, les champs étaient fraîchement labourés et impraticables. En outre cela faisait mauvais effet de piétiner les sillons d'une autre ferme.

En arrivant enfin sur les hauteurs de Brå, elle s'arrêta, comme à son habitude. L'embouchure de la Gaula était large et imposante, telle que la rivière l'avait façonnée. Les bosquets et les fourrés ressemblaient à du tulle vert-de-gris entre les criques que l'eau avait lavées.

Elle eut les larmes aux yeux, sans savoir si c'était parce qu'elle allait le rejoindre, ou si c'était parce que tout allait bientôt changer et qu'elle ignorait comment le changement s'opérerait.

Elle soupira et commença à descendre la côte, laissant son corps basculer après chaque pas, sentant qu'elle utilisait à peine un seul muscle, s'abandonnant paresseusement dans la descente, vers les maisons allemandes, vers lui.

Monté sur un escabeau, il était en train de réparer le plafond de la cuisine. Il sauta à terre et se précipita pour fermer la porte derrière elle, à peine fut-elle entrée. Il avait à la bouche une rangée de clous qui lui hérissaient les lèvres, et qu'il cracha par terre à la seconde même où la clé tourna dans la serrure en grinçant. Il lui prit son panier et l'attira vers lui.

— Anna chérie.

La Terre des mensonges

Embrasser Tallak, c'était comme mourir. Et à cette mort en succédait une autre, plus étroite, plus profonde, lorsqu'il la déshabillait, lui soufflait à l'oreille qui elle était et pourquoi elle était là, cela et rien d'autre, parce qu'elle lui appartenait. Et quand elle revint à elle cette fois-ci, elle était assise sur le plan de travail. Debout devant elle, il arborait un sourire tout blanc, il la contemplait, le bout de la langue entre les dents et la tête de côté. Ses mains reposaient sur ses hanches, elle était sur une paillasse allemande, en simples socquettes dans ses souliers, et, comme d'habitude, elle ne fuyait jamais son regard, n'avait jamais honte de sa nudité, qu'elle lui offrait toujours spontanément quand ils étaient ensemble. Il se pencha, souleva un de ses seins de sa grosse main, y déposa un baiser de ses lèvres si chaleureuses qu'elle aurait volontiers accepté de mourir à nouveau.

— Tu es mal assise ? murmura-t-il tout contre le sein humide. Elle avait la chair de poule, cognait le talon de ses souliers sur le placard en dessous.

— Non, mentit-elle en lui attirant la tête encore plus près d'elle.

— Je vais chercher de l'eau au puits, dit-il. Comme ça tu pourras faire un brin de toilette.

— Ne pars pas !

Il s'arracha à elle, lui fit un rapide baiser sur la bouche.

— Je reviens tout de suite.

Il ouvrit la porte et elle se rhabilla en toute hâte. Quelqu'un pouvait venir, la porte était ouverte à tous les vents. C'était fini pour cette fois-ci.

— Il y a quelque chose, dit-elle. Quelque chose que je dois te dire.

La Terre des mensonges

— *Ah bon ?*

Ils étaient dehors. Il avait mangé les tartines qu'elle avait apportées, bu du jus de groseille frais, coupé avec de l'eau du puits. Ils se tenaient à plusieurs mètres l'un de l'autre, elle portait le panier vide au creux du bras, de sorte que quiconque comprendrait la raison de sa venue en les observant. On les voyait bien maintenant des fermes aux alentours, et de la route.

— *Je suis enceinte.*

Il ne bougea pas, ne s'approcha pas d'elle, ne le devait pas.

— *Anna chérie. Rentrons dans la maison !*

— *Non ! Ce serait uniquement... Il faut que je sache ce que tu penses. On ne parle pas beaucoup ensemble. On se contente de...*

— *Oui. C'est vrai.*

— *Mais qu'est-ce qu'il va dire, Tallak ?*

— *Le petiot ?*

— *Le petiot... En fait, il est aussi âgé que moi. Et c'est mon mari.*

Elle fut prise d'une soudaine envie d'éclater de rire, et elle entendit que c'était un rire bizarre, gênant, il ne s'arrêta pas aussi vite qu'il avait commencé, mais elle y pensait si rarement. Elle avait ça dans le sang désormais, il fallait qu'elle dissimule tout, que personne d'autre ne sache, et pourtant il y en avait un qui savait, il savait parce qu'il consentait. Mais qu'elle ait des enfants, qu'elle donne naissance à des êtres vivants qui allaient l'entourer et ne devraient jamais savoir...

— *Il ne va rien dire, déclara Tallak.*

— *Mais...*

— *Tu sais bien qu'il ne veut pas coucher avec toi. Ce n'est pas comme s'il était toujours en train de te tripoter.*

La Terre des mensonges

Elle pensa au mariage. L'étrange journée où tout était faux, mais pourtant réel, parce qu'elle allait à Neshov. Comme elle s'en réjouissait ! Car personne n'attendait quelque chose de grandiose aussi peu de temps après la guerre. Tout le monde avait ce qu'il fallait, mais sans plus. D'ailleurs Henrik, de Langstad, s'était marié le même jour avec Guri, et là il y avait abondance, notamment de bonheur manifeste, si bien que la plupart préférèrent accepter leur invitation.

— Comment l'enfant va-t-il l'appeler, alors ?

— Papa, répondit Tallak.

— Papa ? L'enfant va l'appeler papa ?

— Il ne pourra pas l'appeler autrement.

Elle rectifia sa robe, sentit la chaleur en elle, cette chaleur intense qui demeurait après son passage. Elle n'avait pas pensé le dire ce jour-là, elle avait pensé attendre, ne pas susciter la nouveauté dans le monde autour d'eux, il y avait déjà suffisamment à gérer.

Mais... elle, alors ?

— Elle n'a jamais rien compris. Même pas que son petiot n'aurait jamais réussi à se trouver une fille. Ne pense pas à elle !

— Mais j'ai peur, Tallak.

— Ce n'est pas la peine. Il est trop tard pour avoir peur. Tu es chez toi à Neshov maintenant.

— Je ne sais pas...

Soudain il se mit à tirer sur un des peupliers. Elle le regarda avec effroi.

— Mais qu'est-ce que tu fais ? Lâche !

Il ne lâcha pas, et le petit arbre pas davantage, il ne lâcha pas la terre. Mais ses feuilles tremblèrent, leur dessous argenté se retourna vers eux, avec résignation.

La Terre des mensonges

— *Tu vois ? Il est bien enraciné. Il n'est pas là depuis long-temps, mais il est complètement enraciné. Même Tallak Neshov ne parvient pas à l'arracher.*

Il s'écarta du petit arbre. Elle s'en approcha, souleva un des chatons au-dessus de ses doigts, les grains de pollen se répandirent comme d'infimes espoirs.

— *Et ceux qui l'ont planté ont été chassés du pays, ajouta-t-il. Pourtant il est là, ravi de l'arrivée de l'été.*

Elle ne répondit pas.

— *Un jour, moi aussi je disparaîtrai, reprit Tallak.*

— *Non ! s'écria-t-elle.*

Elle lâcha l'arbre et fit un pas vers lui, avant de se ressaisir.

— *Je suis tellement plus vieux que toi, un jour je ne serai plus là, et alors il faut que tu me promettes une chose. Puisque tu es enceinte et que tout sera différent désormais.*

Elle était dans l'expectative, le regard braqué sur son visage, il avait les traits durs et graves, des yeux sombres qui ne croisaient pas les siens.

— *Il faut que tu me promettes de ne jamais le mépriser, dit-il tout bas. Ce n'est pas la faute du petiot.*

— *La faute ?*

— *Oui. Ce n'est pas de sa faute s'il n'est pas un paysan, s'il est mou.*

— *Je ne le connais pas, murmura-t-elle. Et je ne sais pas ce qu'il va penser de ça.*

— *Non. Qui peut savoir ? Il ne le sait sans doute pas lui-même. Mais avec lui, il n'y avait personne pour reprendre la ferme.*

— *Pourquoi n'aime-t-il pas les filles ?*

La Terre des mensonges

Elle s'était enhardie à poser la question, elle n'avait encore jamais demandé à Tallak. Il ne répondit pas aussitôt, détourna la tête, frotta un de ses sabots en rond dans l'herbe.

— C'est ainsi. On n'explique pas nécessairement tout, dit-il enfin.

— Mais tu ne m'as pas prise uniquement parce que la ferme a besoin d'un nouveau petiot ?

— Non.

Il la regarda droit dans les yeux en disant cela, elle baissa les siens. Elle aurait tellement aimé qu'il puisse la prendre dans ses bras à ce moment précis.

— Anna. Tu es à moi. Et si la ferme périclitait... tu serais quand même à moi. Mais maintenant elle ne risque pas de péricliter. Puisque tu es enceinte. Mais jamais tu ne devras le mépriser. Il faut que tu me le promettes.

Elle écouta ses paroles, s'en imprégna une à une, les entendit. Les entendit très distinctement. Elle se redressa, ajusta la panier à son bras et brava son regard.

— Oui, dit-elle. Je te le promets. Mais il faut que tu me promettes que toi, tu ne me quitteras jamais.

Composition et mise en pages : FACOMPO, LISIEUX

Achevé d'imprimer sur rotative
par l'Imprimerie Darantiere à Dijon-Quetigny
en décembre 2010

Dépôt légal : juin 2009
N° d'impression : 10-1706
Imprimé en France